U0749528

教育部人文社会科学研究规划基金(项目批准号:16YJAZH042)
"记忆、建构与传承——基于田野调查的浙西南畲族山歌话语研究"项目最终成果

记忆、建构和传承

——浙西南畲族山歌的话语研究

卢睿蓉 著

浙江工商大学出版社
ZHEJIANG GONGSHANG UNIVERSITY PRESS
·杭州·

图书在版编目(CIP)数据

　记忆、建构和传承 ：浙西南畲族山歌的话语研究 /
卢睿蓉著. — 杭州 ：浙江工商大学出版社，2021.7
　ISBN 978-7-5178-4588-1

　Ⅰ. ①记… Ⅱ. ①卢… Ⅲ. ①畲族－山歌－文学研究
－浙江 Ⅳ. ①I207.7

　中国版本图书馆 CIP 数据核字(2021)第 139032 号

记忆、建构和传承——浙西南畲族山歌的话语研究
JIYI、JIANGOU HE CHUANCHENG——ZHEXINAN SHEZU SHANGE DE HUAYU YANJIU
卢睿蓉　著

责任编辑	沈明珠	
封面设计	林朦朦	
责任印制	包建辉	
出版发行	浙江工商大学出版社	
	（杭州市教工路 198 号　邮政编码 310012）	
	（E-mail：zjgsupress@163.com）	
	（网址：http://www.zjgsupress.com）	
	电话：0571－88904980,88831806（传真）	
排　　版	杭州朝曦图文设计有限公司	
印　　刷	杭州宏雅印刷有限公司	
开　　本	710mm×1000mm　1/16	
印　　张	12.25	
字　　数	213 千	
版 印 次	2021 年 7 月第 1 版　2021 年 7 月第 1 次印刷	
书　　号	ISBN 978-7-5178-4588-1	
定　　价	49.00 元	

版权所有　翻印必究　印装差错　负责调换
浙江工商大学出版社营销部邮购电话　0571－88904970

序

　　我和卢睿蓉老师是在剑桥中国学者论坛结识的。

　　应论坛邀请,我做了"中国的语言——在国际学术视野中的位置"的讲座,之后卢老师约我进行一次访谈。还记得那一天,当见到在和煦的春阳中走进我寓所的睿蓉老师时,立刻就有一见如故的感觉。坐在典型英伦风格的客厅里,伴着窗外剑河上传来的阵阵篙声和英语的说笑,没有客套的寒暄,也不需要时空转换,我们即刻沉浸到我国偏远民族地区的情景中,开始了关于文化遗产传承和保护的深谈。我从事濒危语言研究多年,曾经深切体验过眼看着独特的族群历史、民间文学失传的惋惜和无奈,在与同行们交流时不乏对我国多姿多彩的口头传统衰落流失的焦虑和急切。但是没有想到,同多年从事外语教学研究工作的睿蓉老师初次交谈,就触碰到这样的脉动,感受到同样的共鸣。睿蓉老师对畲族山歌从倾心关注到实地考察,进而在完成本职工作之余进入田野,详细记录、认真整理,并投入大量的心血和时间条分缕析、深入研究,充分显示了一位人文社会学者对于保护非物质文化遗产这一时代性课题的高度自觉性、敏锐的洞察力和强烈的社会责任感。

　　我国是一个多民族国家,语言资源丰富多样,地方文化璀璨多姿,56个民族使用着120多种语言及其众多方言。随着现代化、全球化的推进,我们也同样面临少数人使用的语言或方言日渐衰退这一全球性的问题。语言不仅是交际工具,同时也是文化的表现形式和组成部分,具有极为重要的文化价值。绝大多数衰退乃至濒危的语言都没有相应的文字,族群的源流历史、适合当地生态环境的生产生活经验、长期创作积累的民间故事和山歌曲艺等族源记忆、知识体系和精神成果都蕴含在口语中,言传耳受、代代相袭,可以说,每个族群的口头传统都犹如这个族群的文化博物馆。但是,口头传统这一语言中最宝贵的文化内涵往往在语言衰退时最先开始流失,而且常常比语言消亡更早失传。很多语言或方言虽然在日常生活中还留存着简单的交际功能,但内含的大量传说故事、谚语山歌等实际上已经急剧减少,有的甚至消失殆尽,致使很多民族或地区的传统文化面临严重的危机,由此导致我国五彩缤纷的文化宝库遭到不可复原的销蚀,奇光异彩的人类文明受到无法弥补的缺损。

近年来我国保护保存少数民族语言文化的工作取得了明显的进展。人们对非物质文明遗产重视程度的提高,社会文化意识的增强,政府相关部门的重视,专家学者们的努力,现代高科技手段的进步,都使得保护语言资源和口头传统的具体实施日见成效。但是相对于族群母语和地方文化流失的数量和速度,现实仍然严峻,任务依旧繁重,在呼吁全社会关注的同时,需要更多的专家学者重视这一具有时代意义的大课题,积极加入保存、记录文化遗产的队伍中,脚踏实地、尽己所能地做一些实实在在的工作,为保护、传承、弘扬中华文化贡献自己的专业技能和学识才智。

睿蓉老师是一位多年在高校工作的英语教师,偶然的机会接触到畲族山歌。作为浙西南畲族地区的一种口头传统,畲族山歌不仅为当地群众喜闻乐见,而且内涵极为深广,从族群的历史记忆、信仰崇拜、英雄赞颂、审美特点、认同心理、传统礼仪、生活习俗等历史、文化、社会、生活的各个方面,展现了一幅独具特色的风情画卷。睿蓉老师在被这些植根于乡土、朴实无华的作品深深吸引和感染的同时,为这一口头传统日渐流失而惋惜和焦虑,于是义无反顾地投入到收集记录、分析研究畲族山歌的工作中。她花费大量的时间和心血,经过数次的田野调查,收集整理了大量畲族山歌,其中有些是即兴之作或者当代新歌,首次以书面形式公之于众。山歌的记录留存犹如编撰了一部畲族文化百科全书,使得这一宝贵的口头传统免于流失的厄运,对于畲族文化遗产的保护传承功莫大焉。

在获取翔实资料的基础上,睿蓉老师从多个角度对畲族山歌的产生、发展、变化及其历史背景、文化基础和社会因素进行全方位的探究。对山歌话语的剖析,从英雄、女性、地理等多个角度探讨解读,为畲族文化研究提供了新颖的视角。对山歌文化的解构,从文化调适和共生、文化空间的拓展、传播传承方式和途径等多个方面追根溯源、开拓展望,既有文献的研读,也有田野的阐释,凝聚了多学科融合的特色。尽管这是睿蓉老师的首部跨界之作,但全书视野开阔,构思周密,分析精当,论述充分,对畲族的文化精粹进行了深刻的发掘和理论归纳,显示了作者很高的专业水准、理论素养和人文情怀。

面对睿蓉老师的这部精品之作,我的思绪不禁又回到了我们相遇相识的剑河之畔。在剑桥大学这座遍布 16 世纪古老建筑、荣获一百多个诺贝尔奖项、位列世界高校第二的著名学府,每年七月召开的国际濒危语言系列研讨会已逾十届。这个以记录、保护、振兴濒危语言为主题的大会由几位英语、法语教授组织,每年都有数十位来自世界各地的语言学家聚集一堂,交流讨论族群母语和地方文化的保护传承。身处其中我感慨深深,原来,传统文化和现代创新可以这样并行不悖,国际通用语和族群母语可以如此和谐共处。兼容并蓄、包容互补,在传统的积淀中创新,在创新的引领下前进,这应该是社会可持续发展的健康途径。在现代化进程中,每个族群的传统文化精华都不应成为进步的代价,而应是被充分继承吸取、推进族群前行的营养。

担任高校英语教师的睿蓉老师在完成本职工作之余尽心竭力地记录和研究畬族山歌,体现了她对语言文化多样性兼容并蓄的理念和实践。她何以有此卓识和动力? 我想从她向我讲述的到山村做田野的经历和感受中可以得到答案:"生平第一次坐在摩托车后座从山上盘旋而下,在拂面而过的山风中只敢偶尔睁开眼睛瞄一眼路上的风景。但片刻风景,印象足以深刻。绚丽多彩的中华文化,是我为之努力的最美的风景。"

睿蓉老师用轻松的话语述说历险的往事,而用诗一般的语言比喻她所钟情的事业,因为她真切地认识自己为之努力的重要含义。这部著作是她以多年的努力为中华文化这幅美景增添的一抹亮色,在为她致贺点赞的同时,我希望、也相信,更多珍视中华文化的同道中人将会用越来越多的成果为绚丽缤纷的中华文化美景增色添彩!

是为序。

中国社会科学院民族学与人类学研究所研究员,
中国社会科学院研究生院教授、博士生导师
徐世璇
2021 年 5 月

目　录

第一章 导 论

第一节 研究缘起和意义

后非遗时代的重要特征之一是非物质文化遗产保护工作从实践层次上升到学理研究层次，产生了一系列学术观点、核心词汇和批评模式。来自人类学、文化学、社会学、民族学、政治学、艺术学、语言学、文学等多领域的学者以文化遗产为核心，搭建了跨学科多视角的非遗文化研究，是推动非物质文化遗产保护和继承工作的有力支撑。

在这些跨学科研究中，语言学界对非物质文化遗产保护工作做出迅速的反应是将文化遗产研究和话语研究紧密结合了起来。无论是西方的AHD(Authorized Heritage Discourse 授权性话语研究)模式还是中国的"文化话语批判"和"遗产话语批判"，都是文化遗产研究模式的发展，也确定了"话语"是文化遗产研究的重要视角之一。

畲族山歌(民歌)①是我国第一批国家级非物质文化遗产，是畲族最重要的民族文化符号，也是畲族民族话语的载体。畲族人以歌代言，山歌也被称为"歌言"。在畲族山歌的发生发展过程中，它不仅反映了畲族的文化特性，还承载了畲族民族的发展历史，蕴含着民族的情感、精神和理想。作为畲族人民的文化遗产，畲族山歌具有历史性、民族性和原生性的特征；作为畲族人民的口头文化遗产，它又具有活态性、自新性和传播性。因此，研

---

① 2006年国家非物质文化遗产目录收入时用"畲族民歌"一词，出版物中所提到既有畲族民歌也有畲族山歌。但是，由于畲家人自称"山哈"，也习惯性地称自己唱"山歌"，故全文除部分引文以及口述记录以外，都用畲族山歌。另外，山哈人也把自己的山歌称为歌言、歌源，文中也会沿用，不再一一说明。

究畲族的民族话语、遗产话语、政治话语和文化话语,畲族山歌是最天然的研究对象。

2015 年,笔者参加了由浙江传媒学院非物质文化遗产研究基地承办的浙江省文化厅一项非物质文化遗产保护和抢救工作,以口述史方式记录浙江省国家级非遗传承人,并做了三材(影像、图片、文字)记录。在这项非遗保护和抢救工作中,笔者第一次接触了畲族山歌。随着采访的深入,畲族山歌引导笔者进入浙西南山山水水,接触了更多的畲族人,逐渐了解了更多的畲族文化及其文化传承和传播的历史及现状。

相对于大中华文化共同体中的其他大部分民族文化,畲族文化属于小众文化,但从该民族拥有本民族特征以来,它以一种特殊的方式记录和保存了本民族的历史文化遗产。事实上,畲族人只有语言没有文字,官方很少有成文成篇的书面记载,因此关于畲族文化的研究,很难找到正式的理论文献。即使在和汉族的长期杂居中受过一些文化影响,其文化水平也不足以做文字笔录,除了请汉族人帮忙记载的部分文献外,更多的文化积累和思想成果保存在口头文学当中,畲族山歌就是其中最重要的方式。通过山歌的歌唱与传承,畲族人将其历史、社会记忆保存下来,形成了具有畲族本民族特色、通过本民族视角记录下来的"文本",展现了畲族人的民族发展历史、民族社会习俗以及他们的理想追求和精神构建。作为畲族最重要的文化遗产,畲族山歌题材丰富、主题多样、内容完整,为研究畲族文化提供了最佳通道,除了目前已得到充分认可的艺术研究价值以外,畲族山歌也为从语言学、文学、文化学、民族学、历史学、民俗学、人类学、地理学等角度研究畲族提供了很好的文献资料。例如山歌的修辞手法、结构叙事、用词特征等都具有独特的畲族语言魅力,为学习、研究畲族语言提供了天然的资源。除了口头文献以外,畲族山歌的手抄歌本也至关重要。这些手抄本产生于民间、传承于民间,它们既是畲族人学习山歌的材料,也是畲族人学习汉字的读本,而流传到现在,又成为珍贵的研究畲族语言、文学和历史文化的文献资料。

作为文献的畲族山歌,其口头史料尤为珍贵。由于是口头传诵,没有受到官方史料的影响,叙事更自然、真实、大胆,有更鲜明的地方性、民间性和原生性,对研究浙西南地区的畲族历史文化提供了宝贵的资料,甚至对整个浙西南历史记载也起到一定的补遗作用。

当然,畲族山歌题材较多,版本较多,长短不一,由于是口头传播和传承,在传唱的过程中不免有了许多变动。这些变动,既有记忆错误、理解错误的缘故,也有不少是由于时间、地理空间变动而产生的主动的"误记",产生了同一山歌的不同版本。例如畲族史诗《高皇歌》最常见的就有9种,小说歌的版本更多,有些歌名、篇幅、结局都有不同。尽管版本不尽相同,但每一个歌者在歌唱的过程中,都不知不觉将本土认知和时代精神植入。浙江版的《高皇歌》增加了畲族人民入浙经过,是一次富有时代特色、地方特色的历史重构。有些版本的山歌被淘汰,有些被冷藏的又被重新挖掘。这些变迁和发展,反映了时事的变化和文化生态的变化——既有历史环境的影响,又有时代特征;既有人文地理的痕迹,又有族群认同的标志。通过对不同版本的山歌的研究,我们可以挖掘出叙事背后的社会历史、人文地理、政治经济等种种因素,洞察其各类话语的变迁。而留存下来的山歌,是经过了一代代畲族人民在历史的进程中选择和认同的,这种选择以及认同本身也是值得研究的对象。

在申遗前或者更早的时候,畲族山歌只是畲族人日常的文化活动和生活行为。但随着新时代的冲击、外来文化的渗透,畲族山歌的天然语境已经消失,年轻的一代能讲畲语的寥寥无几,更不用说编唱山歌。文化形态和文化生态发生了巨大的变化,传统的歌唱场域在缩小甚至消失,传承难度增大。申遗后,畲族山歌的处境有很大改善,民族精英、社会精英和政府机构等都对畲族山歌的传承和发展给予高度的重视。然而,畲族山歌是否能够就此一马平川,实现全员保护,甚至获得快速的发展?从这十几年的情况看,畲族山歌的发展与传承呈现出一种矛盾的态势。它一边要努力构建本民族文化遗产话语体系、保持其民族文化特性,但一边不断被多种文化形态以及主流文化冲击。由于保护的是文化遗产,忽略的是文化遗产语境和生态,因此在不断被保护的状态中,其民族话语特征实际上在被稀释。但是,这个现象对于畲族文化自身的发展而言是祸是福?回顾整个畲族山歌的发展历程,可能会摸索到它发展的真正脉搏,从而获得真正意义上的民族文化遗产保护和传承。

第二节　研究现状

对畲族山歌的研究做一个细致的分析和归纳,目的不仅仅是学术上的脉络梳理,而是通过这些学术研究的介绍,窥见我国在畲族山歌传承历程中的国家、个人、政策、思想等发展和变化。

最早的畲族山歌研究从郑小瑛[①]介绍演唱技巧中的"双声"开始[②],此后的研究基本沿袭了音乐艺术研究这一主线,只有零星研究涉及山歌歌词以及相关文化。从目前可参考的资料上看,除了一些内部调研资料以外,公开发表的文献,1958—1961 期间,每年各 1 篇,此后是近二十年的断层。1980—2002 年,每年 1—2 篇,2003 年起每年开始递增,但也屈指可数。2006年畲族山歌(民歌)被列入第一批国家级非物质文化遗产目录,研究逐年增加;到 2010 年以后,每年研究数量终于突破个位数,切入点也不再局限于音乐艺术特征、内容介绍,还发展到对其遗产保护、发展和传播传承等方面的关注。当然,对畲族山歌的研究虽有发展,但深度挖掘之作较少。目前除了对《高皇歌》的研究有一定成果以外,只有部分叙事歌、杂歌得到关注。

一、山歌的早期研究

关于畲族山歌的介绍和研究应追溯到 1952 年开始的少数民族音乐普查工作。1952 年,我国在福建地区通过实地调查、采风,收集整理少数民族音乐时[③],开始关注畲族山歌。1956 年的《浙江民歌选》中收入了景宁、丽水、金华三首畲族山歌[④],1961 年《文物》发表的《浙江畲族人民歌唱太平军

---

①　郑小瑛:《畲族山歌与"双音"》,《人民音乐》,1959 年第 7 期,第 26—27 页。
②　关于畲族音乐的介绍最早应该从 1952 年刘春曙的《丰富多彩的福建民间音乐》开始,但更全面、专业的介绍还是始于郑小瑛。1956 年国务院才正式确定"畲族"这个名称,因此这之前的畲族山歌都归类在各地的民间音乐中。
③　蓝雪霏:《1950—1997 年的畲族音乐研究综述》,《南京艺术学院学报》,2009 年第 3 期,第 89 页。
④　浙江群艺馆:《浙江民歌选》,浙江人民出版社 1956 年版。但畲族作为一个族群是 1956 年确立的,因此收入山歌时并没有畲族山歌概念。从三首山歌的名字看,景宁的《共产党像太阳》、丽水《东边日头照来红》都是新民歌,金华《十二时辰歌》是杂歌。

攻克云和的山歌稿本》①应该是最早的目标明确的关于浙江畲族山歌的介绍。该论文篇幅虽短,但也言简意赅地介绍了在云和征集到的《长毛歌》歌本,提及畲族山歌和语言,并介绍了山歌的主要内容。1979 年重新启动的少数民族音乐采集工作中,畲族山歌作为一个民族音乐分支获得一定的关注。② 此后的研究基本上是群艺馆、文化馆等工作人员或音乐研究工作者深入实地调查,研究其音乐结构、演唱方式、分类特点,或结合其他民族音乐进行对比,或与当地文献结合讨论历史文化渊源等。③ 其中比较重要的有叶大兵在丽水、云和、泰顺等浙西南地区调查后撰写的《畲族文学与畲族风俗》,该论文主要介绍了《高皇歌》和畲族的祭祀风俗,哭歌、功德歌和丧葬风俗,情歌和以歌做媒风俗,婚嫁歌与婚娶风俗,盘歌、考歌与好客风俗以及神话传说与风俗的形成。④ 该论文虽然局限于浙西南地区,但对整个畲族山歌的研究起到转向与引领的作用。随后,马骧的《浙江畲族民歌简介》开启了关于浙江地区畲族民歌的多方位研究。马骧在该文中不仅介绍了浙江畲族山歌的来源、分布、语言等,还按内容和调式对浙江畲族山歌做了分类。⑤ 蓝国运的研究中,也将畲族山歌做了比较详细的分类。⑥

此后的研究基本上和音乐相关,到了 20 世纪 90 年代末,才有零星的研究山歌文本的论文出现。值得注意的是,当时对畲族山歌的文本研究都集中在长篇叙事歌上,例如雷阵鸣、蓝周根通过对《仙伯英台》几个版本的介绍,讨论了其原型、主题和艺术特色。论文通过山歌主题的深化和艺术特

① 浙江省文物管理委员会:《浙江畲族人民歌唱太平军攻克云和的山歌稿本》,《文物》,1961年第 1 期,第 19—20 页。
② 1993 年《中国民间歌曲集成》部分出版,浙江省分卷中收录畲族山歌 125 首。
③ 关于畲族山歌的研究七成以上都和音乐艺术相关研究,由于本研究不涉及音乐方面内容,故此处不再赘述,1997 年之前的研究可参考蓝雪霏(2009)的综述性文章。关于浙江的畲族山歌研究最早有马骧(1983、1991)、樊祖荫(1984,1985)、张新伟(1987)等;2004 年起,牟学农、郭义江、笪方能、陈庭星、杨建伟、罗俊毅、施王伟、王涛、徐颖、叶增良、郭敏、孟凡玉、汪普英、蓝天棉、温淑萍、宋璐璐、陈华丽、雷佳榕、孙静秋、洪艳、詹碧晶等人都从音乐角度出发展开畲族山歌研究。
④ 叶大兵:《畲族文学与畲族风俗》,《中南民族学院学报》,1984 年第 4 期,第 71—79 页。
⑤ 马骧:《浙江畲族民歌简介》,《民族民间音乐研究》,1983 年第 1 期。由于马骧该文已无法找到版本,页数不详。本引用综合了蓝雪霏和卢锐锐的研究。参见蓝雪霏:《1950—1997 年的畲族音乐研究综述》,《南京艺术学院学报》,2009 年第 3 期,第 91 页;卢锐锐:《音乐家马骧文献综述》,《黄河之声》,2017 年第 2 期,第 125 页。
⑥ 蓝国运:《畲族民歌的分类及其艺术特点》,《中南民族学院学报》,1992 年第 6 期,第 119—123 页。

色的阐发,间接地点名了畲汉文艺作品之间的关联。① 雷阵鸣、雷永良对比了畲族山歌《钟景祺》与汉族禁毁小说《锦香亭》的差异及其在民间的影响,认为尽管二者都是以安史之乱为背景,核心人物基本一致,但《钟景祺》中的畲族精神元素凸显,对于畲族人民而言不仅有着传史意义,还张扬了民族气节。② 同样的题材由于传播人员不同、传播时代不同,也导致了不同种的歌言。两篇文章讨论内容不一样,但都涉及了畲汉文化交融。另外两篇研究是关于时政歌《封金山》和神话传说歌《畲岚山》两部著名的叙事歌,雷阵鸣、蓝细宽认为构思的独特性和主题的深刻性决定了《封金山》的山歌性质和研究价值,作为时政歌的代表之作,它描绘了畲族人民的理想家园。③蓝晓萍、蓝碧波、雷阵鸣在介绍《畲岚山》的同时提出此歌中的畲族善恶观、爱情观、鬼神观、宗族观,反映了畲族人民的认知符合历史发展规律。④

在"文化大革命"之后到申遗之前这段时间里,关于畲族山歌的研究虽然寥寥,内容多以介绍为主,但概括性的研究还是起到很好的承上启下作用。例如蓝雪霏的《畲族音乐文化》一书,虽然是由其音乐学博士论文改编而成,但该书采用了历史音乐学的方法,也阐述了畲族音乐的历史轨迹和文化内涵,为后面的畲族山歌文化研究提供了一定的参考。⑤

二、后非遗时代的畲族山歌研究

2006 年,畲族山歌被列入国务院非物质文化遗产项目后,对于山歌的研究逐年增加,切入点也不再局限于音乐艺术特征,还发展到对其文化功能、内涵、保护、发展、传承及传播等方面的关注。虽然研究比较散乱,但综合十余年的研究情况看,仍可以看到民族文化艺术研究的一些焦点变化。

———————————

① 雷阵鸣、蓝周根:《畲族长歌〈仙伯英台〉特色管窥》,《中南民族学院学报》(哲学社会科学版),1998 年第 4 期,第 86—89 页。

② 雷阵鸣、雷永良:《畲歌〈钟景祺〉与〈锦香亭〉的差异及其在民间的影响》,《丽水师范专科学校学报》,1998 年第 6 期,第 50—53 页。

③ 雷阵鸣、蓝细宽:《描绘理想社会的畲歌〈封金山〉》,《中南民族学院学报(社会科学版)》,2001 年第 1 期,第 113—114 页。

④ 蓝晓萍、蓝碧波、雷阵鸣:《从〈畲岚山〉看畲民社会认识观的变化》,《广西右江民族师专学报》,2002 年 10 月第 5 期,第 6—7 页。

⑤ 蓝雪霏:《畲族音乐文化》,福建人民出版社 2002 年版。

（一）遗产保护与传承

遗产保护是非遗后畲族山歌研究的第一个重要论题。除了作为音乐遗产被关注和保护之外，更多的视角也开始转向畲族山歌本身及其作为文化遗产的意义。例如彭兆荣、龚坚通过分析畲族小说歌的地方传承，探讨了文化遗产生态的重要性。在此文中，彭兆荣引用"家园遗产"这一概念，提出文化传承与非遗保护需要维持和重建"家园生态"。① "家园遗产"理念对保护非遗的重要性在彭兆荣、龚坚另一篇论文中也得到重申。② "家园遗产"理念的提出，确立了地方的文化主体性，对激发文化自觉和文化自信有很大的意义。更重要的是，它提出的"家园生态"问题在后续的山歌传承传播实践中获得了验证。蓝雪霏的研究有一定相似性，她认为畲族歌言是畲族传统社会中代表性的文化符号，是畲族生态链中的一环。③ 在现代化背景下，这个生态链发生了断裂，因此发扬原生态的魅力和不断创新是最关键的。此项观点到了近几年又受到新的关注。洪艳从探讨民歌的表现形式入手，通过对创新版本的分析，讨论民歌艺术在新时代新音乐环境下的表现形式，从而以发展的手段达到保护、传承、发扬的目的。④ 洪艳的研究也再次提及"文化生态环境"对传统畲族民歌保护和继承的作用。⑤

文化生态问题是在现代化冲击下文化遗产保护和传承所面临的显性问题，与此同时，山歌的民族特色如何保持也是令人关注的问题。方清云对此有重要的发现，她在对浙江景宁畲族自治县的调查中发现，文化重构存在着"本真性"缺失的现象。⑥ 该文章研究主题虽然不是畲族山歌，但也牵涉畲族山歌的场域，对后续畲族山歌的研究有不少借鉴意义。在景宁的调查基础上，方清云、陈前还发现畲族山歌原本随着经济社会的影响而逐

---

① 彭兆荣、龚坚：《从"他者保护"到"家园遗产"——以"畲族小说歌"为例》，《贵州民族研究》，2008 年第 4 期，第 51—58 页。

② 彭兆荣、龚坚：《口头遗产与文化传承——以非物质文化遗产"畲族小说歌"为例》，《民族文学研究》，2009 年第 2 期，第 119—123 页。

③ 蓝雪霏：《畲族传统社会中的歌言及其"生态链"运作》，《中央音乐学院学报（季刊）》，2010 年第 4 期，第 95—103 页。

④ 洪艳：《"文化强国"背景下的民歌进化方向与发展策略——以畲族民歌为例》，《文化艺术研究》，2018 年第 2 期，第 13—21 页。

⑤ 洪艳：《畲族民歌的传承与创新》，《学术探索》，2013 年第 6 期，第 106—109 页。

⑥ 方清云：《少数民族的文化重构与本真性的保持——以景宁畲族自治县的畲族文化重构为例》，《西南民族大学学报》，2013 年第 2 期，第 62—66 页。

渐被同质化,但自媒体时代畲族山歌的创作主题、传唱场域、传唱方式、功能指向等都出现了重返民间的趋势。[①] 对这一趋势,庄祉祎、王义彬在福鼎双华村的调查也有类似发现。这一趋势对保持畲族山歌的民族文化气质有重要意义。[②]

　　还有一部分山歌保护和传承研究多以地域为区分,结合地域特征以及地方政策等展开讨论。如贾嫣介绍龙泉畲族山歌分类[③];姜华敏、汤苏英考察了武义畲族婚丧仪式及歌曲[④];余娜玮讨论武义畲族山歌[⑤];曾华燕、林兰通过实地考察,分别从音乐教育和盘歌仪式出发对霞浦畲族民歌的传承做了研究[⑥][⑦];靳瑛以潮州凤凰山为个案,谈山歌的生存状态和发展[⑧]。对潮州畲族文化研究成果甚少,但究其现状和局限,与浙西南地区的畲族文化基本相似。边秀梅从赣闽粤边区的畲族山歌的音乐教育着手,讨论山歌的教育功能[⑨]。石欢欢讨论族群迁移对衢州畲族音乐发展的影响[⑩]。李从娜、盛敏以江西崇义畲族山歌为例,探讨畲族山歌中体现的性别文化和民俗文化。[⑪] 还有林长有、王晓宁、程远、张星、叶丹丹等的研究也涉及了畲族山歌的学校教育,大家不约而同地认为通过学校教授畲族山歌,是保护和传承山歌的最便捷有效的方式。

　　① 方清云、陈前:《重返民间:自媒体时代少数民族山歌发展的新特点——基于浙江畲族山歌发展变迁的考察与分析》,《中南民族大学学报》(人文社会科学版),2020年第3期,第62—67页。
　　② 庄祉祎、王义彬:《畲族民歌的变迁与发展》,《黄河之声》,2019年第6期,第16页。
　　③ 贾嫣:《试论龙泉畲族山歌的传统分类》,《剧作家》,2008年第2期,第173页。
　　④ 姜华敏、汤苏英:《喜悲婚丧总关情——武义畲族婚丧仪式及歌曲考察》,《星海音乐学院学报》,2008年第4期,第19—24页。
　　⑤ 余娜玮:《武义畲族山歌的活态样式及保护》,《丽水学院学报》,2010年第4期,第33—35页。
　　⑥ 曾华燕:《畲族盘歌仪式音乐中的族性认同与文化变迁——福建霞浦白露坑畲族村盘歌仪式音乐实地考察与研究》,厦门:厦门大学硕士论文,2008年。
　　⑦ 林兰:《霞浦畲族歌谣传承的考察与研究》,南京:南京艺术学院硕士论文,2011年。
　　⑧ 靳瑛:《山歌的生存现状与传承——以潮州凤凰山为个案》,《首都师范大学学报(社会科学版)》,2010年第4期,第128—131页。
　　⑨ 边秀梅:《赣闽粤边区畲族民歌的文化内涵与教育功能》,《学术交流》,2012年第3期,第109—111页。
　　⑩ 石欢欢:《论族群的迁移对浙江省衢州畲族音乐发展的影响》,《音乐大观》,2014年第1期,第154—155页。
　　⑪ 李从娜、盛敏:《山歌、性别文化与日常生活——以江西崇义畲族山歌为例》,《文化遗产》,2015年第1期,第73—79页。

陈赞琴的研究反映了目前在畲族山歌保护上的突破。① 在总结畲族山歌传播方式及其不足的基础上,该论文介绍了畲族山歌的数字化保护和传播技术,指出数字化传播扩大了畲族山歌的传播范围,提升了传播效果。

(二)经典山歌文本研究

山歌文本研究从对《高皇歌》等畲族山歌代表作出发,探讨畲族族源、信仰、文化发展、历史迁徙等。最受关注的是《高皇歌》,目前已有多项研究,展现了当前畲族山歌研究的多角度拓展现象。较早的研究有薛祖辉、曾智以文本细读的方式,解读《高皇歌》中的畲族族群文化。② 薛祖辉、曾智认为,《高皇歌》在人神越界下的双重表述,体现了族群自豪感和自卑感交织的特殊文化心理。石中坚、雷楠对全国 9 个版本的《高皇歌》进行了梳理。③ 张春兰、祁开龙从《高皇歌》中发掘了畲族的祖地教育、历史教育、道德教育和生产教育。④

此后,随着对畲族文化研究的推进,关于《高皇歌》的研究也有更深入全面的成果。专著有张恒《以文观文——畲族史诗〈高皇歌〉的文化内涵研究》,该著作对《高皇歌》文本进行了深入解读,剖析了其中体现的文化源流、自我认同、符号信仰、日常生活和文化传承,是当前对畲族山歌文本及文化内涵等所做的比较全面、细致的研究。⑤ 孟令法以浙南地区《高皇歌》的演述场域为研究重点,梳理并勘察了其"娱乐歌场"和"仪式道场"的时代特征。⑥ 他借助"口头程式理论"的分析方法⑦,分析《高皇歌》的基本语文单位、篇章结构等,由此讨论作为口头传承的畲族山歌文本化之后的演述传统及规律,同时也以《高皇歌》为对照,通过畲族传统的"做功德"仪式中功

① 陈赞琴:《论畲歌的数字化保护与传播》,《齐齐哈尔大学学报(哲学社会科学版)》,2020 年第 5 期,第 160—162,166 页。

② 薛祖辉、曾智:《〈高皇歌〉:双重表述下的族群文化》,《四川教育学院学报》,2008 年第 4 期,第 34—36 页。

③ 石中坚、雷楠:《畲族长篇叙事歌谣〈高皇歌〉的历史文化价值》,《广东技术师范学院学报》,2009 年第 4 期,第 10—14 页。

④ 张春兰、祁开龙:《畲族史诗〈高皇歌〉所反映的畲族社会教育情况》,《宁德师专学报》(哲学社会科学版),2010 年第 3 期,第 4—8 页。

⑤ 张恒:《以文观文——畲族史诗〈高皇歌〉的文化内涵研究》,浙江工商大学出版社 2014 年版。

⑥ 孟令法:《文化空间的概念与边界——以浙南畲族史诗〈高皇歌〉的演述场域为例》,《民俗研究》,2017 年第 5 期,第 107—119 页。

⑦ 孟令法:《畲族史诗〈高皇歌〉的程式语词和句法——基于云和县坪垟岗蓝氏手抄本的研究》,《宁德师范学院学报》(哲学社会科学版),2019 年第 1 期,第 55—65 页。

德歌的演述这一口头传统与长联歌特定叙事情节的交互指涉关系①。孟令法最新的研究依然围绕《高皇歌》,讨论了畲族盘瓠神话、《高皇歌》、组图长联这三种"语、文、图"叙事媒介之间的互仿、互释和互补。②

还有少量其他叙事诗研究。缪品枚的研究,讨论的是小说《锦香亭》中的寓意和畲歌的对应关系。③ 雷晓燕等介绍了《火烧天》及其畲族的火崇拜现象。④ 黄为分析了《雷万山打虎记》,认为其无论从篇幅还是内容都具有史诗的特征,较为全面地洽契了传统民族"英雄史诗歌"的诸元属性,极具文学艺术及历史社会民俗等方面的研究价值。⑤

(三)山歌的语言和功能

蓝七妹分析畲族山歌的比兴现象、缘由、方式和特点,是较早关于山歌创作规律的研究。⑥ 此后从语言角度出发研究畲族山歌,探讨畲族山歌的渊源和发展,也是当前畲族山歌研究的趋势之一,为畲族山歌的解读提供了一个新的视角。洪艳从格律入手,讨论畲族山歌的用词特征。她还通过研究畲歌中的古语、暗语等隐喻⑦,以及用韵等手法,阐释畲歌的审美意蕴⑧。邓苗从叙事学角度出发来分析畲族山歌,研究它的叙事方式、修辞方式、叙事结构以及叙事与情感之间的关系。⑨

畲汉文化交融是畲族山歌研究的另一重要开拓,虽然从语言角度的研究不太多,但有较明显的文化比较指向。翁颖萍通过畲族山歌和《诗经》的

---

① 孟令法:《口头传统与图像叙事的交互指涉——以浙南畲族长联和"功德歌"演述为例》,《民俗研究》,2018 年第 5 期,第 108—117 页。

② 孟令法:《人生仪礼的口头演述和图像描绘——以浙南畲族盘瓠神话、史诗〈高皇歌〉及组图长联为例》,《民族艺术》,2019 年第 3 期,第 110—122,138 页。

③ 缪品枚:《浅谈畲民对小说〈锦香亭〉英雄人物的民族认同》,《宁德师专学报》,2010 年第 2 期,第 13—18 页。

④ 雷晓燕、余潇雨、朱钰婷:《试论畲族神话歌〈火烧天〉与火崇拜》,《文学教育》,2015 年第 9 期,第 96—98 页。

⑤ 黄为:《闽东畲族歌言〈雷万春打虎记〉的史诗属性述略》,《宁德师范学院学报(社会科学版)》,2018 年第 4 期,第 43—46 页。

⑥ 蓝七妹:《浅谈畲族山歌的比兴手法》,《畲族山歌研究(下)》,2003 年,第 559—570 页,

⑦ 洪艳:《畲族民歌词曲特点及其关系探析》,《内蒙古大学艺术学院学报》,2012 年第 4 期,第 84—93 页。

⑧ 洪艳:《传统畲歌审美意蕴与"畲歌歌场"现代变迁》,《音乐研究》,2018 年第 1 期,第 52—60 页。

⑨ 邓苗:《畲族民歌如何叙事——以〈歌不上口莫进寮〉为中心》,《文化遗产》,2015 年第 1 期,第 80—88 页。

对比,发现畲族山歌的汉化不仅仅表现在汉字记音上,其语篇衔接等方面也体现了对《诗经》的传承。[1] 翁颖萍的发现,是畲汉文化交融的有力的佐证。她又通过对浙江畲族山歌的语料分析,发现了大量的据音借用字和新造字,再次证实畲汉文化的关联性。[2] 边秀梅、姜苏卉将客家山歌和畲族民歌在音乐的物质文化、精神文化等层面进行了比较。[3] 黄明光、蒋玲玲研究了畲族山歌对汉族神话传说及诗歌赋比兴手法的传承与创新。[4] 他们认为在传承汉族文学作品的同时,畲族民歌突出了本民族生活地区特点,而对汉族文学作品的借鉴,使畲族民歌更富有文学、民族、政治等研究价值。黄倩红在分析畲族小说歌《孟姜女寻夫》的时候发现,《孟姜女寻夫》借用了汉族传说的内容以及汉文学的创作方式(如现代修辞法等),但也明显融入了畲族的民族、地域和心理的文化特征。[5]

还有个别研究从歌词出发,讨论畲族山歌的功能和价值。谢爱国认为它具有历史记忆、自身教育和民族凝聚功能。[6] 朱琼玲总结了民歌的娱乐功能、社交功能、教育功能和传承功能。[7] 钟雪如、赵峰认为要发掘畲歌的美育价值,有助于提高畲族人民的文化自信等。[8]

(四)传承与传播

传承和传播是后非遗时代畲族山歌研究的重要支点。翁颖萍梳理了畲族山歌的历史发展脉络,将其分为萌芽、初型、定型、新民歌和现状五个

---

[1] 翁颖萍:《从语篇衔接角度看畲族歌言对〈诗经〉的传承》,《贵州民族研究》,2011 年第 1 期,第 166—172 页。

[2] 翁颖萍:《浙江畲族民歌用字研究》,《浙江树人大学学报》,2017 年第 4 期,第 68—73 页。

[3] 边秀梅、姜苏卉:《客家山歌和畲族民歌的比较研究》,《赣南师范学院学报》,2013 年第 5 期,第 29—32 页。

[4] 黄明光、蒋玲玲:《论畲族民歌对汉族文学作品的传承、创新及价值》,《丽水学院学报》,2016 年第 4 期,第 53—57 页。

[5] 黄倩红:《畲族小说歌〈孟姜女寻夫〉对汉族孟姜女传说的传承与变异》,《河北民族师范学院学报》,2017 年第 1 期,第 37—43 页。

[6] 谢爱国:《畲歌在历史上的功能》,《宁德师专学报(哲学社会科学版)》,2011 年第 3 期,第 50—57 页。

[7] 朱琼玲:《畲族民歌社会功能探析——以畲歌歌词为切入点》,《丽水学院学报》,2015 年第 1 期,第 12—17 页。

[8] 钟雪如、赵峰:《挖掘畲歌美育价值,坚定畲民文化自信》,《中国民族博览》,2020 年第 4 期,第 8—9 页。

阶段,并阐释了畲族山歌现在的困境及原因。① 论文结合大历史环境的变化谈山歌的流变,其目的仍然是讨论新形势下的传承和创新。

朱庆好分析了畲族山歌的口头传播特点,指出在现代传媒的冲击下畲族山歌面临的传播危机。② 王洋则考察了当代畲族题材电影中的畲歌的运用。文章指出目前缺乏此类题材电影,也影响了对畲歌的推广。③ 颜雪洋的研究从民族题材动画化角度出发,探析《高皇歌》动画创作元素,并从叙事、角色等角度深入探讨,认为通过融合性改编的《高皇歌》动画作品既能承载民族精神,又符合新时代美学特征,可以更好地保存和传播传统文化。④ 郑坚勇认为畲族语言的发展和族群交流的社会生活需要推进了小说歌的形成和发展。⑤ 关于小说歌,还有两篇硕士论文也值得关注。黄倩红从文献学角度对畲族小说歌进行了考证研究,同时也通过篇名和题材的探源,发现畲族小说歌的源头主要是汉畲文化遗产。⑥ 周晓婷结合文本研究和田野调查,分析了畲族小说歌的缘起及其发展过程中的题材、内容、功能以及传承方式的转变,并以此探讨畲族文化意识的转变。⑦

万兵对畲族情歌的翻译讨论,开启了畲族山歌对外传译的研究。⑧ 他还从音乐传播学角度出发,研究了畲族山歌中新民歌的翻译。⑨ 万兵认为畲族新民歌的对外传播要通过"译"与"配",以英美现代新民歌或韵文、英美诗歌用词等在英美再现现代畲族新民歌的韵味,如此方能探讨畲族山歌海外的传播与接受。喻锋平从民族志阐释和口头诗学研究角度讨论了《高皇歌》英语翻译,并在此基础上讨论民族典籍翻译和民族文化传播之间的

---

① 翁颖萍:《论畲族歌言的历史流变》,《社会科学战线》,2016 年第 7 期,第 131—137 页。

② 朱庆好:《畲族山歌的口头传播特点及其当代生存危机》,《新闻界》,2012 年第 12 期,第 27—32 页。

③ 王洋:《当代畲族题材电影中畲歌的运用》,《丽水师范学院学报》,2017 年第 4 期,第 49—53 页。

④ 颜雪洋:《畲族神话〈高皇歌〉中的动画创作元素探析》,《福建工程学院学报》,2018 年第 5 期,第 421—425 页。

⑤ 郑坚勇:《浅谈畲族小说歌的形成、特色及传承》,《当代文化与教育研究》,2012 年第 2 期,第 83—84 页。

⑥ 黄倩红:《文献学视野下的〈畲族小说歌〉研究》,中央民族大学硕士论文,2011 年。

⑦ 周晓婷:《文化变迁视域下的畲族小说歌研究》,云南师范大学硕士论文,2019 年。

⑧ 万兵:《畲族情歌翻译试析》,《民族翻译》,2014 年第 3 期,第 56—63 页。

⑨ 万兵:《音乐传播学视阈下畲族新民歌的翻译》,《外国语言与文化》,2019 年第 1 期,第 103—114 页。

关系。① 杜丽娉在考察畲族哀歌的英译时发现,畲族哀歌的英译涉及文化内涵、跨文化意识等问题,需要以民族志考察方法结合文化翻译理论展开,才能真正实现跨文化交流目的。② 杜丽娉在翻译研究的基础上,探讨了畲族山歌的跨文化研究,提出畲族山歌走向世界的两步——畲译汉和汉译英,并由此讨论了"畲—汉—英"三重奏中蕴含的跨文化沟通和文化认同问题。③

　　总之,从零星的介绍到跨学科多视角的研究展开,可见畲族山歌已经突破了少数民族文学的范围,获得了社会和学界普遍的关注。这个现象,与非物质文化遗产保护息息相关,也与建构中华文化共同体的理想同频共振。

第三节　研究理论、方法与主要框架

一、相关理论回顾

　　本书的研究主题是畲族山歌的话语研究,因此是集文学、语言学、文化学、民族学、历史学等多学科的交叉性研究。研究所涉及理论较多,现将主要理论做一简要介绍。

(一)话语及话语研究

　　话语是人们沟通的基本方式之一,自弗斯(J. R. Firth,1951)和哈里斯(Z. Harris,1952)提出"话语"以后,"话语"就成为语言学界的一个重要、复杂的术语。20世纪70年代福柯(M. Foucault)在他的《知识的考古学》中探讨了话语与陈述,对它的呼应和反驳使话语研究有了质的飞跃,"话语"穿梭在语言学、政治学、社会学、哲学、文学等诸多领域,在焦点研究和模糊运用之间不断变幻,以至于今天关于话语的定义已不下百种,关于话语的前缀和后缀及其近义词、衍生词的研究将话语建构成为一个庞大而

---

① 喻锋平:《畲族史诗〈高皇歌〉英译研究》,浙江工商大学出版社2017年版。
② 杜丽娉:《畲族哀歌英译探析》,《丽水学院学报》,2018年第4期,第10—15页。
③ 杜丽娉:《畲族山歌的跨文化研究》,中国社会科学出版社2019年版。

迷人的体系。

　　不同的学科、不同的理论体系下对话语的定义是不同的。有福柯所认为的话语是"构成陈述整体的有效单位""是一种实践"①，也有巴赫金（M. Bakhtim）认为的"话语是一种社会事件"②，哈贝马斯（J. Habermas）认为话语是"以语言形态存在的思想或存在"③。施旭认为，话语是指在特定的社会、文化、历史环境下，人们运用语言进行交际的事件或这样一类现象，换句话说，"话语"是与预警或者"语言使用环境"相关联的语言活动，更简单地说是一种"实际生活中的语言活动"。④

　　"话语"的发展史中涉及了太多的人物和研究领域，但这其中有两个观点是本研究中多次涉及的。一是巴赫金的观点。巴赫金总结了话语特征，即"纯符号性、意识形态的普遍适应性、生活交际的参与性、成为内部话语的功能性，以及最终作为任何一种意识形态行为的伴随现象的必然现存性"⑤。他认为："话语是一种社会事件，它不满足于充当某个抽象的语言学的因素，也不可能是孤立地从说话者的主观意识中引出的心理因素。"⑥因此，"话语永远都充满着意识形态或生活的内容和意义"⑦。巴赫金所提到的几个元素——话语的参与性、话语的功能性、话语的社会性——都说明了话语的社会意义，它不是孤立存在的静止的东西，而是在社会交往中一定语境背景下的意义存在。

　　第二个观点来源于福柯在他的"知识考古"过程中的发现。福柯认为话语是一种符号，但"话语所做的，不止是使用这些符号以确指事物"⑧，而这种"不止"才是话语令人关注的东西。福柯的话语超越了语言符号本身，

---

　　① ［法］米歇尔·福柯：《知识考古学》，谢强、马月译，生活·读书·新知三联书店 2007 年版，第 34、50 页。

　　② ［俄］巴赫金：《生活话语与艺术话语》，《巴赫金全集》第 2 卷，河北教育出版社 1998 年版，第 92 页。

　　③ 转引自高玉：《论"话语"及其"话语研究"的学术范式意义》，《学海》，2006 年第 4 期，第 108 页。

　　④ 施旭：《文化话语研究——探索中国的理论、方法与问题》，北京大学出版社 2010 年版，第 3 页。

　　⑤ ［俄］巴赫金：《马克思主义与语言哲学》，《巴赫金全集》第 2 卷，河北教育出版社 1998 年版，第 357 页。

　　⑥ ［俄］巴赫金：《生活话语与艺术话语》，《巴赫金全集》第 2 卷，河北教育出版社 1998 年版，第 92 页。

　　⑦ ［俄］巴赫金：《马克思主义与语言哲学》，《巴赫金全集》第 2 卷，河北教育出版社 1998 年版，第 416 页。

　　⑧ ［法］米歇尔·福柯：《知识考古学》，谢强、马月译，生活·读书·新知三联书店 2007 年版，第 53 页。

是语言与实践一体化产物。因此,他将话语定义为"陈述的整体,因为它们隶属于同一个话语形成;它是由有限的陈述构成的"①。话语本身是一种复杂的实践,它既具有历史性、规律性、连续性和系统性,也有重复性、非统一性、断裂性、开放性等特征。福柯用医生话语为例,解释了话语的产生和建构的过程。他也分析了知识和话语的关系,认为知识是"由某种话语实践按其规则构成的并为某门科学的建立所不可缺少的成分整体"②。福柯的研究发现,和巴赫金的研究有相似点——即话语的思想性和社会性。话语不是在封闭的系统中的静止的符号,而是一种连续的陈述实践。福柯的话语概念和话语建构分析深刻地影响了后世的话语研究。

　　巴赫金和福柯的研究虽然不是从语言学视角出发的,但话语本身就是在语言的基础上发生的。因此,无论是文学还是文化学、语言学上的话语研究,大多会参考二者的研究成果,特别是福柯在其话语研究基础上展开的"话语—知识—权力体系"更成为众多话语研究的理论基础。福柯认为"权力制造知识;权力和知识是直接互相连带的"③,话语体现出知识的权力本质。

　　话语的复杂性导致了话语研究的多元化。既有不同的社群话语,也有不同的行业话语,还有不同的事件话语;研究的范式也根据不同领域的研究而有异同性。从语言学角度有言语行为理论(Speech Act Theory)、交际理论(Theory of Communication)、礼貌理论(Politeness Theory)、会话分析(Conversation Analysis)、批判话语分析(Critical Discourse Analysis)等,从人类学角度有民族志方法(Ethnography of Speaking),从哲学有解构主义理论(Deconstruction),文学文化有后殖民主义理论方法(Postcolonial Studies)等。

　　当前讨论较多的是施旭的文化话语研究范式。在前人的基础上,施旭总结了一套当代中国话语研究范式。他认为:"话语因浸淫于不同的文化圈而呈现出不同的特点,不仅是外在的表现形式,更重要的是内在于自身的文化传统、思维方式、精神世界,重视话语的文化性是文化话语研究范式

---

　　① 〔法〕米歇尔·福柯:《知识考古学》,谢强、马月译,生活·读书·新知三联书店 2007 年版,第 129 页。

　　② 〔法〕米歇尔·福柯:《知识考古学》,谢强、马月译,生活·读书·新知三联书店 2007 年版,第 203 页。

　　③ 〔法〕米歇尔·福柯:《规训与惩罚》,刘北成、杨远婴译,生活·读书·新知三联书店 1999 年版,第 29 页。

的关键,也是与西方话语研究最根本的差异。"①因此,他将话语界定归结到三个点——语境、社会实践和文化现象。施旭在分析东西方语境和言语这两大话语要素时,提出要注意东方话语语境的独特性和东西方语境的异同。最后施旭提出了重构新范式的话语准则——立足本土文化、具有中华文化特色、具备全球视野。

(二)记忆理论

记忆是"人脑对经验过的事物的识记、保持、再现或再认,它是进行思维、想象等高级心理活动的基础"②,是"人脑对外部信息输入编码、存贮和提取的过程"③,是心理学范畴的概念。早在公元前就有关于人类记忆和遗忘的说法,柏拉图还有一个专门的"蜡版假说",苏格拉底把记忆描述为"鸽舍",奥古斯丁把记忆看作"宫殿、宝库、洞穴"。但最早的学术上的记忆研究要追溯到 17 世纪的英国"联想主义"心理学派。20 世纪初,记忆研究走出了个人记忆、心理学的局限性,受到社会学的关注,法国社会学家莫里斯·哈布瓦赫指出一个现象:"人们通常在社会中才获得了他们的记忆的。也正是在社会中,他们才能进行回忆、识别和对记忆加以定位。"④以对这个现象的分析为基础,哈布瓦赫提出"存在着一个所谓的集体记忆和记忆的社会框架"⑤。他认为:"个体通过把自己置于群体的位置来进行回忆。群体的记忆是通过个体记忆来实现的,并且在个体记忆之中体现自身。"⑥哈布瓦赫还指出"社会思想本质上必然是一种记忆,它的全部内容仅由集体回忆或记忆构成"⑦,而"集体记忆具有双重性质——既是一种物质客体、物质现实,比如一尊塑像、一座纪念碑、空间中的一个地点,又是一种象征符号,或某种具有精神含义的东西、某种附着于并被强加在这种物质现实之

---

① 施旭:《文化话语研究和少数民族文学的新视野》,《民族文学研究》,2013 年第 1 期,第 172 页。
② 《辞海》中关于记忆的解释,转引自邵鹏:《媒介记忆理论》,浙江大学出版社 2016 年版,第 2 页。
③ 邵鹏:《媒介记忆理论》,浙江大学出版社 2016 年版,第 49 页。
④ [法]莫里斯·巴布瓦赫:《论集体记忆》,毕然、郭金华译,上海人民出版社 2002 年版,第 68—69 页。
⑤ [法]莫里斯·巴布瓦赫:《论集体记忆》,毕然、郭金华译,上海人民出版社 2002 年版,第 69 页。
⑥ [法]莫里斯·巴布瓦赫:《论集体记忆》,毕然、郭金华译,上海人民出版社 2002 年版,第 71 页。
⑦ [法]莫里斯·巴布瓦赫:《论集体记忆》,毕然、郭金华译,上海人民出版社 2002 年版,第 313 页。

上的为群体共享的东西"①。在经过对家庭、宗教、社会的考察以后,他提出记忆、社会活动、观念、认同等之间的关系,个体的记忆长存,我们的认同感始终长存,而"对于那些发生在过去,我们感兴趣的事件,只有在集体记忆的框架中,我们才能重新找到他们的适当位置,这时,我们才能够记忆"②。

哈布瓦赫的研究是具有开创性意义的,他关于个体记忆和集体记忆(Collective Memory)的观点虽然也受到一定质疑,但关于记忆的社会性和建构性的观点对后世有较大的影响。英国的心理学家弗雷德里克·巴特雷特(F. Bartlett)也重视社会文化对个人记忆的影响,他提出了"心理构图"(Scheme)概念,指出我们的回忆是在自身的心理构图上的重构。

20世纪末,记忆理论产生了多维度发展。既有关于集体记忆、社会记忆等概念的研究,也有关于记忆传递问题等。这其中美国保罗·康纳顿(P. Connerton)的研究努力解释了记忆是如何传承的。

康纳顿认为,纪念仪式和所有其他仪式存在两个共同特征:形式主义和操演作用(Performativity);只要它们作为记忆手法有效地发挥作用,它们就能够继续发挥作用。仪式重演特征对塑造社群记忆是一个极其重要的特征。③ 康纳顿把行为区分为体化(Incorporating)实践和刻写(Inscribing)实践。④ 前者是个人或群体有意或无意间使用身体举动来传达信息,后者是通过储存或检索信息的手段,例如印刷、百科全书、索引、照片、录音带、计算机等。康纳顿认为从口头文化到书面文化的过渡是从体化实践到刻写实践的过渡⑤;社会刻写体系(Society's Systems of Inscription)的传播和周密化,有可能让它的记忆能力得到有说明意义的发展。⑥

康纳顿用两种实践解决了个人记忆、集体记忆、社会记忆、历史记忆等各种记忆方式的传递问题,提出了口头文献和书面文献在记忆传承中的作用。结合各路专家的研究可以看到,记忆是有选择的社会行为,记忆、认同

---

① [法]莫里斯·巴布瓦赫:《论集体记忆》,毕然、郭金华译,上海人民出版社2002年版,第335页。

② [法]莫里斯·巴布瓦赫:《论集体记忆》,毕然、郭金华译,上海人民出版社2002年版,第289页。

③ [美]保罗·康纳顿:《社会如何记忆》,纳日碧力戈译,上海人民出版社2000年版,第70页。

④ [美]保罗·康纳顿:《社会如何记忆》,纳日碧力戈译,上海人民出版社2000年版,第91页。

⑤ [美]保罗·康纳顿:《社会如何记忆》,纳日碧力戈译,上海人民出版社2000年版,第94页。

⑥ [美]保罗·康纳顿:《社会如何记忆》,纳日碧力戈译,上海人民出版社2000年版,第125页。

与权力存在不同程度的关联,而书写元素的加入增加了政治权力的含量。

中国学者在西方记忆研究的基础上,也做了理论的梳理和总结,对于集体记忆的理论,王明珂做了如下综述:(1)记忆是一种集体社会行为,人们从社会中得到记忆,也在社会中拾回、重组这些记忆。(2)每一种社会群体皆有其对应的集体记忆。(3)对于过去发生的事来说,记忆常常是选择性的、扭曲的或是错误的,因为每个社会群体都有一些特别的心理倾向,或是心灵的社会历史结构。回忆是基于此心理倾向,使当前的经验印象合理化的一种对过去的建构。(4)集体记忆依赖某种媒介,如实质文物(Artifact)及图像(Iconography)、文献,或各种集体活动来保存、强化或重温过去。①

王明珂把具有社会意义的记忆分为社会记忆、集体记忆和历史记忆三个范畴,并区分了文献中的社会历史记忆和口述中的社会历史记忆。他认为 1980 年以后的记忆概念"常与族群认同、国族主义等研究联系在一起,也与历史人类学的发展关系密切"②。这一点,无疑是记忆理论研究当代的新发展。因为无论是人类学、文化学还是历史学、政治学等方面的探讨,记忆理论的运用对探索群体起源、民族认同、话语建构等方面都有极大的帮助。

(三)文化适应理论

随着人类文明的发展,文化变迁成为文化发展中重要的现象。文化变迁有两大类:一是文化内部因发展而变化;二是因文化间的交流的增多而产生变化。后者即后来人类学家或者文化学家都认为的文化适应或者文化涵化现象。

Acculturation,译文为文化适应或者文化涵化,要追溯到 19 世纪末的美国。白人以军事和政治手段强制性地使印第安人接触到白人文化,使印第安土著文化产生了接触后变化。对此现象,美国人类学家鲍威尔(J. W. Powell)在他的《印第安语言研究导论》(*Introduction to the Study of Indian Languages*,1880)一书中提到了 Acculturation 一词,这可能是最早的关于这一现象的表达。随后美国的人类学家博厄斯(F. Boas)在其著作中也提到了这一现象。20 世纪初,不仅是美国,德国、英国的学者也开始关

---

① 王明珂:《华夏边缘:历史记忆与族群认同》,社会科学文献出版社 2006 年版,第 27 页。
② 王明珂:《历史事实、历史记忆与历史心性》,《历史研究》,2001 年第 5 期,第 138 页。

注这个问题。20 年代以后,关注这个问题的学者越来越多,以美国鲍威尔学生等后辈学者为主体,"他们以自己所熟悉的美国社会为对象,建构起一个攻坚的研究体系,将'文化适应'推向了文化人类学研究的前台"①。从 30 年代到 60 年代,出现了好几部重要著作,就文化适应的内容、过程和结果等做了各种研究,其研究发现对 80 年代以后的文化变迁研究有较大影响。

什么是文化适应? 根据 1936 年美国人类学家赫斯科维茨(M. J. Herskovits)、雷德菲尔德(R. Redfield)和林顿(R. Linton)所提到的:"由个体组成的具有不同文化的数个群体之间发生直接的、持续的文化接触,引起一方或双方原有文化模式发生变化的现象。"②俄国托卡列夫(C. A. Tokarev)认为"文化适应是指一些具有不同文化的个体集团发生长期而直接的联系,因而一个或两个集团改变了原有的文化模式所产生的现象"③。《人类学词典》中文化适应的定义是:"通过直接与不同文化的群体不断进行交往传播文化的过程,其中一种文化常常更为发达。这个过程可能是单方面的,也可能是双方面的。"④

从这些定义中可以看到这样两个关键词:接触、变化,但对变化的效果、变化的内容并没有解释。

因此,李安民《关于文化涵化的若干问题》一文中的解释相对更具体:"文化涵化是指两种或两种以上的不同文化在接触过程中,相互采借、接受对方文化特质,从而使文化相似性不断增加的过程与结果。"⑤

文化适应包括文化接触、文化交融和文化更新三个阶段。在文化接触阶段,外来文化对主体文化产生了冲击,会有一段混乱的阶段。但随着接触加深,人们进入适应阶段,会有意识或者无意识地吸收外来文化元素。两种文化在同一个区域并存,并彼此产生影响。文化交融的结果就是外来文化的特质被吸收,原有的文化仍然保留。到了第三阶段,主体文化对外

---

① 罗康隆:《文化适应与文化制衡——基于人类文化生态的思考》,民族出版社 2007 年版,第 155 页。

② 转引自罗康隆:《文化适应与文化制衡——基于人类文化生态的思考》,民族出版社 2007 年版,第 156 页。

③ 转引自罗康隆:《文化适应与文化制衡——基于人类文化生态的思考》,民族出版社 2007 年版,第 161 页。

④ 文化适应又被译为文化涵化,不同学者采用不同的译法。《人类学词典》中译文用涵化一词,本书部分参考文献也用涵化一词,因此涉及此类文献时本文亦采用涵化一词,不再一一做解释。

⑤ 李安民:《关于文化涵化的若干问题》,《中山大学学报》,1988 年第 4 期,第 45 页。

来文化元素进行了取舍,吸收了适合本体文化的内容,替换掉本体文化中不够先进的部分,从而形成了新的文化形式,完成了文化更新。

文化适应是文化发展过程中非常普遍的现象,但是在不同的历史时期,在不同地域、宗教信仰、民族情感、经济水平等影响下,适应的过程、方式方法和结果也不尽相同。

文化适应引起广大文化学家和人类学家的关注和讨论,涉及观点很多,也包含了不同的概念。例如"传播(Diffusion)、同化(Assimilation)、采借(Borrowing)以及文化接触(Cultural contact)等"①相互交替。

二、主要研究方法

由于本书要兼顾历史记忆、话语建构、地理空间、传播传承、民族认同等问题,因此需要结合多种研究方法。以下为本书采用的主要研究方法做一简要介绍。

(一)田野调查

田野调查(Field Research,Fieldwork)是文化人类学研究的最基本方法之一,涉及领域相当广泛。通过田野调查可以获得大量的一手资料,因此语言学、文学、艺术学、民族学等都可采纳田野调查法。在田野调查中,需要选择合适的地区,通过深度访谈调研、观察体验等方式,获得第一手资料。本研究的展开虽然可以借助一些文献材料,但是,当前正式出版的畲族山歌集或者畲族文化研究专著量少且分散。即使是浙江省档案馆、浙江图书馆等地,也只保存了部分的资料;市县档案馆、图书馆、文化馆等地保存的资料也往往是地方性的,想获得更多的资料难度较大;还有大量未曾公开出版的畲族山歌手抄本,也散落在各个地区或家庭。因此在本研究中,田野调查是获取第一手资料的重要保证,通过田野调查采集到的畲族山歌、获得的畲族生活、文化信息以及当前的生活状态等内容,大大弥补了畲族相关文献的不足。此外,研究对象为具有地方特色的口头文学,有特定的地理环境和民风民俗,因此通过当地的田野调查,从当地居民的口述、观察当地居民的生活等获得细致的支撑材料。

----

① 王海龙:《文化人类学历史导引》,学林出版社 1992 年版,第 238 页。

从 2015 年开始,笔者开始关注和接触浙西南畲族山歌,开始对相关人员进行访谈。2017 年、2019 年在浙西南地区的畲族居住地、文化馆、博物馆、研究所等地进行调查,走访村民,采集山歌,了解村落文化建设、收集各类文献等等;2020 和 2021 年因疫情缘故,通过电话访谈和网络联系继续补充资料。

(二)文献研究方法

文献研究中采用的文献主要分为口头文献和书面文献。由于研究对象的特殊性,官方出版的书面文献相对较少,而且省市县各级档案馆内的资料也有一定的局限性。因此需要通过田野调查、互联网等手段获得口头资料以及深藏于民间的书面资料。

整理通过田野调查和互联网检索所获得的口头资料以及从各地图书馆、文化馆所藏文献、村民家藏等获得的各种文本资料后,进行了分类和研读。这些材料包括正式出版的山歌歌本、家传手抄本、地方志、文件、专著、网络文献、回忆录、考察报告等。

文献整理后,主要用于两项用途。一是做了比较全面的浙西南畲族山歌研究的综述。该综述的目的是梳理中华人民共和国成立以来畲族山歌的研究历史和现状,探索学者主要关注的问题以及遗留下来待解决的问题,以期从学术的视角了解畲族山歌的传播与传承状况。此外,通过综述找到的学术研究发展脉络,对申遗前后的民族文化研究特色进行了归纳和总结,也给后续的研究提供参考。二来在具体的研究中,这些文献成为重要的依据以及分析对象。特别是关于畲族山歌和畲族民风民俗的口头文献和家藏文献,是非常宝贵的一手资料。

(三)语料库分析方法

在本研究中,对畲族山歌的研究主要在其文本的内容和内涵上,但是,山歌作为研究文本有其不足之处。山歌内容庞杂,零散化、碎片化情况较严重,尤其是口头文学具有极强的开放性和动态性,材料处于不断补充之中,导致山歌库越来越庞大而繁复。若以传统的文本分析方法来探讨文本的意义、符号、结构等,只能限于主题较为集中、范围相对狭小的部分。要同时达到理想的广度和深度,将看似散乱的山歌归纳到一个研究体系中,提取畲族山歌的文化内涵和时代意义,从语言现象、语义层次等方面进行挖掘，显然需要更多的手段进行辅助。

当然，我们当前处在大数据时代，大数据思维对传统文本分析的变革也有一定促进作用。既然此次研究是一个跨学科研究项目，本书采用语言学中的语料库工具作为文本分析辅助，把各处采集来的畲族山歌建立不同的语料库，通过 Wordsmith6.0 的工具辅助，获得畲族山歌的关键词、词簇、对比信息等。这样做，既可以突破传统文本分析范围小的局限性，将最大量的山歌纳入观察体系中，又可以进行文本数据的处理和对文本的内容的深入探讨。同时，还可以帮助整合大量的信息材料和进一步挖掘文本的潜在信息。虽然本书稿最终未呈现数据分析部分，但语料库的处理结果为文学和思想的分析提供了可靠的支撑。

(三)研究框架

本书包括导论、正文和结论、附录四部分，共七章三附录。

第一章为导论部分。主要包括研究缘起和选题意义、现有研究综述、相关理论回顾以及主要研究方法的介绍。该部分着重梳理了中华人民共和国以来关于畲族山歌的研究情况，目的是通过学术史的梳理，从侧面展示畲族山歌的发展历程中政府、个人、政策、思想等发展和变化。

第二章为"畲族与畲族山歌"。主要介绍畲族的民族情况以及畲族山歌的概况。该部分探讨了畲族山歌作为畲族文化遗产的产生和发展、山歌的分类和社会功能等。

第三章为"作为群体记忆的畲族山歌"。该部分从畲族山歌文本入手，探讨畲族山歌中关于历史、风俗等方面的族群记忆。通过分析山歌文本中的历史记忆元素，本部分将畲族人民的民族探源和发展史进行了梳理，尤其增加了其红色革命记忆。

第四章为"话语的建构"。该部分讨论畲族山歌中的英雄话语、女性话语和地理话语。对山歌中话语的阐释，目的是揭示山歌话语的生成、目的、模式和叙事中心，对山歌开展深层次的探讨。

第五章为"文化调适与共生"。该部分探讨了畲族山歌发展过程中畲汉文化碰撞后产生的文化适应现象。从畲汉历史互动的背景到畲汉文化共生现象的解释，该章节试图从渗透、采借、共生、浸染、融聚几个方面展开讨论，展示畲族山歌在发展过程中所面临的挑战以及畲族文化的民族认同和自新意识。

第六章为"传承与传承者"。该部分从传承角度讨论畲族山歌的发展。分析了传承方式、传承主体和传承空间。这部分着重依靠田野调查中的访谈所得,探讨新时代畲族山歌传承方式的更新和突破。

第七章为结论章。通过上述山歌内容、内涵、发展现状的分析,展示畲族山歌的当代困境,讨论在后非遗时代如何更好地传承和传播畲族山歌等问题,该部分强调了文化生态与文化复兴的关系。

最后三个附录是三个层次的畲族歌手——国家级传承人、市级传承人、县级传承人的访谈录,作为田野调查中较有代表性的成果。

第四节　研究对象、范围及地理生态

一、研究对象及范围

本书的研究对象为畲族山歌(民歌),是畲族文学的主要组成部分。

2006年被列入第一批国家级非物质文化遗产目录时,所采用的一词是"畲族民歌",虽然民歌范畴较山歌更大更广,但从现有研究中看,畲族山歌与畲族民歌属于不同习惯的说法,大部分研究者采用畲族山歌一词。笔者在田野调查中,发现畲族人民自己采用的说法也是畲族山歌,因此本文除特别文献指出外,其他都用"畲族山歌"一词。

本文所研究的山歌出自浙西南地区。从地理界限看,主要指浙江南部丽水、温州,西部衢州、金华、桐庐一带。有些山歌是浙西南地区畲族人民创作并传唱的,有些山歌来源于福建,但也在浙西南地区传唱。因畲族分布以丽水和温州一线为主,因此主要用于分析的山歌多来源于丽水和温州地区。

在书中所讨论的畲族文化、所做的田野调查,主要在景宁畲族自治县,丽水、遂昌、龙游、桐庐等地为辅。主要原因是景宁是全国唯一的畲族自治县,是华东地区唯一的少数民族自治县,其畲族文化保护较好,畲族村寨特色鲜明,在全省有一定代表性。景宁的山歌歌手也获得了国家级非遗传承人和省级非遗传承人称号,在畲族山歌和畲族彩带的传承中,不仅走出了浙江,也曾走出国门,有典型意义。

本研究访谈对象有 5 类人：一是畲族歌手代表。国家级畲族山歌传承人蓝陈启，市级畲族山歌传承人蓝景芬，县级畲族山歌传承人雷巧梅。蓝陈启代表老一代畲族歌手，蓝景芬和雷巧梅代表新生代畲族歌手。二是畲族代表。这些代表，并非歌手代表，而是具有一定影响力的畲族人。例如红曲酒传人钟杏秀等。她们拥有各自的工作，既熟悉畲族文化，也了解山歌。三是畲族后代。这些畲族后代，经过了高等教育，走出了畲族村寨。他们有些还能唱山歌，有些对山歌从来就不曾接触过。这些人的生活大部分已经完全脱离了畲族生活圈子，有的远离故土。四是生活在本地的普通的畲族人。五是畲族文化工作者、畲族地区的管理者等。访谈涉及了山歌的采集、风俗、文化、信仰、语言、教育、政策、非遗等多方面内容。这些对象及其行为言语，都在本研究的范围之内。

二、浙西南畲乡地理分布及生态特色

浙江的畲族主要分布在浙西南山区，少部分在浙西地区。浙西南分布在闽浙赣三省交界处，是畲族最大的居住区。

丽水地区的畲族分布在丽水市（莲都区）、景宁、云和、遂昌、松阳、龙泉等地。最大的居住区为景宁畲族自治县，另有老竹、丽新、雾溪、安溪、三仁、竹垟、板桥等多个畲族乡镇。

温州地区畲族以苍南、泰顺、文成、乐清为主，有司前、竹里、西坑、周山、青街、凤阳、岱岭等畲族乡镇。

衢州地区的畲族主要分布在龙游和衢江区。以沐尘畲族乡为主要畲族居住地，另有小规模畲族村寨散落在龙游和衢江区。

金华地区的畲族主要分布在金华市武义县和兰溪市，有柳城畲族镇与水亭畲族乡。

杭州地区的畲族主要分布在桐庐县，有莪山畲族乡。

浙江省的畲族与汉族长期杂居在浙西、浙南山区，山区生态特征显著，大多属亚热带季风气候，四季分明，当地人民种植茶树、果树、竹子、菌菇等经济作物，生态经济效益显著。丽水地区为武夷山系，海拔 1000 米以上山峰几千座，有江浙第一、第二高峰。大山为主，低山、丘陵、河谷盆地为辅，构成了典型的山地生态和气候特征。同时有瓯江等江河流过，风光秀美，水电资源丰富，植被、矿藏资源亦丰富。温州地区亦山川秀美，降水充沛，生态资源丰富。与丽水地区略有不同的是,温州除了山地和丘陵之外,还有东部的沿海平原。金华地区以金衢盆地为主体,瓯江、钱塘江、椒江、曹娥江四大水系分布,降水充沛,植被丰富。衢州地区是浙江省最具地质形态特色的区域,自然生态环境优美,是钱塘江发源地。桐庐位于钱塘江中段,群山环绕,丘陵为主。

这些地区,都山川秀美,峰奇林茂,生态环境良好,是畲族人民的美好家园,是畲族山歌获得继承与发展的地理空间。

第二章　畲族与畲族山歌

> 水连云来云连天，畲家唱歌几千年。
>
> 皇帝退换几多位，哪个朝代禁歌声。
>
> 祖公代代没田分，留个歌言传子孙。
>
> 歌是山哈传家宝，千古万年世上传。①

歌是山哈传家宝，歌是山哈写文章，畲族的歌就是畲族的言。

安德森（B. Anderson）认为"民族"是一种想象的政治共同体。在民族共同体的想象和建构中，语言，尤其是"印刷语言"是形成想象的共同体的"胚胎"②，和地理空间、历史记忆一样成为民族想象的重要构成。多形态的民族语言蕴含了本民族的特殊意义，同时也呈现出其固定性、传播性和连接性。民族语言在有形和无形之间联结了不同时空之中的人们，成为身份识别、历史记忆、族群认同、精神构建的重要工具，是深植于民族共同体中的文化基因。因此，民族语言的内涵形态及其传承传播是关于民族文化研究的讨论要点，在畲族文化的研究中也不例外。

作为曾经的游耕民族，畲族人民对本民族的想象、建构和认同通过其"歌言"的传唱和传承得以实现。所谓"歌言"，就是山歌。畲族只有语言，没有文字，唱山歌是畲族人民最直接、最简单的记事方式和传播手段，因此自古以来畲族歌言就是畲族人的"印刷语言"。畲族歌言集历史记忆、劳动教育、民俗传承、世界认知、信仰活动于一体，是畲族文化的载体，畲族人民智慧的表现和延续，不仅能言情、言志、言俗、言事，还能传史、传礼、娱人、育人。总之，畲族山歌凝结着畲族人民的民族想象和族群记忆，体现了畲

---

① 整理自手抄本。

② ［美］安德森：《想象的共同体——民族主义的起源与散布》，吴叡人译，上海人民出版社2016年版，正文第43页。

族人民的精神追求和自我认同,是民族文化共建共生的重要载体,具有较高的研究价值。[①]

第一节 畲族:自我认同中的山哈

畲族是中国 56 个民族大家庭中的一员,根据 2000 年全国人口普查统计结果,畲族总人口为 70 万余人,主要居住在福建、浙江、江西、广东、安徽、湖南、贵州等地。

浙江省畲族主要居住在温州、丽水、金华、衢州、杭州以及宁波的山区和丘陵地带,温州、丽水两地畲族人口较为集中。丽水市景宁畲族自治县是全国唯一的畲族自治县;丽水、云和、安溪、遂昌、龙泉、松阳、苍南、文成、泰顺、武义、平阳、兰溪、龙游、桐庐等地都有畲族乡镇。

一、畲族的来源

浙江畲族源于何地?这是学术界争论颇多的一个问题。现存的争论有三。第一,外来说。畲、瑶同源,畲族为武陵蛮的后裔;畲族源于东夷;畲族为河南夷的一支。第二,土著说。畲族是古代越族后裔;畲族为古代南蛮族的一支;畲族为福建土著"闽族"后裔。第三,多源说。这是 21 世纪以来学界的新观点,将畲族的族源研究置于"多元一体的格局"中。[②]

尽管目前学界并无定论,但对于浙江的畲族人民而言,较为接近的家族史记忆多为广东和福建。在笔者田野调查时,畲族人民就提到过"老祖先是从广东来的""家里是福建那边迁过来的",至于广东、福建是否是源头,年轻的一代已无从知晓。

但是,从族谱、文书、地方志等书面文献以及山歌、传说等口头文学中可以判断,浙江的畲族经历了较长时间的迁徙,逐渐进入浙江并定居下来。畲族史诗《高皇歌》常被当作这段迁徙史的历史记载:

---

① 此部分内容引自卢睿蓉:《记忆、建构、融聚——畲族叙事歌的民族想象与认同》,《文化学刊》,2020 年第 11 期,第 11 页。此处略有修改。

② 邱国珍:《浙江畲族史》,杭州出版社 2010 年版,第 5—13 页。

广东掌了几多年,尽作山场无分田。

山瘦土薄难做食,走落别处去作田。

福建田土也是高,田土何壮也何瘦。

几人命好做何食,几人命歹做也没。

兴化古田好田场,盘蓝雷钟掌西乡。

阜老欺侮难做食,走落罗源侬连江。

古田罗源侬连江,都是山哈好住场。

乃因官差难做食,思量再搬掌浙江。

福建官差欺侮多,搬掌景宁侬云和。

景宁云和浙江管,也是掌在山头多。

景宁云和来开基,官府阜老也相欺。

又搬泰顺平阳掌,丽水宣平也搬去。

蓝雷钟姓分遂昌,松阳也是好田场。

龙游兰溪都何掌,大细男女都安康。①

　　从《高皇歌》中可以看到,畲族从广东潮州凤凰山逐渐迁徙,进入闽粤赣三省交界,入福建,再入浙江。进浙江后,先入景宁,然后往浙西、浙南地区辐射。歌中唱到"山瘦土薄难做食""阜老欺侮难做食""乃因官差难做食",由此可见,畲族的迁徙是因为生计艰难,故而以迁徙谋出路。每到一处,畲族人开荒种地,赖以谋生。但每到一处又都受到当时统治者的剥削压迫,于是被迫继续迁徙。

　　《高皇歌》的记录与地方志、族谱的记载相似。根据《广东通志》《潮州府志》记载,畲族发源于广东潮州凤凰山,隋唐之际主要分布在闽、粤、赣交界,过着刀耕火种的生活。后来的迁徙原因多样,政治压迫(唐代畲族起义失败)、经济压榨(徭役和捐税)以及人口增长,因此需要迁徙以谋求生机。

　　从《高皇歌》中还可以看到,畲族迁徙并非一气呵成,而是走走停停,没有固定线路,没有既定目标。走到一地,落户开荒种田,几年后或者几十年后再次迁徙。这一点与文献记载也非常吻合。根据《浙江省少数民族志》,明万历年间迁徙到浙江的雷进明等支族,在从广东迁到浙江的850年间,迁移15次;钟石洪支族从宋代开始迁居,到明万历落户景宁前,迁移23

---

① 浙江省民族事务委员会:《高皇歌》,中国国际广播出版社2016年版,第18—19页。

次。① 这种迁徙,大多以家族为单位迁徙,多处文献记载都是某家庭、某支族迁徙的信息。在《景宁县志》中,唐永泰二年(766)已有雷进裕一家从福建迁移至景宁②、南宋时蓝敬泉族人从福建迁入的记载,明末清初此类记载更多。根据《浙江畲族史》的研究,浙江畲族大部分是明代以后从福建迁入,丽水、温州地区居多。金华、衢州部分山村也有畲族聚集地,而桐庐的畲族基本来自文成和苍南。由此可见,畲族入浙后也在浙江地区有过迁徙。

由于是家族迁徙,浙江境内的畲族并未形成大聚居状态,即使在景宁,全国唯一的畲族自治县里,畲族人民还是以"大分散、小聚居"③的方式与当地汉人杂居。由于浙江这些地区都是汉族领地,畲族人就生活在汉人聚集地的边缘,例如山区的半山腰、山顶,交通欠发达,田地贫瘠,靠不断开荒、狩猎谋生。

二、畲汉历史互动

畲族入浙后,与当地人有较长时间的磨合过程。政治经济上,他们受到当地封建统治者的剥削和压迫。在浙西南山区生活期间,他们耕种的山林田地往往被地主掌控,因此需要交纳田租,沦为佃农。有些甚至沦为下九流的从业者,担负杂役贱役。在社会生活方面上,畲族人民也受到一定程度的歧视和打压,例如畲族的习俗、装束等受到本地人嘲笑;畲族人民鲜有受教育者,社会地位低下。在康熙、乾隆、嘉庆、道光年间,浙江官府都有明确的告示禁止"扰害畲民""索累畲民钱物"④,在光绪年间,亦有要求山民"服饰改从民俗"⑤等告示,这些也从侧面反映了当时畲族人民的处境。

明清时期畲民反抗斗争不断,清朝的民族政策为"少乱求安"⑥,也适当采取了一些较为宽容的政策。嘉庆八年,畲族人民获得机会参与科举,名

---

① 浙江省少数民族志编纂委员会:《浙江省少数民族志》,方志出版社1999年版,第103页。

② 有多处文献引用此项记载,但争议不断。据雷必贵等研究,最早的畲族人民入浙应在明万历年间。参见邱国珍:《浙江畲族史》,杭州出版社2010年版,第24页。

③ 景宁畲族自治县志编纂委员会:《景宁畲族自治县志》,浙江人民出版社1995年版,第101、118、119页。

④ 浙江省少数民族志编纂委员会:《浙江省少数民族志》,方志出版社1999年版,第13—14页。

⑤ 转引自邱国珍:《温州畲族史》,人民出版社2017年版,第106页。

⑥ 转引自邱国珍:《温州畲族史》,人民出版社2017年版,第85页。

额虽少,但也打破了桎梏,畲族人民开始接受主流文化教育,同时也开启了畲汉融合的道路。

畲族人民接受教育,识字、参加科举,有机会获得更高的社会地位。当然,接受汉族教育意味着接受汉族影响,无论社会生活还是文化思想都因此产生了明显的变化。在《高皇歌》中,屡次教育不可与"皂老"通婚,但清代以后畲汉通婚,畲族也像汉族一样修建族谱和祠堂,甚至习俗、伦理等方面都有汉化迹象。从经济上看,原先的游耕民族逐渐变成定耕民族,畲族在浙江地区稳定下来,经济水平也随着生活状态的稳定以及和汉族人的经济联系增加获得发展。原先以小家庭、支族迁居的单位,在定居后逐渐发展成大家庭大宗族,为当代畲族村寨的发展奠定了基础。

畲汉互动在清末民初以后更为频繁,一个重要的因素是畲族人民受教育机会增加。清末有私塾,民国期间创办畲村学校,畲族人民的教育机会增加,通婚比例增大,日常生活中的交往也增加。当然,这些改良现象只限于一些经济条件较好的畲族人,大部分的畲族人民由于经济拮据,无力承担上学的费用。畲族人民的教育还是在劳动和生活中获得,例如山歌的传唱就是重要的方式。

畲族人民生性淳朴、吃苦耐劳。由于地位低下、文化经济落后,他们比当时的汉族劳动人民受到的封建统治阶级的欺压更严重,因此与当地汉族劳动人民结下了深厚的友谊。在清末民初的几次畲族人民反抗斗争中,都是畲汉人民共同发起参与;尤其是革命时期,畲族人民在共产党的带领下,积极投身于土地革命、抗日战争和解放战争中。

三、畲族的发展

中华人民共和国成立后的浙西南畲族经历了日新月异的发展。《中华人民共和国宪法》规定"各民族一律平等",从社会、经济、文化等方面对畲族都有了积极的影响。中华人民共和国成立后立即进行了土地改革,畲族人民也分得了田地。1956 年国务院正式确定畲族的族称,确定它为我国单一的少数民族。[①] 畲族实现区域自治,民族村、乡、镇成立,1985 年还成立了景宁畲族自治县。从社会地位、经济发展方面看,除了地域的影响对经济

---

① 蒋炳钊:《畲族史稿》,厦门大学出版社 1988 年版,第 8 页。

发展产生一定的影响之外,畲族人民和汉族人民一样当家做主,经历同样的时代变迁,收获同样的改革发展红利。从文化教育等方面看,政府在畲族地区做出了更多的努力。畲族成分确定以后,畲族孩子除了当地入学之外,在高等教育等方面还享受优惠政策;畲族干部的培养也随着教育的普及而得以实现。

畲族教育的发展对畲族的文化思想起到至关重要的影响。在中华人民共和国成立前漫长的岁月中,畲族人被称为"蛮寮",被误认为苗族、瑶族、客家人等,"畲客"是侮辱性的称谓。畲族人自称为"山哈",山里的客人。屡次迁徙,看似主动,实因生计难为,身不由己。无论从地理还是思想上,长时间远离主流社会,因此畲族人民不仅缺乏足够的民族自信,也有一定的封闭心态。随着畲汉互动的逐步加强,畲族文化受汉化影响增大,出现弱化甚至同化的趋势。因此,在中华人民共和国成立以后,政府对保护畲族文化、加强畲族文化研究上做了大量的工作。经过20世纪50年代初的民族调查、文化采风等工作,专家学者对畲族文化的研究逐步开展,畲族人研究本民族文化的积极性也随之调动起来。畲族歌手将山歌记录下来,收集流传四处的手抄本,编辑出版各种畲族山歌。尤其是国务院非物质文化遗产工作开展以后,民族文化受到更多的关注,畲族人民也意识到本民族宝贵的文化财富,自发地投入民族文化的发掘、保护和传承工作中。

正如畲族人和其他民族散杂居一样,他们也处于多元文化的包围中。如何保护、如何取得发展和突破,是他们面临的巨大的问题。要树立文化自信,首先要做的应该是文化自觉。这种自觉,不是闭门造车式的学习,而应该像费孝通先生曾指出的:"(文化自觉)只有在认识自己的文化、理解并接触到多种文化的基础上,才有条件在这个正在形成的多元文化的世界里确立自己的位置,然后经过自主的适应,和其他文化一起,取长补短,共同建议一个有共同认可的基本秩序和一套各种文化都能和平共处、各抒所长、联手发展的共处守则。"①

这是一个艰巨的过程,既要认识自己,也要看清世界,方能理解自己到底是谁、自己的歌唱为何物,因此,了解山歌的历史进程,是认识畲族本身的一个重要过程。

---

① 费宗惠、张荣华:《费孝通论文化自觉》,内蒙古人民出版社2009年版,第22页。

第二节　畲族山歌的起源与发展

在中华各民族的发展史中,最早的文学体裁乃是诗歌,而诗歌就源于劳动中的歌唱。有乐合为歌,无乐合为诗,无论是简单的劳动号子,还是复杂的祭祀祷言,劳动生活乃是诗歌萌芽和发展的重要语境,也是诗歌最早的素材。自《尚书·尧典》中提及"诗言志,歌永言,声依永,律和声"①起,诗歌的言志抒情功能历来为人所道。无论是劳动生活中还是宗教仪式上,诗歌的可叙事可抒情,是古代人民信息传送、传达心声的最重要介质。汉族有《诗经》,其中可见周王朝数百年间的中国社会生活;畲族就有畲族山歌,记录了畲族人民有史以来的方方面面。作为畲族特有的民族艺术形式,畲族山歌既是"一种文化符号,又是一种文化载体;既是一种文化现象,也是一种文化媒介"②,是畲族社会历史文化发展的直接投射。

一、山歌的起源

最早的畲族山歌来源于畲族人的劳动中,有言有乐,生发自然。就如歌中唱道:

> 畲乡山水好风光,有歌有景有远方。
> 香茶来伴甜酒醉,又有畲娘歌来唱。③

根据翁颖萍研究,关于山歌最早的记录在晋朝的《搜神记》里:"扣槽而歌,以祭盘瓠。"④清代的《景宁县志》中,也有山歌的相关记录:"其出而作,男女必偕,皆负耒负薪于清嶂绿野间,倚歌相和。"⑤畲族人大多生活在山区,"刀耕火种"是他们原始的生产方式,游耕、游猎的生活使得他们的劳动

---

① 《尚书》,曾运乾注,黄曙辉校点,上海古籍出版社 2015 年版,第 22 页。
② 罗云、钟璞:《民族艺术生成和表现的文化属性》,《民族艺术研究》,2014 年第 4 期,第 150 页。
③ 此山歌为蓝景芬演唱。
④ 转引自翁颖萍:《论畲族歌言的历史流变》,《社会科学战线》,2016 年第 7 期,第 131 页。
⑤ 转引自翁颖萍:《论畲族歌言的历史流变》,《社会科学战线》,2016 年第 7 期,第 132 页。

环境尤其艰苦。因此,以歌传情、以歌解压,山歌成为畲族人民劳动时的重要伴侣。大自然给他们带来了有声有色的生活,"清风山,清又清,百鸟纷飞凤和鸣"①,凤凰山上,百鸟高飞歌来唱。无论是青山绿水间还是荒坡杂荆里,他们眼光所见、兴之所至,即引吭高歌。

采茶、摘棉花、狩猎、割茅、打柴、开基等都有歌唱,这些山歌记录了畲族人原始的劳动生活,也是畲族山歌发展的原生态阶段,此阶段的山歌构成了后来"杂歌""劳动歌"的主体。

这一时期记录原始生活和发展的还有《高皇歌》,根据学者研究,《高皇歌》大概在公元前 3000 年就已出现②,《山海经》《后汉书》《搜神记》等都有记载。《高皇歌》中原始社会的畲族人民对世界的认知对畲族后代的影响是巨大的,因此它被作为"传宗歌",代代传唱。

唐宋以后,大山中的畲族由于受到重重盘剥,开始了多次迁徙,和周边的民族有了一定经济、文化上的交往,而当时北方汉族的南迁也给畲汉交往创造了可能。根据施联珠的研究,畲族山歌所采用的语言有一定变化,当时的畲语"实质上只是汉族客家话被畲族采用后发展起来的一种与周围汉语方言以及现代客家话迥异的变体而已"③。可以确定的是,当时畲族山歌的语言逐渐定型,这为后来以汉语记录山歌奠定了良好的基础。

明清以后,畲族的迁徙逐渐减少,从广东潮州迁徙出来的畲族陆续定居在迁徙沿路的山区中,其中以闽东、浙南为主。此时的畲族人民游耕生活基本结束,畲族人生活在汉族生活圈的边缘山区,开山、种地、打猎,形成了杂散居的定居状态。此时的山歌已经渗透到了畲族社会生活的方方面面,和人民的生活息息相关。畲族把山歌叫歌源、歌言,以歌代言,言不尽,歌源源不断。根据邱国珍记载:"畲族人在路上相逢要唱歌,进村要唱歌,迎客要唱歌,敬酒敬茶要唱歌,对下一代进行伦理道德教育要唱歌,学习文化要唱歌,议论婚事要唱歌,等等。"④根据现在的畲族歌手所言:在生活中,只要你想得到的、看得见的,我们就唱出来。从畲族山歌看,建造房舍有《起寮歌》《泡寮敬酒》《接鲁班仙师》《祭梁》《上梁谣》《入寮歌》等一系列歌

---

① 雷阵鸣、雷招华:《畲族叙事歌集萃》,中国人事出版社 2002 年版,第 89 页。
② 施联珠、雷文先:《畲族历史与文化》,中央民族大学出版社 1995 年版,第 188 页。
③ 施联珠、宇晓:《畲族传统文化与现代化的协调发展》,载施联珠、雷文先主编:《畲族历史与文化》,中央民族大学出版社 1995 年版,第 49 页。
④ 邱国珍:《浙江畲族史》,杭州出版社 2010 年版,第 268 页。

言,从开始到结束都要歌唱,婚丧的歌唱也要延续多日,这些都表示随着生活逐渐安定、社会生活不断进步,畲族人民的物质生活、精神生活和文化生活也有进一步发展,因此山歌的题材愈加丰富。而更为重要的是,明清时候的山歌篇章结构已有一些定式,以往的山歌长短不一,结构随意,但明清时期大部分山歌七言一句,四句一条,有押韵有修辞,和中国古诗的形态尤为接近。可见当时畲族山歌在汉族文化的影响下已有现代畲歌的雏形,也是畲族山歌真正意义上的起始阶段。

二、山歌的发展

　　到了清末民初,畲族山歌进入发展高潮,其中最重要的标识就是专业创作型歌手的出现和大型叙事歌的发展。在前两个发展阶段,人人都是山歌手,但山歌的歌咏方式简单,歌言的主要内容大多直接来源于劳动生活。例如采茶时的感叹、放牧时的欢心,还有如何耕种、如何祭祀等等,建造房舍时唱的歌言,记录的也全是建房始末,都是劳动生活留下来的直接的经验和体会,具有非常鲜明的山居生活特色。但是,随着专业创作的开始,历史传说歌、小说歌、时政歌等逐渐出现。

　　《高皇歌》在这个阶段得到重大的发展。从山歌内容看,歌言记录了畲族人离开广东凤凰山,迁徙至浙江景宁、云和等地的故事,因各地《高皇歌》内容大同小异,迁徙部分的描述和史料也比较吻合。而畲族大量迁居浙西南诸地是在明清期间,由此可见,《高皇歌》在漫长的历史进程中一直在变化和发展,真正成熟应该在清以后。又如《封金山》,唱到"清朝雍正乾隆皇,嘉庆道光咸丰上"[①],显然此歌出现在清末。《长毛歌》记录太平天国事件,还有《孙传芳》《明朝十八帝》《清朝十皇帝》《打盐霸》《打酒员》等,从歌名就可见其创作阶段。

　　另一个重要证据是以一代歌王钟学吉为代表的小说歌创作群体的崛起。根据蓝雪霏的研究,这个阶段的畲族人民已经从历史经验中得到了教训,"经过几个世纪的生息调养,畲族经过深沉的思索,正视了不接受汉文化就不能顺应历史潮流的现实"[②]。汉文化的推广,推动了畲族山歌的编写和传唱。受过汉文化教育的畲族文人,成为畲族山歌的创作主体。例如钟

---

① 雷阵鸣、雷招华:《畲族叙事歌集萃》,中国人事出版社 2002 年版,第 105 页。
② 蓝雪霏:《畲族音乐文化》,福建人民出版社 2002 年版,第 57 页。

学吉读过私塾，又在山民会馆中工作，他花了大量时间用汉字记录了前人所唱的山歌，集籍成册，同时又改编汉族的民间传说或者戏曲故事等，发展了畲族的小说歌。小说歌的发展，大大丰富了畲族山歌的数量、题材和功能，也将畲汉民族文化互动推向高潮。

三、山歌的复兴

1949 年前后，以新民歌为代表的畲族山歌掀起了畲族山歌发展史上的又一个高峰。新民歌以 1949 年为界分成两种。第一种是以记录畲族人民参加反封建反压迫斗争的革命山歌，从畲族人民自发的各种抗争运动，到参加共产党带领下的革命斗争，每一个革命阶段都在畲族山歌中得到呈现。《蓝大嫂打游击》《歌唱红军歌》《宣平红军歌》《歌唱红军挺进师》等这些富有新内容新思想的山歌不仅记录了光荣的畲族革命史，也反映了畲族人民新的精神面貌。中华人民共和国成立以后，畲族人民翻身做主人，深刻体会到人民有党力量大、党的恩情比海深，因此，《解放歌》《解放史歌》《水利建设奏凯歌》《丰碑竖在郎心头》《共产党领导好》等讴歌中国共产党、歌唱社会主义新生活的山歌大量涌现。

到了"文化大革命"时期，传统畲歌中大量的内容都不适合当时的社会政治环境，再加上畲族人民生活条件与汉族地区相比还是有较大差距，在此后的几十年里，政治、经济生活占据重要位置，对民族文化的保护和传播传承工作相对落伍。会唱歌的老人也逐渐逝去，经济生活条件的逐步上升和畲族山歌遗产的日渐没落形成了对比。虽然文艺工作者仍然在进行民族音乐文化的研究和保护，但原生态的畲族山歌处于快速消亡中。

20 世纪 80 年代以后，民族文化振兴工作开始复苏，尤其是 2006 年畲族山歌被列为国家级非物质文化遗产以来，各级文化团体有意识地抢救畲族山歌，关于山歌的采集、整理、出版工作多方面大规模展开。此时的畲族山歌虽然流传度不够，但种类齐全。非遗保护工作极大程度地保存了传统的畲族山歌，对山歌的发展也起到一定的促进作用。山歌的发展与社会政治经济的联系更加紧密，政府的主导也起到积极的作用。例如丽水打造"美丽新畲村"，以"政府主导、群众主体、专家设计、企业参与"的模式，动员社会力量参与民族文化传承工作中。畲族人民的文化生活质量有了极大的提升。这个阶段里，出现了两类新的山歌。一类是专业音乐工作者根据畲族音乐编写的畲族山歌。这些音乐工作者有畲族人,也有汉族人。另一类山歌则是畲族歌手应时应景而唱的山歌。从 1994 年蓝陈启出访日本成为首次在国外舞台演唱山歌的畲族歌手以来,畲族山歌成为重要的文化宣传手段,歌手们迎来了真正意义上的春天,因此宣传畲族文化、反映当代畲族生活的山歌大量涌现,也有很多宣传消防、禁毒、国家大事等山歌。像《夸畲乡》《丽水建设就是快》《畲民翻身全靠党》《想想将来歌更多》《彩带献北京》《山歌献给北京城》《人口普查真重要》《北京奥运会》《歌唱三农》《抗疫之歌》等,紧跟时代步伐,抓住了时代的最强音,也反映了畲族生活在新时代的变化。这些山歌,在后非遗时代的民族文化复兴的潮流中,虽不算起眼,也激发了外界对畲族文化的兴趣,提高了畲族人民的民族自信心和文化自信心。

第三节　畲族山歌的基本概况

畲族山歌是畲族人们生活、生产实践中的创作成果,既有口头文学的特点,也有民间艺术的特点,同时也具有畲族文化的独特性。换言之,畲族山歌蕴含着"文学的、叙事的、艺术的、审美的、娱乐的、生活的、感情的、民俗的多种要素"[1],因此,主题丰富,题材多样。在不同的场合和不同的语境下,畲族山歌的所展示的内容也不一样,所呈现的功能也不一样。了解畲族山歌的题材和功能,是研究畲族山歌内涵外延的必要前提。

一、畲族山歌的题材分类

关于畲族山歌的分类,不同的研究者分类是不一样的。有的把传统畲族山歌分为长篇叙事诗歌、杂歌和小说歌,有的分为叙事歌、杂歌、仪式歌,也有把畲族山歌和畲族民歌两个概念分开来,认为山歌只是杂歌,山歌和叙事歌统称为民歌等。根据目前已有的畲族山歌语料,可以把畲族山歌分为三大类:叙事歌、仪式歌和杂歌。

---

① 邱国珍、邓苗、孟令法:《畲族民间艺术研究》,中国社会科学出版社 2017 年版,第 37 页。

（一）叙事歌

叙事歌，又称长联歌，篇幅较长，有的甚至长逾上百段。叙事歌容量大，因此可以做较为复杂、完整的叙事，是畲族歌言中历史最悠久、功能最大化、传播最广泛的一种，囊括了畲族人的神话、传说、史实、时政、生活故事以及小说等方方面面，具有较高的文献价值。最流行的叙事歌有以下几种：

1. 神话传说歌

此类山歌，多从人神起源开始，讲述畲族的发展历程。如《高皇歌》《凤凰山》《火烧天》等。神话传说歌往往是畲族人民代代相传的集体口头之作。由于此类山歌集创世神话与英雄神话于一体，特别歌咏了畲族先辈在远古时期的英雄事迹，内容气势磅礴，想象瑰丽。畲族的民族图腾、文化符号等，多从神话传说歌中获得验证，因此是民族认同的重要标志之一。

2. 历史要闻歌

历史要闻歌是畲族山歌中比较特别的一种。历史要闻歌不仅和畲族历史文化直接相关，而且大多与中华民族的历史相关。这对于长期处于封闭式生活的畲族人民而言，历史要闻歌间接地反映了在中华历史长河中，畲族一直是见证人和参与者。例如《汤王坐天》和《刘基寻将》都可以作为口头史料。

3. 时政歌

时政歌与历史要闻歌相似，但多数山歌反映与畲族社会历史直接相关的内容，时间多在近代。例如《封金山》《长毛歌》等时政歌，反映了畲族人民面对外部世界变化的一些观点。他们关注重大政治事件，对皇帝、政治人物等都有自己的看法。

4. 生活故事歌

此类山歌取材于畲族百姓日常生活中的故事，像《石莲花》里，畲家小妹石莲花，坚贞勇敢追求真爱；《寻贤娘》中畲家女儿大胆示爱，畲家儿郎诚笃执着；《处州睇灯》则通过元宵观灯记录青年男女的爱情故事。虽然没有宏大叙事和丰富的想象，但通过寻常百姓生活记录表达了畲族人民的爱憎情怀和生活风俗，故事曲折，人物生动，通俗易懂，因此也有较大的影响。

5. 小说歌

小说歌与其他畲族山歌不同，属于文人创作歌谣，代表着畲族文化最高水平，同时也是外来文化影响的重要见证。小说歌是受过汉族教育的畲族文人根据汉族神话传说、历史故事、民间故事、小说、戏曲唱本等改编而成。例如《孟姜女》《姜太公钓鱼》《白蛇传》等,内容丰富,有数百种。由于小说歌是文人编写后再通过教唱传播开来,因此带上了"教化"功能。从未接受过教育的畲族人民通过传唱小说歌,了解了历史、人文,还有许多为人处世的道理。因此,无论是婚丧仪式还是普通待客、休闲娱乐,小说歌一直是重要的演唱内容。

6. 新民歌

新民歌的目的和作用与历史要闻歌、时政歌比较接近,但由于是特殊历史时期产生的,因此被单独分类。新民歌既有革命战争时期反映革命斗争的红色山歌,例如《蓝大嫂打游击》《歌唱红军挺进师》等,也有反映中华人民共和国成立后社会主义建设风貌的山歌,如《水利建设奏凯歌》《三中全会转乾坤》等。由于浙江畲族人民在共产党领导下的反封建反压迫的斗争中做出了不可磨灭的贡献,红色山歌影响力颇广。新民歌中也有部分属于杂歌性质的山歌,短小精悍,抒情功能大于叙事功能。

(二)仪式歌

畲族山歌的另一大类别是仪式歌,又称风俗歌,主要分婚俗歌、哀歌和祭祀歌。

1. 婚俗歌

畲族婚礼是畲族风俗中最令人瞩目的一项内容,也是当前民俗表演时常见的项目。在畲族婚嫁过程中,从说媒定亲、送礼、娶亲全过程都要唱歌。例如《请媒人》《定亲歌》《度亲歌》《催亲歌》《拦路歌》《交礼歌》《洗脚歌》《奉茶歌》《借镬歌》《敬酒歌》《撬蚧歌》《哭嫁歌》《劝酒歌》《半夜点心歌》《送神歌》《起身歌》《留轿歌》等等,浙西南各个地方婚俗有异,婚俗歌的内容就有删减,但大部分的婚俗歌随着仪式从头唱到尾。

2. 哀歌

哀歌又称"哭丧歌",是丧葬仪式上所唱的歌;若寿终正寝,也有称"百年老寿歌"。报丧时有《报丧歌》《请娘舅》,给死者换洗时有《买水歌》《洗浴歌》,殓尸入馆以后要唱《哭灵歌》《劝亡灵歌》《孝子奠酒歌》,入土时要唱《踏地》《安坟喝山词》《保佑歌》,丧仪结束后要设宴感谢宾客,因此还要唱《劝酒歌》等。其间还夹杂各种表示哀悼的歌言,例如《大别离》《小别离》《五更叹》《报恩歌》《哭娘歌》《孝顺歌》《二十四孝歌》等。在浙西南地区,有些长篇的哀歌就基本反映了丧仪的全过程,例如苍南的《孝顺歌》等。

3. 祭祀歌

祭祀歌是仪式歌中最日常的一种,分祭祖歌和功德歌。婚丧未必年年有,但祭祖曾经是畲族人民的重大活动。祭祖时,要唱《请师爷》《接香火》《造水洗坛》《族源歌》《盘瓠王歌》等。现在大规模的祭祖活动已经不再流行了,但部分山歌尚有流传。除了祭祖以外,还有做功德。做功德的目的是怀念先辈的功德,与哀歌有部分重叠。与哀歌不同的是,做功德时会有舞蹈、专门的动作和道具,像《齐声呼》《造水洗净》《引魂歌》《做少年歌》等都是做功德时候唱的。

畲族仪式丰富,各个人生阶段的礼仪、日常生活的庆典、对祖先或者鬼神的祭祀等等都有仪式,在不同的仪式上所唱的山歌相对比较固定,形成了一整套仪式歌。除了前三种以外,还有造房子时候的仪式歌,例如《起寮歌》《请鲁班仙师》《上梁歌》等。祝寿时有《祝寿歌》《上寿歌》《百岁歌》等。当然,畲族的仪式歌除了哀歌在固定场合唱以外,实际生活中一些礼仪会交错,因此其他仪式歌都可以相互选唱。在喜庆的仪式上,除了应景的仪式歌以外,还唱一些大家喜爱的小说歌、神话传说歌、情歌、赛智歌等其他种类的山歌。

(三)杂歌

叙事歌和仪式歌自古到今流传以来,内容大同小异,基本固定。剩下的其他山歌内容和题材都归到杂歌一类,因此杂歌是畲族山歌中内容最丰富题材最多样的一种。根据山歌的内容,分为情歌、生活劳动歌、传知识理歌、赛智歌、儿歌等。

1. 情歌

又称有情歌、有缘歌,是畲族山歌重要的组成部分,也是艺术特色最突出、艺术成就最高的一类山歌。畲族青年男女爱慕对方,往往唱几句山歌去试探深浅,因此情歌对唱(或称唠歌)在畲族婚恋中起到重要的媒介作用。无论在日常生活中还是节日庆典中,老中青三代歌手都会唱情歌来助兴消遣、传情达意。在现代社会中,虽然畲家婚恋有很大变化,会唱歌已经不再是畲族青年对爱人的要求之一,但对歌是畲族文艺的重要形式,因此在各种畲族文化展示过程中,情歌对唱作为一种喜闻乐见的娱乐形式,深深吸引了观光客。在畲族山歌的现代传播中,情歌展现了较强的生命力和影响力。

2. 生活劳动歌

亦可分为生活歌和劳动歌,唱的都是从生活和劳动中学到的知识。生活歌讲了畲族社会家庭各个方面的常识,包括日常生活礼仪。畲族的生活和劳动是紧密相关的,因此劳动歌《二十四节气歌》传授了二十四节气以及各个节气的生产劳动内容;《耕种歌》《种田歌》通过讲如何种田教人道理;还有《采茶歌》《砍柴歌》《织彩带歌》《养猪歌》《放牛歌》《捉鱼歌》《生意歌》等。有的记述劳动场景,有的讲解劳动技能,都是劳动经验的积累和智慧的凝结。更有意思的是,不少劳动歌和情歌你中有我,我中有你,因为青年男女在劳动中认识了对方,彼此产生了好感,因此缔结良缘。例如《采茶歌》唱道:

> 男:四月采茶茶叶长,双手采茶篓内放。
>   槐桑树下去歇力,思想去肽小娇娘。
> 女:采茶四月是播田,槐桑树下来相见。
>   劝郎莫去闲游婿,谷种落泥水面清。①

边采茶边传情边劝诫,属于典型的劳动歌,也属于典型的情歌。

3. 传知识理歌

此类山歌是畲族人民的活教材。一部分"传知",一部分"识理"。前者有传授文化知识,例如《字歌》《天干歌》;也有传授天文地理知识,如《十二月推歌》等。农村对气象非常关注,因此山歌中也很多关于下雨下雪干旱的内容。例如:

> 太公传念几多朝,天晴落雨看山头,
> 山头牯帽要落雨,有雨白云拦山腰。
> 煮饭大娘神仙嘴,其讲今晚雨落来,
> 盐罐返潮要落雨,水缸出汗水冲坝。
> 大雨雷公还未响,老海走命爬上山,
> 蛇蜗撸麻打大雨,就连火云慢地氮。②

---

① 畲族歌手提供。
② 蓝高清:《畲族民歌集》,丽水市畲族文化研究会 2011 年版,第 39 页。

这三条①山歌从高山到灶台到牲灵,传授了不同视角的气象观察方法,都是从日常生活中总结出来的经验教训。"识理"歌主要讲道理,例如《劝女歌》《劝婆歌》《劝郎歌》《劝孝歌》等,是反映畲族伦理道德的最佳范本。

4. 赛智歌

赛智歌,顾名思义,是畲族人民比歌赛智的主要形式之一。与情歌相似,赛智歌常用于对歌之中,因此对歌也被称为"比肚才"。但与情歌相异的是,情歌问情,赛智歌问智。因此内容涵盖面广,不仅考察对方的聪明才智,也考察劳动生活常识、天文地理历史知识等。

5. 儿歌

畲族人民从小会唱歌,会唱歌的畲族人民也拥有适合儿童传唱的山歌,通过儿歌教孩子一些简单的生活常识和自然知识,如《细崽细》《两孙公》《饽歌》《月亮姐》等。儿歌往往取材于自然生活中,如田间两头牛打架、林间鸟儿咕咕叫,充满生活乐趣。

叙事歌篇幅长,大多拥有专门的创作者;仪式歌内容丰富,涵盖面广;杂歌短小精悍,大多是口头即兴之作。这三大类山歌,唱了上下五千年,从天上神仙到海里龙王,从须发老人到稚龄孩童,从历史大事到生活点滴,无不涉及,无不深入。因此,把畲族山歌称为畲族百科全书并非虚言。

二、畲族山歌的社会文化功能

正如前文所言,畲族山歌不是简单的歌谣,而是畲族人的"印刷语言"。作为无字民族的语言,畲族山歌的文化载体功能是不容置疑的。畲族山歌作为一项重要的文化标志,是畲族人民日常交际的工具,是民族文化传承的重要媒介。

如果从传播学视角来审视作为媒介的畲族山歌,我们可以发现它完全具有政治作用(既能明道也能立政)、经济作用(当代畲族经济发展的推动者)、文化作用(畲族文化的载体)和教育作用(寓教于乐)。关于这些作用,已有不少类似的总结。例如《浙江省少数民族志》提道:"畲族民间歌谣具有独特的功能,既能通过民歌散心、传情、泄愤、悼念,又能从中听到一些历

---

① "条"为山歌的基本结构,七言为一句(偶有首句是三字和五字),四句为一条。有些山歌一首仅一条,但有些有数条相连,因此长篇叙事歌又称长联歌。

史故事、自然知识、古人立身处世的伦理道德,还能从唱歌中认识文字,学到文化知识。"①

因此,在日常生活中,畲族人民"生产劳动,闲暇休息,以歌为乐;婚姻恋爱,以歌为媒;喜庆节日,以歌为贺;社会交往,以歌代言;丧葬祭祀,以歌代哭;敬祀祖先,以歌代辞"②。

畲族人民自己唱道:

> 出门三天就唱歌,人人讲我无忧愁。
> 三餐用歌来配饭,睡觉用歌当枕头。③

畲族歌手蓝陈启自述过:"当时妈妈教了我很多歌。我很喜欢唱歌,小时候做什么都在唱歌。长大以后到山上去干活,看到那边有一个男的女的,就山歌唱过去打招呼。有时有一批人一起走,大家想唱,但叫她唱她不唱,叫你唱你不唱,我一看,你不唱她不唱,格我来唱。就这样,我胆子很大。我唱过去还要打个招呼,就这样我这边山歌唱过去,我们对歌就对起来了。以后越唱越好,一直唱到外国去。等我回到家里来还是唱,一直唱到78岁过,做什么都唱歌。"④

关于山歌的功能已有不少研究有过探讨,也有学者通过畲族山歌的歌词特点总结出畲族山歌娱乐、社交、教育、传承⑤的四大功能。本书在此基础上,根据山歌的分类和功用,将畲族山歌的社会文化功能归结为八个词:言情、言志、言俗、言事,传史、传礼、娱人、育人。

(一)歌之言情

歌言情,这可能是各民族山歌最常见的功能,畲族山歌也不例外。畲族青年谈情说爱,山歌是最重要的媒介。无论是日常交往还是在"三月三"等重大节日中,畲族情歌都是整个山歌体系中最靓丽的华章。尤其在旧社

---

① 浙江省少数民族志编纂委员会:《浙江省少数民族志》,方志出版社 1999 年版,第 190 页。
② 浙江省少数民族志编纂委员会:《浙江省少数民族志》,方志出版社 1999 年版,第 190 页。
③ 转引自朱琼玲:《畲族民歌社会功能探析:以畲歌歌词为切入点》,《丽水学院学报》,2015 年第 1 期,第 13 页。
④ 参见附录 1。
⑤ 朱琼玲:《畲族民歌社会功能探析:以畲歌歌词为切入点》,《丽水学院学报》,2015 年第 1 期,第 13 页。

会中,畲族人民虽地位低下、生活困苦,但对美好生活的向往从未停止,对真挚感情的追求从未改变。如何将内心的情感表达得淋漓尽致? 有时无法言说,于是靠歌言来传达。

> 隔河牡丹闹盈盈,郎想采花怕水深;
> 找根竹竿把水探,唱个山歌试妹心。
> 妹子对郎情义深,只盼郎子先开声;
> 世间只有藤缠树,哪有树木缠青藤。

畲族情歌之所以动人,是因为它经过了世世代代无数人细心揣摩和反复提炼,同时也饱含了歌者真挚的情感和聪明才智。正如歌中所唱:

> 莫嫌山歌音轻轻,轻轻山歌悠悠情;
> 听歌要听歌中意,听锣要听锣里音。

对于畲族人而言,一个不会唱山歌的青年少的不只是歌才,而是人才。因此,曾经有很长一段时期,是否会唱山歌也是是否能获得爱情缔结婚姻的重要原因之一。

> 上山砍柴要用刀,出门过河要搭桥;
> 山客求亲先对歌,歌不上口莫进寮。
> 口唱山歌心有情,对山郎子细细听;
> 郎子若有真情意,山歌是我做媒人。[①]

在日常的交往中,畲族山歌也是彼此表达情感的重要手段。因此,畲族人民最重要的交际手段莫过于"以歌传情"。

(二)歌之言志

传递民族心声,是畲族山歌重要的功能。畲族人民天性纯良,且傲骨铮铮。在中华人民共和国成立前的漫长历史岁月中,畲族人民处在社会的

---

① 以上 5 条畲族情歌皆选自唐宗龙、袁春根:《畲家情歌》,浙江人民出版社 1982 年版,第 1、3、5、3、5 页。

底层,长期遭受阶级压迫和民族压迫,因此积攒了许多不平之气,他们团结起来,凭着一腔豪气和胆气,和封建统治者展开了一次次斗争。从唐代著名的畲族人民起义,到近现代畲乡红军故事,畲族的传奇不断在延续。因此,通过山歌他们唱出了自己的民族斗志。

> 畲客穷苦心头闲,受尽官府几多气。
>
> 唱歌识得大道理,唔负祖上苦心计。
>
> 心中忧闷歌来唱,歌源一唱胆气壮。
>
> 唱歌唔吓头落地,刀架在颈亦要唱。
>
> 就是杀头割到颈,无嘴还要喔出音。①

不管面对怎样的高压政策,畲族人民还是唱出了"皇帝退换几多位,哪个朝代禁歌声"②。永恒的歌声是畲族人民坚强无畏的真实体现。

畲族山歌是畲族人民斗争的武器,是反封建斗争中的坚定的号角。在叙事歌中,他们塑造了各种英雄人物,这些人物无论是已经超越了历史真实还是艺术塑造,都成为畲族精神中的重要符号。刚强、刚正的个性,勇敢不懈的斗争精神,给一代代畲族儿女起到了引领作用。在畲族山歌中,这种精神贯彻始终。

(三)歌之言俗

山歌的另一个功能是传递畲族的风俗。畲族人没有文字记录民俗,但山歌完整地保留了各地的婚庆丧仪、建房、学师等习俗。在畲族儿女以歌会友、以歌生情以后,进一步的交往直至求婚、结婚等,整套仪式都由山歌代言。虽然今日移风易俗,但会唱歌的喜娘和赤郎随着畲族人的记忆成为传统畲族婚礼的代言人。

丧仪上的山歌也自成体系。畲族的丧仪和汉族有较大不同,例如有"二次葬"等习俗。到如今这些习俗大多难以为继,但各个详细的步骤都在山歌中被保留了下来。

---

① 雷阵鸣、雷招华:《畲族叙事歌集萃》,中国人事出版社 2002 年版,第 153、143、153、153 页。
② 根据手抄本整理。

　　在畲族文化中,有插花娘娘的传说,也有畲歌《插花娘娘》,到处可见插花娘娘庙宇。山歌传承了习俗,习俗丰富了山歌的内容,可见畲族山歌和畲族的生活联系之紧密。

　　而畲族最大的习俗就是唱歌本身。当某家来客人,全村人都有可能到这家来,大家围坐唱歌。这既是欢迎贵客之道,也是交际之习俗。作为客人也要唱歌回应。“肚里歌饱人相敬,肚里无歌出门难”①,因此会唱歌的人到哪儿都受欢迎,而不会唱歌的人就感觉低人一等。虽然现在山歌迎客的习俗在日常生活中已经消失了,但在畲家旅游项目中,迎客歌还是重点之一。歌手们即兴演唱,迎客、敬茶敬酒,每一个项目都有山歌相伴。

　　失去了文化基础的畲家仪式,若没有山歌的传唱,很难传承到今天。通过唱山歌,畲族人民了解了本民族的文化传统;在举办各种仪式时,又靠唱山歌将仪式完成。二者相辅相成、代代循环,古老的习俗也因此获得了持久的生命力。

(四)歌之言事

　　　山客歌句唔简单,歌比讲话更好听,
　　　一条歌句讲件事,清水分明如眼仰。②

　　在语言产生之后、文字现身之前,古人结绳以记事,远古时代的传播得以实现。畲族和古人一样,有语言没有文字,因此畲族人习惯将生活中的大事小事通过山歌记录并交流。虽然现代畲族人已经普遍受过教育,以歌记事的民族习惯减弱了很多,但还是有一部分畲族山歌保存了此传统。当然,内容已经有了很大的变化,同样是劳动(工作),但新鲜血液注入山歌,充分实现了与时俱进、与事俱进。会议精神、禁毒通知、防疫要求等成为畲族人民的生活工作新元素,同样也成为畲族山歌的新内容。唱歌、听歌给日常的生活和工作带来无穷乐趣,同时也实现了信息交换。

　　在山歌中有大量记事歌,到了现代社会此项功能仍未消失。例如当代人遇事喜欢发个朋友圈记录一下,而畲族歌手的朋友圈可能展示的就是一段段山歌:

---

① 浙江省少数民族志编纂委员会:《浙江省少数民族志》,方志出版社 1999 年版,第 190 页。
② 蓝高清:《畲族民歌集》,丽水市畲族文化研究会 2011 年版,第 2 页。

防疫搭棚大路来,路沿正种油菜崽。

五十日来防病毒,陪其油菜花也开。

夜来路口是冷真,烧个火盆来做阵。

火堆生来烟东了,火云烟来又熏人。[1]

(五)歌之传史

历史传说歌虽然经过口口相传有一些疏漏和错误,但大部分内容是真实可信可考的,因此具有重要的传世、传史意义。

例如在《雷万春打虎记》《钟景祺》《钟景祺与雷万春》等畲族山歌中,记载了雷海清、雷万春的故事。前者为唐代乐师,后者为将领。在安史之乱中,"唐明皇帝走起身,朝中空虚又冷清。皇帝圣旨又传落,兵马唔足又抽兵"。在这样"朝臣无计乱哄哄"的情况之下,雷万春上战场,"英雄刚毅雷万春,高立城头迎敌军。脸中六箭人唔动,藩兵睇见吓无魂"。雷万春战死后,雷海清忧国忧民,于是教女儿雷天然上阵杀敌。雷天然点起兵马阵前冲,连战三阵,最后"一刀劈落藩王头"。雷万春奋勇杀敌战死疆场,雷海清以琵琶击敌被杀,死后都受到畲族人民的祭拜,深受敬仰。[2]

以畲族起源为例,《高皇歌》叙述了畲族的起源与迁徙,官方关于畲族的始祖地记载很少,诸多版本的《高皇歌》以及神话传说歌都提到凤凰山之源,为历史考证指出了一条重要线索。又比如《打酒员》和《打盐霸》,二者是景宁县独有的畲族民歌,虽然发生的时间不一,但牵涉了同样的历史人物,是景宁畲汉人民革命史的重要史料。还有反映太平天国运动的《长毛歌》,歌中记叙了太平天国时期太平军三度到丽水、云和一带的活动,非常具有历史研究价值。在这些叙事歌中,甚至还可以找到一些难得的细节。例如《打盐霸》是民国以来比较重要的斗争山歌,讲述了畲汉人民一起进行的艰苦卓绝的斗争,其中的领导人之一即为汉族人张兰孙。虽然讲述同样的故事,但各处保存的版本内容有所不同。在景宁大张坑村保存的版本中,强调了一段史实:

---

① 此处山歌为景宁歌手蓝景芬提供。

② 此段内山歌都引自《钟景祺与雷万春》,雷阵鸣、雷招华:《畲族叙事歌集萃》,中国人事出版社 2002 年版,第 338、337、337、339 页。

老周挨打不甘心,捐起银洋办团兵,
政新听知心不忙,翻山爬岭寻红军。
红军四乡有名声,王星话语讲来真,
隔河毛竹根连根,山哈汉佬兄弟亲。①

　　这段内容最大的亮点是证实了当年红军在景宁、丽水一带的活动,其中所提到的王星就是当年游击队负责人邱宝珍的化名。② 还有《宣平红军歌》《宣平红军十字歌》等所提及的地点、人物、时间、革命经历、结果、影响等,对官方记载都起到了很好的补遗作用。

(六)歌之传礼

　　《礼记·乐记》中说:乐者天地之和也。礼者天地之序也。和故百物皆化,序故群物皆别。③ 礼乐文明,无论在远古时代还是在现代社会中,都是中华传统文化的主体内容之一。尽管在其文化发展过程中有较长时间并未受到儒家文化的影响,但作为大中华文明的分支,畲族文化也具有同样的礼乐文化。

　　畲族人天性良善、注重礼节,在漫长的民族发展过程中,他们也形成了独特的民族礼俗。这些礼俗仪式上,山歌有着重要的功用。根据不同的礼俗,选取不同的山歌。时代有变,礼俗有变,但山歌的传承使得礼俗也获得传承。

　　此外,在畲族家庭中一直有廉、孝、忠、勤等优良家风家规世代流传,虽然教育落后、生活水平不高,但并不影响畲族人民的美德和家风。畲族山歌一直是畲族人民表达情感、思想的重要媒介,直至今日,以歌传礼、育人在畲族人民中还颇受重视。例如《孝顺歌》《劝世歌》等蕴含着畲族人民生活的智慧和人生的感悟:

唱条歌句劝贤郎,孝顺爷娘是理当,
莫讲爷娘功劳少,十月怀胎恩情长。
大利都来学雷锋,随时随地帮人忙,
帮人精神有大少,一点精神也是香。

---

① 邱彦余:《畲族民歌》,浙江摄影出版社 2014 年版,第 129 页。
② 邱彦余:《畲族民歌》,浙江摄影出版社 2014 年版,第 121 页。
③ 《礼记》,[元]陈澔注,金晓东校点,上海古籍出版社 2016 年版,第 431 页。

做人莫使有大细,若骂爹娘唔应该,

老鸦身乌供老娘,羊崽吃奶晓得拜。

行路嗳行路中央,拜佛也嗳先点香,

你忖托人办件事,首先嗳侬人商量。①

"乐者,德之华也。"②山歌是畲族的乐,唱出来的是畲族的德。畲族人民外在的礼俗和内置的道德修养、民族情感等都通过山歌而得以代代相传。

(七)歌之娱人

寓教于乐,是畲族山歌的重要特征之一;以歌娱己、娱人,也是畲族人民的生活常态之一。

物资匮乏、劳作单调,任何艰难困苦都不能消磨畲族人民乐观积极的天性。畲族人民喜欢一边劳动一边唱歌,既可以抒发自己的情怀,也可以给单调的劳动带来一点快乐。劳动中,他们既有自己人生的独唱,也有田间山头乡邻们的对唱、群唱。既有即兴创作,也有经典歌言;既有彼此慰藉,也有斗嘴逗趣。久而久之,在畲族山歌中有很多歌谣都与劳动生活密切相关,因此劳动歌是山歌中重要组成部分。田间耕种唱歌,你唱我和,此起彼伏;狩猎、织布、酿酒、烧柴、采茶,似乎无一不入歌,甚至经商也有一曲曲山歌传承:

一做生意爱会算,乃提账簿爱使担,

小小生意日赚钱,挑担吃力没要紧。

田塍一丘连一丘,思量引水灌禾丘。

勤劳人崽做何食,懒惰人崽做没收。

三月清明讲育秧,割草踏田田土壮。

田土肥沃多禾头大,秋来收割谷满仓。③

---

① 以上选自蓝高清:《畲族民歌集》,丽水市畲族文化研究会 2011 年版,第 88、7、71、77 页。

② 《礼记》,[元]陈澔注,金晓东校点,上海古籍出版社 2016 年版,第 442 页。

③ 方清云:《敕木山中的畲族红寨——大张坑村社会调查》,华中科技大学出版社 2018 年版,第 65 页。

这些劳动歌,既是生产经验的总结,也是日常劳动生活中的娱乐。尽管当今随着传媒的发展,娱乐手段有了很大变化,大部分畲族人民已经不需要用唱歌的方式来娱乐,但经典的山歌代代相传,各种山歌会、手机山歌会(微信群)等仍然受到畲族人民的喜爱。

(八)歌之育人

畲族人爱劳动、爱学习,虽然过去没有机会接受教育,但都知道"聪明大多靠读书,原是铁砂成珍珠,万贯家财守唔定,肚中文墨抢唔去"①的道理。

由于中华人民共和国成立之前畲族人民都没有机会接受教育,他们能得到的知识大多来源于山歌。例如关于畲族的历史、关于中国的历史,畲族人唯一的获取渠道就是听山歌、唱山歌。在畲族山歌中,有历史传说歌,这就是他们的历史教材。而其他劳动知识、生活常识、伦理道德、自然现象等也都来源于山歌。听山歌、学山歌、唱山歌,是个源源不断的输入和输出过程,山歌作为畲族民间文学的重要组成部分,起到了民族教育的自我修复和承接功能。

在文字教育还不发达的阶段,很多山歌手目不识丁,但并不影响他们编唱山歌。民国后畲乡逐渐开办私塾,私塾小学的课本之一就是畲族史诗《高皇歌》。中华人民共和国成立之前,冬季农闲之时,有些畲族村寨也开办冬学或者夜校,没有正式的教材,往往用山歌抄本学唱歌、学识字、学道理。

中华人民共和国成立后教育逐渐普及,越来越多畲族人民接受了教育,能认字写字,山歌的歌本就是重要的学习媒介。很多歌手从唱歌中学识字,从山歌中了解了外部世界、历史传奇等时空之外的内容,也从中得到思想教育、文化素养的培养。根据福建歌手蓝兴发的回忆,他就是小时候到汉族居住的地方读了一年私塾,认识了几个字,然后靠着母亲教唱的《白蛇传》,对着《白蛇传》的歌本,才学到一点文化。② 浙江武义的钟发品也回忆到:"当我还躺在褓襁时,母亲、祖母就哼着山歌哄我入睡,咿呀学语了,阿爹就教我学畲族儿童歌谣。我是在山歌声中长大的。"③这些都浸润在他

---

① 蓝高清:《畲族民歌集》,丽水市畲族文化研究会 2011 年版,第 35 页。
② 蓝兴发:《传世畲歌》,中央民族大学出版社 2014 年版,序言。
③ 钟发品:《畲族礼仪习俗歌谣》,中国文化出版社 2010 年版,第 529 页。

的生命中,影响了他以后的人生道路。农民出身的他,参军退伍,到乡镇一线工作,后来逐渐成长为一名县级干部和成果斐然的畲族文化研究者。女歌手如蓝陈启、蓝景芬等人也都有类似的经历,通过学唱山歌慢慢开始编写山歌,从一个学歌者到山歌甚至畲族文化的推广者,其文化素养和认识觉悟的提高与山歌的教育功能是分不开的。

传知识理歌是畲族山歌中最具有教育功能的一种。有传授日常生活、生产中的知识,如"黄泥拌水水便混,昌牛吃饭唔分顿,猫吃老鼠夹毛吃,黄狗夜间是唔瞪",又如"忍冬藤上金银花,可当药来可泡茶,清凉解毒头一样,味道香甜是唔差"等各种生活知识。[①] 山歌中五花八门的知识都有,有些还用途广泛。例如"百合煮糜甜咪咪,又是补神又补肺,百合花白表示好,送人又是算客气"[②] 简单一曲,既教育了药学知识,也教了人情世故。

除了文化教育、常识教育以外,德育的教育成分也非常之多,除了上述提到山歌传礼之外,还有各种思想观念都能在山歌中找到。例如著名叙事歌《畲岚山》,讲述了良迁冒领救命之恩,害死蓝良新,逼迫雷云姑成亲;良新救了龙女,却不图回报,回到家乡,有情人终成眷属。《畲岚山》的篇幅长达 800 余行,故事复杂,人物个性鲜明,以惩恶扬善为主,蓝良新和雷云姑的爱情故事为辅。更重要的是,山歌唱出了畲族人民的善恶观、社会观,"一连歌故唱到今,善恶好坏分得清;好似寮上檐头水,点点滴落唔差分"[③]。

到了红色革命时期,山歌成了斗争的武器,增添了教育和宣传功能。此项功能在中华人民共和国成立以后得到最大化的发挥。新民歌歌唱新社会,歌唱共产党,歌唱新生活。随着畲族教育的普及,原先的教育功能有很大减弱,宣传功能突显。蓝陈启曾被聘为消防宣传员、禁毒宣传员,她自编了山歌到处做宣传:

世上毒品危害人,害到世上几多人,
查着毒品要处理,进到牢监就判刑。

碰着毒品会上瘾,害到小孩害家庭。
千万毒品不要碰,害到上面多少人。

---

① 蓝高清:《畲族民歌集》,丽水市畲族文化研究会 2011 年版,第 34 页。
② 蓝高清:《畲族民歌集》,丽水市畲族文化研究会 2011 年版,第 43 页。
③ 雷阵鸣、雷招华:《畲族叙事歌集萃》,中国人事出版社 2002 年版,第 46 页。

世上毒品没奈何，离到家庭离公婆，
千万毒品莫碰着，鼻涕泪流背也驼。①

蓝高清也编了禁毒歌：

千万唔可吃乌烟，吃了乌烟就有变，
黄皮瘦骨死人样，生死都由别人牵。
毒品好比罗蜂窠，动着蜂窠蜂哦哦。
吸毒好比蜂叮样，半死半活事勿会做。②

蓝高清充分采用畲族山歌中常见的劝诫特色，编了各种劝诫歌：

酒醉开车蒙憧憧，人忖望西车望东，
一下翻落车路下，出了事故就严重。
七劝世人莫贪污，损人利自良心粗，
贪污违法要法办，又害后代人难过。
八劝世人莫诈骗，诈骗害人罪是严，
树大全靠树根好，诚实做人记心间。③

　　从这些山歌可以看到畲族人民热爱生活，视野开阔，三观端正成熟。学山歌就是学做人，这点是好几位畲族歌手在访谈中所提到的一个特色现象。

　　到了新时代，畲族山歌的文化功能日益显著。原先的歌者和听众都是畲族人，而随着和其他民族的交往日益加深，各民族文化之间的交融也日益加深。在原先和汉族的交往中，畲族的文化总处于被动的受影响状态，但随着民族关系的融合，畲族文化鲜明的民族特色也成为主动吸引他族人民的元素。因此，作为一个有特色的单一民族，畲族山歌呈现出其民族的文化功能。在本民族内，也因为自身的特色而吸引了在众多文化包围中的畲族人民，形成了重要的凝聚力量。

---

① 此处山歌为蓝陈启口述。
② 蓝高清：《畲族民歌集》，丽水市畲族文化研究会2011年版，第84页。
③ 蓝高清：《畲族民歌集》，丽水市畲族文化研究会2011年版，第85、86页。

第三章　作为群体记忆的畲族山歌

　　洪堡特（W. Humboldt）认为："民族的语言即民族精神，民族精神即民族的语言。"①对于外貌形体、生活生产习性与周边民族有一定相似度的畲族人而言，语言是其最核心的显性民族基因，也承载了其隐形的民族精神。无论走到哪里，识别同族人的基本条件就是会不会讲畲语、唱山歌。在浙西南某些地区，甚至还要会讲畲族的"隐语"———一种特殊的含蓄的语言，如同畲族人民专门的密码和暗号。通过"隐语"的交流来识别同族人、同地方人，是畲族人又一个巧妙的民族认知手段。

　　如果说畲语是构筑畲族一切文化、思维、生活、生产方式等的核心元素，畲族山歌则是帮助搭建并传播这些方式的基本构架。作为一个民族特征鲜明、有语言却无文字的民族，畲族的记忆是伴着歌唱开始的。歌唱—唱山歌—唱畲语山歌，是早期畲族人最基本的文化识别符号，所以很多地方把山歌叫作歌言。唱山歌与畲族语言结合，构成了畲族基本的文化符号系统。在这个系统里，可以看到生活、习俗、劳动、艺术等元素紧扣其上，畲族远古的传说、神话和想象、认知和史实等深植其中。动静结合、新旧交替、物质与精神交错，构筑了精彩纷呈的多层次立体化的民族文化共同体。

　　畲族山歌对于畲族人民而言，远非一种简单的艺术形态。它是畲族人的"印刷语言"，是民族精神的源泉；也是畲族获得民族认同的精神载体和传播媒介。在畲族身份的确立、民族文化的发展和传承中，畲族山歌的作用远远超出了一般的识别符号和记忆手段。在山歌所承载的丰富的内容中，我们看到了各种想象和记忆。在漫长的游耕生涯中，畲族人民颠沛流离，居无定所，其民族地理空间的拓展和传承难以为继。但通过歌言的创

---

　　① ［德］威廉·冯·洪堡特：《论人类语言结构的差异及其对人类精神发展的影响》，姚小平译，商务印书馆 1999 年版，第 52 页。

造和传唱，畲族人民书写了自己的民族史，传递了本民族意识，保留了本民族历史记忆和风俗记忆，开创了本民族的文化空间和精神空间。

第一节　山歌的历史记忆

如果要以历史考据的方法来检视畲族的历史，难度很大。从被人称作"蛮寮"到1954年有确切的民族称谓，畲族也经过了几千年的发展，但在官方的正史中出现甚少；又加上没有自己的文字，因此无法找到完整的文字史料。因此，无论是畲族人要了解自己的历史、了解周围的历史，还是外人要了解畲族的历史，都大量依赖口头传递的各种"口述历史"。尽管这类史料凭借记忆传递容易出现误差，但确实弥补了文字史料之不足。而且，口述的历史记忆不易被社会权力掌控，能让我们"脱离历史文献的束缚，得以接触多元的边缘历史记忆"①。畲族山歌之所以被称为歌言，说明它不仅仅是口头文学，也是口头文献。山歌对于畲族人民而言具有特殊的功能和意义，而这点恰恰使我们通过它有机会探究、审视畲族的历史。

畲族山歌中，神话传说歌、历史要闻歌、时政歌和解放歌四类山歌，几乎写尽了畲族的历史。如《高皇歌》《凤凰山》《白鹤度双》《火烧天》《插花娘歌》《汤王坐天》《老鹰岩》《清风山》《明朝十八帝》《堰头造坝》《刘基寻将》《苦旱歌》《孙传芳》《末朝歌》等，记载了他们的心愿、信仰、经验、痛苦与欢乐，表达了强烈的族群意识和身份诉求；从另外一个角度看，还可以看到各类政治事件、各地"民变"、吏治情况、社会经济状况、交通和水利建设、民生疾苦以及民族矛盾等等。这些或想象或史实，无一不是畲族人民的群体记忆。②

一、《高皇歌》和族群探源

畲族历史记忆从《高皇歌》开始。《高皇歌》作为畲族民族史诗，是最重要的"讲史"歌。根据现有资料，《高皇歌》大概出现在唐代之前，随着历史

---

① 王明珂：《历史事实、历史记忆与历史心性》，《历史研究》，2001年第5期，第141页。
② 卢睿蓉：《记忆、建构、融聚——畲族叙事歌的民族想象和认同》，《文化学刊》，2020年第11期，第12页。

的演进和畲族的迁徙,新的内容不断演变,最后形成了较完整的《高皇歌》。① 在浙江省少数民族事务委员会的专家们整理《高皇歌》时,光浙江省就收到十九种《高皇歌》,内容大同小异。都叙述了畲族祖先起源、迁徙的历史经历。

> 盘古开天到如今,世上人何几样心;
> 何人心好照直讲,何人心歹偌骗人。
> 盘古开天到如今,一重山背一重人;
> 一朝江水一朝鱼,一朝天子一朝臣。
> 说山便说山乾坤,说水便说水根源;
> 说人便说世上事,三皇五帝定乾坤。②

《高皇歌》头三条,追根溯源,将畲族历史追溯到盘古时代。接下来又用了十三条讲述了盘古开天地以后三皇五帝的故事,有钻木取火、种田采药、造船造车等。《高皇歌》所叙述的远古历史和华夏创世神话和历史神话基本相似,可见其对本民族作为华夏民族共同体中一分子的认可。故事一直讲述到高辛帝时代番王作乱,龙麒出世:

> 颛顼以后是高辛,三皇五帝讲灵清;
> 帝誉高辛是国号,龙麒出世实为真。

高辛帝皇后耳痛三年,医生取出金虫一条,耳痛立消,龙麒出世。

> 丈二龙盂真稀奇,五色花斑花微微;
> 像龙像豹麒麟样,皇帝取名唤龙麒;
> 龙麒生好郎毫光,行云过海本领强;
> 人人肤见心欢喜,身长力大好个相。

短短几条山歌,歌咏了龙麒非凡的出身和非凡的相貌。接下来番王作

---

① 该观点总结自《莲都文史》第 4 期,2011 年 5 月。
② 浙江省民族事务委员会:《高皇歌》,中国国际广播出版社 2016 年版。此处《高皇歌》以及本章中所有《高皇歌》选段都出自此版本,为避免赘述,凡《高皇歌》片段文中皆不一一注释。

乱,龙麒又显示了非凡的智慧和非凡的勇气,揭皇榜深入敌后,灭番王立奇功,最后娶三公主为妻。高辛帝"封其忠勇大王位,王府造落在广东"。龙麒和三公主生三男一女,立"盘蓝雷钟"①四大姓,开创人生辉煌,也开启了畲族的历史。

《高皇歌》的前半部在充满想象的叙事中建构了本民族的历史。文风浪漫,想象瑰丽,一个充满传奇性的民族英雄、民族领袖应运而生。歌咏到此处,山歌文风突变,没有持续原先瑰丽的想象,反而以纪实手法叙述了龙麒传奇一生的下半场。龙麒不愿做达官显贵,宁愿"自耕林土无粮纳,做得何食是清闲",于是带着子民"凤凰山上安祖坟,荫出盘蓝雷子孙",从此确立了畲族的标识和圣地、姓氏和符号,开启了"山哈"的历史。

"山哈",即山里的客人,是畲族人对自身的称谓。外界称其为"蛮、僚",后又被认作苗族、瑶族、黎族等,官方记载宋以后又有"畲丁、畲民"之说,但畲族人只知自己是山客(山哈),不知自己是畲客。由于生活环境闭塞、文化水平落后,官方的历史记载、外界的判断对他们的影响甚少。他们对民族的认同源于共同的想象和记忆,因此通过共唱《高皇歌》,他们分享了共同的命运,产生了对彼此的认同,获得了作为一个民族的共同的生命,所以《高皇歌》被视为"祖歌",家喻户晓,世代传唱。

《高皇歌》整个故事可以分为六个部分:第一部分,盘古创世神话和三皇五帝远古历史神话;第二部分,高辛帝时期龙麒(盘瓠)出世;第三部分,番王叛乱,龙麒平叛立功;第四部分,龙麒娶妻生子,立盘蓝雷钟四姓;第五部分,龙麒弃官迁居广东潮州凤凰山;第六部分,畲族被迫迁徙。流传于浙江丽水松阳一带的《凤凰山》同样被誉为畲族"祖歌",和《高皇歌》有相似的叙事结构——离奇出世、战胜邪恶、结亲王女、繁衍子孙,最后被迫迁徙。《凤凰山》中,畲族的祖先龙麒从凤凰蛋中出世,得神助、结亲生子定居凤凰山。"美名取着凤凰山,又有山场又有田。大细和睦人丁旺,几代旺出无万千。"②但由于凤凰山上好田场,引得官兵眼痒痒,于是掠夺征战开始。龙麒夫妇奋勇作战,敌众我寡而死。子孙安葬祖公婆于凤凰山中,为避开官府欺压,决定分散居住,从此开始了畲族迁徙的历史。

《凤凰山》和《高皇歌》所记载的民族史,一半是想象,一半是记忆。无

---

① 三个儿子姓盘、蓝、雷,女婿姓钟,因此畲族四大姓为盘蓝雷钟。此后提到的畲族子弟都成为盘蓝雷钟后人。

② 雷阵鸣、雷招华:《畲族叙事歌集萃》,中国人事出版社 2002 年版,第 17 页。

论是凤凰出生的龙麒,还是盘瓠形象的龙麒,都是畲族人民对民族祖先的神圣的想象。龙麒或妖或人,但都具备神性的光辉,又兼具人性的向往。姻缘美满,子孙繁衍,家园美好。山歌没有一味在想象中驰骋,也充满了对现实的回忆。《高皇歌》和《凤凰山》一样,记载了龙麒死后畲族子孙饱尝生活艰辛,"朝中无亲难讲话,处处皇老欺侮你"(《高皇歌》)。最后,在政治经济等重重压迫下,畲族子孙被迫离开凤凰山,开启了畲族漫长的迁徙史。"广东掌了几多年,尽作山场无分田。山高土瘦难做食,走落别处去作田"(《高皇歌》)。畲族人到了福建以后,又遇上"福建官差欺侮多,搬掌景宁侬云和;景宁云和来开基,官府皇老也相欺;又搬泰顺平阳掌,丽水宣平也搬去。蓝雷钟姓分遂昌,松阳也是好田场。龙游兰溪都何掌,大细男女都安康"(《高皇歌》)。每次迁徙,都源于重重压迫,最后龙麒的子孙彻底离开了凤凰山这块祖地。

这两首叙事歌后半段的记忆和官方记载开始逐渐吻合。根据《广东通志》《潮州府志》记载,畲族发源于广东潮州凤凰山,隋唐之际主要分布在闽、粤、赣交界,过着刀耕火种的生活,后因统治者压迫不断、生计难为,畲族人民颠沛流离,不断寻找安居乐业之地,因而成为游耕民族。在《景宁县志》中,早在唐永泰二年(766)已有雷进裕一家从福建迁移至景宁、南宋时蓝敬泉族人从福建迁入的记载①,明末清初此类记载更多。浙西南的畲族人绝大部分先到景宁,再从景宁迁往浙西南各地主要分布在山区,以"大分散、小聚居"的方式与当地汉人杂居。② 这些历史,都由歌言一一记忆,也经它代代相传。③

在《高皇歌》中有一个重要的细节,就是龙麒的出身和婚姻。龙麒本是高辛帝皇后耳朵中的金虫,建功立业后,他又娶了高辛帝的三公主,生下三子一女。从这个意义上看,畲族不是一个孤立的民族,它的起源和汉族紧密相关,畲汉互动从畲族的起源神话时代就开始了。

同样,汉族封建统治阶级对畲族的打压在广东时期就已经开始。从《高皇歌》中我们可以看到,原先的畲族人民在凤凰山上基本还过着自足的

---

① 转引自邱国珍:《浙江畲族史》,杭州出版社 2010 年版,第 24 页。
② 景宁畲族自治县志编纂委员会:《景宁畲族自治县志》,浙江人民出版社 1995 年版,第 101、118、119 页。
③ 以上几段选自卢睿蓉:《记忆、建构、融聚——畲族叙事歌的民族想象和认同》,《文化学刊》,2020 年第 11 期,第 12 页。

生活，"当初掌在凤凰山，做得何食是清闲。离田三丈无粮纳，离木三尺便种山"（《高皇歌》）。虽然生活艰苦，但无徭役无压迫，自由自在。但到了隋唐时期，中央对南方的控制加强，汉族进入畲族居住区，打乱了他们的自然生活。畲族人民才觉得"受尽皀老几多气"（《高皇歌》）。畲族人民彼此呼吁"盘蓝雷钟好结亲""盘蓝雷钟共祖宗""盘蓝雷钟一宗亲，都是广东一路人""盘蓝雷钟一路人，莫来相争欺祖亲"，同时，民族矛盾激化，山歌中多次提到"莫嫁皀老做妻人""女大莫去嫁皀老，皀老翻面便无情""养女莫嫁皀老去""养女若去嫁皀老，好似细细未养其"（《高皇歌》）等。当然，由于认识上的局限性，畲族人民还不懂得剥削压迫他们的都是汉族的封建统治阶级而非汉族人民，但为了反抗"皀老"的压迫，他们从唐代就开始了民族起义，也从唐代开始了大面积的迁徙。

二、讲史歌中的畲汉历史

《高皇歌》《祖宗歌》《盘瓠王歌》等山歌并非专门的讲史歌，但也或多或少记录了畲族祖先的历史。此后出现的历史要闻歌、时政史实歌等有比较明确历史叙事，是真正的"讲史歌"。这些讲史歌，不仅讲述了畲族本民族的历史，也讲述了中国历朝历代故事。例如流行于苍南的《历代史歌》从盘古开天地开始一直唱到民国元年，既有（姜）太公出山、秦王统一，也有王莽篡位、朱晃篡位、周瑜孔明之争、闯王吴三桂之战，等等。按时间梳理，言简意赅，内容丰富，将重要的历史阶段一一涵盖。

此外，也有记录各个朝代历史的山歌。《汤王坐天》讲述商汤的故事；《雷万春打虎记》讲述安史之乱的故事；关于宋代历史的记录更多样，《血书记》《汤夫人记》《堰头造坝》分别讲了包龙图断案故事、徽宗时候敕木山垦荒传说和南宋时期通济堰水利工程修缮过程。

当然，在畲族山歌中，最多的是明朝以后的历史记忆。山歌是明末清初真正开始发展的，因此对明、清、民国三个历史阶段的回忆和审视占据了历史要闻歌、时政歌的主要篇幅。畲族人民通过一个个故事和传说，结合自己的认知，记录了历史的同时也记录了本民族的遭遇。这些遭遇，大多是悲惨的往事，就像《苦歌》中唱到"财主冇做吃不了，山哈做死两手空"[1]，

---

① 雷必贵、雷顺兰：《苍南畲族民歌》，中国文史出版社 2014 年版，第 43 页。

《苦旱歌》中也唱到"穷人无米又无糠,山上草头亦寻光"①。已无力抵抗人祸,天灾降临更是雪上加霜。而这样的层层压迫和剥削,却是他们在很长一段历史时期的常态。这也能说明为何在畲族山歌中有很多或借古讽今,或直接纪实,或歌颂英雄的题材。

《老鹰岩》讲述明代松阳县老鹰岩铜矿起义。由于"明朝坐天无道王,有功之臣尽杀光。忠良官员受迫害,百姓叹苦夜茫茫",在起义军转战到云和的时候,"云和百姓乐呵呵"。到了正德年间,闽粤赣交界的大帽山一带发生了声势浩大的畲汉人民起义,但遭遇到朝廷派遣的周南、王守仁等带兵镇压,蓝又清、蓝天风、蓝松山、谢志山等畲汉起义领袖血战到死,起义失败,钟松、雷天花率余部往闽、浙两地逃迁。这段史诗,在《清风山》中也有很传神的记录。山歌以浪漫的笔触开端,描写了美丽的清风山和安居乐业的畲族人民和汉族人民。但"地主霸田又霸山,官府派丁又派钱",最后"逼得穷人无路走""齐心来依官府斗",畲汉人民共同起义,涌现了很多英勇的人物。山歌不仅完整地记录了起义的整个过程,各种英雄事迹、战斗细节都有记载,没有武器,就用"大石滚落敲虎狼";起义军用畲歌传语,因为官兵听不懂。起义虽然失败了,但"十年血战实悲壮",因此要传歌给子孙听,让"旧恨落肚新芽开"。②

《畲族史歌》中的《蓝玉蒙冤》记录了明代著名的"蓝玉案",蓝玉是明初功勋卓著的大将军,因其姓蓝,畲族人对他产生同情心理。③ 因此,《蓝玉蒙冤》认为蓝玉案是真正的冤案,山歌虽然有些片面,但史实记录还是完整的。

> 洪武妒才头角痛,有心陷害凉国公。
> 明朝洪武廿六年,蓝玉贬落天牢中。
> ············
> 皇帝陷害蓝玉公,攻击蓝玉假赏功;
> 草包奸臣受暗旨,一时奏本几千封。

---

① 雷阵鸣、雷招华:《畲族叙事歌集萃》,中国人事出版社 2002 年版,第 117 页。
② 该段《老鹰岩》《清风山》的片段都出自雷阵鸣、雷招华:《畲族叙事歌集萃》,中国人事出版社 2002 年版,第 84—100 页。
③ 蓝玉,安徽人,一般资料认为是汉族人,也有少量信息提到蓝玉是苗族人。畲族人在很长一段时间内被认为是苗族人,这也是蓝玉能引起畲族人共情心理的主要原因。

山歌唱了蓝玉死后，几万人被株连，余下子孙逃亡躲藏。

> 蓝玉案情深且重，明朝管下人难赦；
> 只恨朝廷心真毒，山林百世受折磨。
> 严禁科举禁读书，置业不准立文契；
> 山林受害官不理，石板压头苦百姓。①

此处的山林，正是畲族人民赖以栖居之所，因此山歌讲的是蓝玉案，实际上哀叹的是畲族人的悲惨生活。

还有一部苍南畲族山歌《林钟英告御状》记叙了嘉庆年间的一桩官逼民告的事件。平阳因受灾而粮食歉收，知县徐映台擅自增派田粮，受到民众反对，灵溪（今苍南）生员庄以莅收集徐映台罪证意欲揭发。徐映台带兵逮捕庄以莅，被许鸿志带领的乡亲们阻挠，引发了"大门打官"事件。徐映台继而诬告庄以莅、许鸿志抗粮，意图民变，因此衙门派兵追捕庄、许二人，庄、许二人皆被杀，牵连无辜者众多。林钟英是庄以莅亲戚，母亲及幼女无辜受刑，家产被掠夺，老父死亡。林钟英告状一年无果，于是在舅父的陪同下，长途跋涉两个月到北京告御状。朝廷派钦差押着林钟英回温州审理此案，最终徐映台等 14 名官员被撤被降。《林钟英告御状》塑造了林钟英坚强无畏的个性，尽管告状要"铁板钉床过油汤"②，他也毫不退缩。在经过长达一年半的斗争后，终于获得了胜利。虽然山歌中涉的主要人物并非畲族人，但林钟英的大无畏的精神为畲族人民所推崇，因此也纷纷传唱他的事迹。

有些山歌记录的不是某个历史专题，却梳理了他们所了解的中华历史。例如《明朝十八帝》讲述了元明清王朝的兴衰，《清朝十代皇》不仅历数清朝十代皇帝，还唱出了他们在位时间以及统治期间发生的事件③。例如讲到康熙帝，山歌唱道："顺治关了十八载，康熙等位太平来。康熙是位好皇帝，朝天百官笑眯眯。"对雍正、乾隆、嘉庆、同治，山歌中都是正面评价，另外五位皇帝在位时，"天下到处都是荒"，"天下百姓苦难言"，尤其是"大权掌握慈禧手，百姓谋生无有路"，但是，"唱过清朝时代皇，要唱民国口难

---

① 该山歌来自浙江图书馆畲族文化数据库，http://61.175.198.143:9080/shezu/index.jsp?dbId=221&parent_id=1091&lanmuId=1091&dblibcode=20131020221004357。
② 雷必贵、雷顺兰：《苍南畲族民歌》，中国文史出版社 2014 年版，第 36 页。
③ 此处《清朝十代皇》歌言皆收集自手抄本片段。

张。军阀混战灾难多,黎民百姓都遭殃"。《末朝歌》和《清朝十代皇》相似,但涉及内容范围更广。①《末朝歌》分为两部分,前面记录各个朝代的历史,后面记录清朝和民国时期的历史,强调了军阀混战给人民带来的苦楚。

三、解放歌和畲族的红色记忆

畲族是个富有斗争精神的民族,从唐代到民国时期,畲族的斗争历史从未间断过。在民国时期,随着社会阶级矛盾的进一步深化,浙西南畲族的斗争历史不断,畲族人民唱道:

> 唱条歌句比刀枪,要杀朝上死昏王,
> 千斤大树诃敢芟,万丈高山要去量。②

像《打酒员歌》《打盐霸》这一类重要的反映畲族斗争历史的山歌既可以反映畲族人民的勇气,也是当时浙西南革命斗争的鲜活的记忆。

《打酒员歌》记录了 1915 年景宁的"打酒局"事件。

> 历朝山哈受煎熬,民国统治百姓粮,
> 七月十七作大水,田地冲毁百姓无。
> 苦难日子是难当,百姓大小泪汪汪;
> 急待京城赊谷米,谷米发落人度荒。
> 奇里古怪百样税,登记人口也抽税;
> 钉个门牌一百钱,田地又抽验契税。
> 官府日夜派捐税,这税未了那税来;
> 山哈受骗加重纳,酒员又来抽酒税。③

穷人无钱被逼上吊,官府还诬陷畲族人蓝炳水,抓人、三倍罚款、挨家挨户搜刮,把畲族人逼到了绝路。因此蓝政新、雷东林等带人救出蓝炳水,三人带领二三千畲汉百姓打败官兵,捣毁景宁酒局。

---

① 《末朝歌》为福建霞浦歌手钟学吉所创作,但在浙西南也有影响和传唱。
② 蓝高清:《畲族民歌集》,丽水市畲族文化研究会 2011 年版,第 50 页。
③ 邱彦余:《畲族民歌》,浙江摄影出版社 2014 年版,第 122—123 页。

到了 1930 年,"景宁外舍周盐行,霸行欺市实猖狂""奸商官府相勾通,盘剥穷人毒又凶。畲客食尽苦中苦,人人切恨怨气冲"。[①] 年关到,穷人连盐都吃不起,因此蓝政新、雷东林、雷之成等人带领畲汉人民打盐霸、分盐巴。官兵屡次报复镇压,因而发展成武装斗争。斗争延续了四个多月,畲族人受到残酷镇压,多村被血洗,死伤无数。因此,流传下来的《打盐霸》成为记录畲族斗争历史的重要材料。

到了 20 世纪 30 年代以后,随着中国共产党领导下的新民主主义革命的深入,浙西南的畲族人民不仅是历史的见证者,也成为积极的历史参与者和创造者。记录这段历史的山歌被称为"解放歌",又被称为新民歌。

新民歌一般记录了 1949 年前后两段历史。1949 年前,畲族人民在中国共产党的带领下闹革命,因此出现的很多革命山歌,如《红军歌》《宣平红军歌》《十字歌》《二十三年革命歌》《蓝大嫂打游击》等都记录了这段历史。还有就是 1949 年中华人民共和国成立后,共产党带着畲族人民建设新中国。此时出现了大量歌颂共产党、歌颂新中国的山歌,还有祖国建设各项成果的记录。

在 1949 年前的解放歌中,有大量反映畲族人民水深火热的生活。

> 国民党,受了亏,挑柴买米几多贵。
> 穷人无鞋穿术履,晚间无被盖蓑衣。
> 国民党,受了亏,穷人都讲呒出头。
> 抽兵挑担几粒苦,地主恶霸压迫添。[②]
>
> 乡长保长敲竹杠,穷人生活黄连苦,
> 政府抓兵不停留,白天黑夜心惊慌。
> 抓去当兵没了儿,苦了老人苦了妻,
> 父母眼泪落纷纷,妻子日夜都叹气。[③]

自从有了共产党,畲族人民唱出了新歌。

---

① 雷阵鸣、雷招华:《畲族叙事歌集萃》,中国人事出版社 2002 年版,第 133 页。
② 景宁畲族自治县民间文学集成编委会:《中国民间文学集成浙江省景宁畲族自治县卷》,景宁畲族自治县文化局、景宁畲族自治县民间文学集成办公室 1989 年版,第 16 页。
③ 景宁畲族自治县民间文学集成编委会:《中国民间文学集成浙江省景宁畲族自治县卷》,景宁畲族自治县文化局、景宁畲族自治县民间文学集成办公室 1989 年版,第 15 页。

共产党、真英明，赛过南海观世音，
善人个个得保右，恶人步步嗳小心。①

共产党、真英明，路线政策得人心；
人人拥护共产党，好似夜里党照明。②

毛主席，似日头，日头开来烘燎燎，
千年积雪都溶了，工农好笑地主嗷。③

他们打开家门，迎接红军，待红军犹如亲人。

姐姐纺纱朗朗响，嫂嫂织布忙又忙；
婆婆一夜没困觉，忙给红军做衣裳。④

山哈郎恳当红军，参加革命一条心；
送裳送饭保组织，你扛枪来我送信。⑤

骑龙不怕海水深，骑虎不怕上山林。
决心革命不怕死，谋求幸福当红军。⑥

　　他们不仅在后方支援红军，还勇敢地加入了革命队伍，和红军一起战斗，开启了畲族历史上的新篇章。
　　这些解放歌之所以吸引畲族人民代代相传，不仅因为山歌中的革命豪情和坚强意志鼓舞人心，最重要的还是它将"我们的"历史和"大家的"历史相结合，既具有地方特色又超越地方限制。在解放歌中，我们可以看到浙西南畲族的革命斗争史，也可以看到中国共产党领导下的革命队伍经受了怎样艰难的奋斗，最后取得革命的胜利。例如《宣平红军歌》《宣平十字红军歌》都讲述了红十三军浙西第三纵队的事迹，《歌唱红军挺进师》记录了1935年粟裕带领的红军在景宁、庆元、遂昌、龙泉和松阳一带打敌军、建立

---

① 蓝高清：《畲族民歌集》，丽水市畲族文化研究会2011年版，第5页。
② 雷必贵、雷顺兰：《苍南畲族民歌》，中国文史出版社2014年版，第52页。
③ 蓝高清：《畲族民歌集》，丽水市畲族文化研究会2011年版，第4页。
④ 季海波：《泰顺畲族民歌》，浙江摄影出版社2016年版，第32页。
⑤ 《遂昌畲族山歌选集》（二），中共遂昌县委统战部（民宗局）2020年版，第27页。
⑥ 雷必贵、雷顺兰：《苍南畲族民歌》，中国文史出版社2014年版，第51页。

苏维埃政权等故事。

　　山歌中有宏大的革命叙事,但更多的是日常的、地方的、个人的革命记忆,因此记忆鲜活,情感真挚,歌唱者感觉亲切。如《蓝大嫂打游击》讲述的就是新民主主义革命时期,松阳县黄岩畲村蓝林钗参加革命斗争的故事。蓝大嫂出身贫寒,幼儿病弱,丈夫被抓壮丁后杳无音讯,蓝大嫂自己被打伤,家中连菜刀都被财主抢走。山歌唱出了普通畲族人民的苦难,逼债逼税、抽丁抢粮,蓝大嫂冬夜无被盖着蓑衣取暖,一把泪一蔸草把孩子拉扯大。

> 寮里无食熬糜汤,棕榈树籽掺粗糠。
> 历经苦难心唔死,盼望有朝见天光。
> 冬去春来树叶青,山垄阳鸟喔得响。
> 红军穿岭来过夜,讲出道理句句正。
> 革命道理句句真,好似旱天得甘霖。
> 穷人要靠共产党,翻身要当共产兵。
> 长夜难熬望天晴,日子艰苦心唔冷。
> 红军播落革命种,畲民心中发芽青。[①]

　　冬去春来,红军来到浙西南,畲族人民从困境中盼到曙光。蓝大嫂无比欣喜,她为红军烧水煮饭,还积极站岗、送信、刺探敌情,在家里建起地下联络站。儿子蓝周根长大后,母子一同参加游击队,经过了枪林弹雨的考验。歌言真实质朴,描述生动,人名、地名、事件等要素,斗争生活中的各种细节都一一再现,包括大嫂丈夫被抓丁无音讯、乡亲劝其招亲等暖心故事。作为一名普通的畲族妇女,蓝林钗的觉醒是广大畲族人民经历苦难后奋起的真实写照。畲族人民甘愿自给自足、与世无争的生活,却在封建统治者的压迫下走上了革命斗争的道路。在歌言中,蓝哥(蓝大嫂再招之夫)被捕牺牲,蓝大嫂满怀悲愤但毫不动摇,因为她"心中有党志气豪",充分体现了畲族人民对革命的认识和高扬的革命斗志。

　　到了 1949 年以后,畲族山歌记录的历史就是新中国建设的点点滴滴。

---

① 　雷阵鸣、雷招华:《畲族叙事歌集萃》,中国人事出版社 2002 年版,第 355 页。

一九四九好年界，千年鸡公嗯嗯啼，
日头上山天大晓，百姓见着真皇帝。①

公元一九四九年，景宁县城得解放，
恶霸地主都打倒，穷人分山又分田。②

　　山哈人民深切体会到了新中国带来的好生活，因此他们的歌言也唱出了祖国建设的各个时期。例如《水利建设奏凯歌》《丰碑竖在郎心头》等，都记录了祖国建设的各项成果。对于自己的家乡和自己的生活，《对比歌》中唱道：

土地改革真正好，英明决策得人心，
有田种来有地种，人们日子西洋参。
人们吃饭有白米，人们穿衣好卡其，
想着主席大恩人，山哈心里怎忘记？③

　　对于党的领导，畲族人民表现了真挚的热爱：

共产党，解放来，大家高兴靠后头。
穷人全靠共产党，吃水不忘水源头。④

共产党领导翻了身，山哈当家做主人，
各族人民都一样，民族政策真英明。⑤

　　从此以后，从山歌中可以看到民族政策让山哈人做了主人，土地承包让"农村面貌一片新""三中全会人心定"后，他们目睹了"景宁自治二十

　　① 蓝高清：《畲族民歌集》，丽水市畲族文化研究会2011年版，第12页。
　　② 手抄本摘录。
　　③ 景宁畲族自治县民间文学集成编委会：《中国民间文学集成浙江省景宁畲族自治县卷》，景宁畲族自治县文化局、景宁畲族自治县民间文学集成办公室1989年版，第15页。
　　④ 景宁畲族自治县民间文学集成编委会：《中国民间文学集成浙江省景宁畲族自治县卷》，景宁畲族自治县文化局、景宁畲族自治县民间文学集成办公室1989年版，第16页。
　　⑤ 景宁畲族自治县民间文学集成编委会：《中国民间文学集成浙江省景宁畲族自治县卷》，景宁畲族自治县文化局、景宁畲族自治县民间文学集成办公室1989年版，第14页。

岁"，也深刻体会到"丽水建设就算快"。无论是家里通煤气，还是手头有电脑手机，改革开放四十年给畲族人民生活带来的深刻变化，通过山歌的传唱让人历历在目，难怪山哈人喜欢唱"党的政策真英明"①。

第二节　山歌的风俗记忆

　　仪式是人们生存习惯、信仰寄托、审美判断的载体，是一个民族生活、生产的重要内容，是民族文化中不可或缺的一部分。

　　作为有鲜明特征的民族，畲族从生产到生活、从物质到精神都有丰富的民族习俗，这些仪式礼俗，不仅是一次次集体记忆的表现，也是集体力量的聚合。以歌传俗，是畲族的文化特征之一。畲族山歌是畲族人际沟通、族群认同的媒介，在畲族生活中，畲族几乎"无俗不歌"。春天有"三月三"这个浪漫的节日，秋天有重阳节，初冬有酿酒节，等等。这些岁时节日，无论是农事节日还是宗教节日，都是畲族人联络感情的重要时机。因此这类的节日都以欢庆和唱山歌为特征。尤其是居住分散的畲族人，因为共同的习俗走到一起，以共同的方式欢庆节日，增进了民族情感和认同。

　　但是，由于畲族经历漫长岁月的迁徙，又加上和周边民族，尤其是和汉族长时间的散杂居，很多风俗已经逐渐被淡化或者同化了。但无论岁时节俗还是人生礼仪，都在畲族山歌中获得了永久性的保存。这种保存，也可以说是畲族山歌集体力量的聚合。因为山歌不仅记录了各种风俗礼仪，唱山歌本身也是畲族礼俗中非常重要的环节。仪式和生活通过山歌有机结合，一个民族的特征通过民俗和山歌得以呈现。畲族是个爱唱歌的民族，在传统的畲族社会中，畲族孩子在长辈、同伴的歌声中长大，浸润在山歌这门"语言"中，自然习得了这种风俗。可以说，畲族歌言帮助塑造了民族的文化个性，给畲族礼俗带来了绵绵不绝的生命力；同时，礼俗也为畲族带来了独特的风情和源远流长的文化内涵。尽管畲族的生活和文化由于受到新时代的冲击已经产生了极大的变迁，但畲族山歌和畲族礼俗的结合从来都不曾变动过。

　　从畲族山歌看畲族礼俗，主要有三个方面：一是生活、生产习俗，二是

---

　　①　这些山歌主要流传于丽水和景宁，部分片段经蓝陈启大妈演唱，笔者记录。

信仰与风俗,三是重大婚丧节日习俗。

这些礼俗,伴随着畲族人民的生产和生活实践出现,因此出现在本文介绍过的所有种类的畲族山歌之中。从各种劳动歌中,可以看到畲族生产的习俗。从杂歌中,可以了解生活习俗。例如《番薯歌》可以了解畲族的饮食习俗,还有山歌介绍了酒文化、茶文化等。从生活故事歌、历史传说歌中还能找到畲族信仰的痕迹,《汤夫人歌》记录了畲族人信仰的汤夫人,像景宁求雨就要求汤夫人。还有《插花娘娘》反映了畲族人对婚恋、生育顺利的期盼等。

畲族最重要的山歌《高皇歌》,不仅起到族群发展探源的作用,还提到旧时候畲汉不通婚的习俗。112 条《高皇歌》,就有 5 条讲的是莫嫁阜老做妻人。

> 当初出朝在广东,盘蓝雷钟共祖宗;
> 养女若去嫁阜老,就是除祖灭太公。①

在《高皇歌》中,也有开基、间山学法、狩猎、悬棺葬等风俗记忆。

当然,风俗记忆最佳载体当然是畲族的礼俗歌。从武义、景宁、苍南等地收集到的畲族山歌看,礼俗歌可以分为两大类型:一种是叙述仪式过程的畲歌,另一种是仪式上唱的畲歌。例如在畲族人结婚和丧葬时,需要一系列歌唱行为才能完成整个仪式。按使用的场合看,礼俗歌也可以分为四类:生活礼俗,如造房和贺寿;信仰民俗;婚庆、祭祀和丧葬。

一、生活礼俗

畲族日常生活中最重要的两类:生育贺寿和建造房屋。

从武义畲族礼俗歌中可以看到,造房有一套完整的习俗和一套完整的礼俗歌。

首先是《起寮歌》:

> 从细未透娘峒来,娘峒山上好树载;
> 山上生得大杉树,山脚连到大岗背。

---

① 浙江省民族事务委员会:《高皇歌》,中国国际广播出版社 2016 年版,第 16 页。

从上山看树、写契约买木头开始，木料备好，要合八字。

> 树料备好赶先生，年庚八字讲你听；
> 家主年命合年利，捡好日子来起寮。

选好日子，风水先生看风水定方向，然后请泥水工、木工，买瓦买砖。亲友帮衬，发红包，开酒筵，热热闹闹建新屋。

《起寮歌》唱的是起寮，然后就是《泡梁敬酒》，敬太阳（紫薇星）、敬仙师（鲁班）、敬栋梁，完成后需要《接鲁班仙师》。

上梁是房子建造过程中重要的一环，可以摆上梁酒，唱《上梁谣》《上梁歌》《泡梁调》《泡梁辞》《泡梁抛物辞》等：

> 一泡长命富贵，二泡金玉满堂，
> 三泡三元及第，四泡四季发财，
> 五泡五子登科，六泡六国丞相，
> 七泡七子八孙，八泡八仙过海，
> 九泡九子十三孙，十泡十全十美十富十贵。

又有：

> 左边雕起是凤凰，代代儿孙中状元；
> 右边雕起是美王，儿孙丁发万代传；
> 种田养蚕谷米有，千万吉日保平安。

内容大同小异，主要还是祝福现世安稳，子孙有福。

房子建好后，根据习俗入住新房。要择日、担谷进门，还要：

> 入寮人数要凑双，进进入入手莫空；
> 大样小件都搬入，入寮带火旺子孙。①

---

① 《起寮歌》《泡梁调》《泡梁辞》《入寮歌》皆选自钟发品：《畲族礼仪习俗歌谣》，中国文化出版社 2010 年版，第 2、6、7、15 页。

入寮要跪拜祖宗，摆酒宴，请上娘舅，大家一起祝贺入住新房。

以《起寮歌》为代表的一系列建房时的习俗歌，不仅记录了畲族人民在游耕时代的建筑行为，也能看到他们勤劳朴素的民族特征。

另一个常见的仪式是贺寿。贺寿与中国其他民族一样礼节相似，但保留了以歌相贺的传统。贺寿歌既有主题鲜明的《上寿歌》《百岁歌》《同心百岁歌》《八仙拜寿歌》等，也有贺寿仪式上唱的其他山歌，例如神话传说歌《高皇歌》等，历史歌《民国史歌》等，小说歌《白蛇传》《孟姜女》《武松打虎》等，还有各种对歌。

二、信仰民俗

历史上，畲族有自己的一套原始宗教信仰体系，但由于受汉族的长期影响，近现代形成了儒、道、释信仰与原始宗教并存或混融的局面。儒、道、释信仰虽系由汉区传入，但却在很大程度上畲族化了，融入了原始多种信仰的一些形式和内容。[①]

邱国珍总结了温州地区的畲族人民信仰，可以说是浙西南畲族的普遍现象。畲族人民的信仰有四种类型：一是祖灵崇拜，包括祖先、始祖；二是民间俗神，包括族内神祇以及与当地汉族共同信奉的神灵；三是道教与佛教神灵，尤以道教神所占比重为大；四是自然神，如石神、树神等自然物体演化的神灵。[②]

祖灵崇拜是最为常见的信仰民俗，家中放置香火桌，除了春秋二祭之外，农历初一、十五以及各个农事节日由家主（或长辈）领着儿孙祭拜祖先，有《祭祖歌》《洗坛歌》《问灶歌》等。

畲族民间俗神较多，例如陈十四娘娘、插花娘娘、灶君、栏神、齐天大圣、白鹤仙师、盘古帝王等都位列其中。根据景宁、武义等地的畲族人民回忆："拜祭祖先是年年有的，不过拜汤夫人、陈十四、插花娘娘是有些地方信的，八仙也是有人信的。不过有些村子里已经不作兴这些信啊拜啊，主要还是拜祖先。"

畲族民间俗神有些是与汉族共同信仰的，有些在畲族内也有地域之

---

　　① 施联珠，宇晓：《畲族传统文化的基本特征》，《福建论坛》（人文社会科学版），1991 年第 1 期，第 63 页。

　　② 邱国珍：《温州畲族史》，人民出版社 2017 年版，第 243 页。

分。例如松阳丽水信奉插花娘娘、景宁信奉汤夫人，但从苍南、泰顺、文成、龙游的山歌中看不到丝毫痕迹。从畲族山歌看浙西南的造房、祝寿、婚礼上，都有道教八仙的存在。

因为受汉族影响颇深，在神灵崇拜上也信奉道教三清、三宫大帝、太上老君等。尤其是太上老君和八仙，多种祭祀歌中都提到"老君"："神仙老君来相帮，腾云驾雾游过海。"太上老君成为畲族的保护神。吕洞宾等八仙也出现在各种热闹场合，《八仙祝寿》《打八仙》等都是畲族人民爱唱的山歌。

当然，畲族最原始的信仰还是各种自然神。山神、树神、水神、猎神、石神、鬼灵等，都是畲族祭拜的对象，和各路神祇共存。

例如在《招魂歌》中唱道：

> 三炷清香：
> 拜请下界神明，
> 院前提水夫人，
> 造风、造雷夫人，
> 赶风、赶雨夫人，
> 上畈、下畈土地，
> 河伯水官、水母娘娘。[①]

一路招魂收魂，最后是"王母仙娘收七魄，五方五路都收遍"。王母娘娘和水母娘娘共存于畲族山歌中。

信仰汇集，是畲族生活中各种仪式产生的原因，因此每逢节日、祀神时，各种辞令、歌谣又丰富了畲族礼俗歌的内容。最值得关注的还是"传师学师"礼和做道场时唱念的歌言。

传师学师仪式可追溯到龙麒时代。在《高皇歌》中清楚地记载了龙麒学师的过程：

> 龙麒自愿官唔爱，一心同山学法来；
> 学得真法来传祖，头上又何花冠戴。
> 当初天下妖怪多，同山学法转来做；
> 救得良民个个好，行罡作法斩妖魔。

---

① 钟发品：《畲族礼仪习俗歌谣》，中国文化出版社 2010 年版，第 455 页。

闾山学法法言真,行罡作法斩妖精;

十二六曹来教度,神仙老君救凡人。

香烧炉内烟浓浓,老君台上请仙宫;

奉请师爷来教度,灵感法门传子孙。

灵感法门传子孙,文牒奉请六曹宫;

女人来做西王母,男人来做东皇公①。

盘蓝雷钟学师郎,收师捉鬼法来强;

手把千斤天罗网,凶神恶煞走茫茫。

这 6 条山歌,记录了龙麒为保护子孙后代,上闾山学法的过程。从《高皇歌》中可看到龙麒学法所提到的法师、师爷等人。而老君、西王母等称谓又是借自道教的。龙麒学会法术以后,盘蓝雷钟子孙都从他这里学习。传到现在,还有 16 岁的畲族男子要学师的习俗,相当于畲族男子的成人礼。

学师,又称"做醮",或者"度身""奏名学法",是法师带着学师弟子重显畲族始祖到闾山学法的过程。通过"传师学师"仪式的被称为"红身",才有资格主持祭祖等仪式,没通过的人被称为"白身",无论身前死后社会地位都不如"红身"。早期的"传师学师"仪式是极为盛大的,"传师学师"仪式上,不仅有山歌,还有辞令、咒语、舞蹈等。传师学师仪式历史悠久,整个过程分 60 多个情节,包括招兵排兵、过九重山、造船送神等环节,又歌又舞,用大锣大鼓、龙角、铜铃、木尺击拍和之。据说最早要花三年时间,后来改为三个月,再后来为半个月。随着时间的推移,尤其随着畲族几次重大的迁移,畲族文化受到极大的影响,"传师学师"从大规模的群众性歌舞逐渐演变成时间短(三天三夜)、参与人数少、法师人数少(不一定有"十二六曹")。中华人民共和国成立后,在浙西南尚存零星的"传师学师"仪式,几近消亡,但《高皇歌》《传师学师兵歌》等山歌还记载了较为完整的仪式及其目的。

在笔者在武义收集到的《传师学师兵歌》唱道:

当初出祖在广东,移掌福建到浙江,

今下浙江各县掌,蓝雷钟姓念祖宗。

---

① 此处十二六曹指十二个法师,西王母指十二个法师中唯一的女法师,东皇公指一男法师。

> 原先起始是广东，传师学师念祖宗，
>
> 当初古人做得好，今下无奈请师公。
>
> 男人世上要学师，师若唔学受人欺，
>
> 急难当中也好使，唔使求人门背倚。①

在整个仪式过程中，学师弟子在法师的引领下，模仿祖先经历各种考验环节，例如"九重山背竹青青，引坛师公引郎行"，就是要背着包袱穿着草鞋模仿祖先过九重山的情形；还要过"五岳山"，还要拜坛斋戒，"百拜师公都受领，专心情愿受斋戒"等，最后盘缠用尽，行乞归家。

"学师传师"仪式，综合了畲族的祖先崇拜思想和道教仪式，曾经是畲族人一生中最重要的仪式。不忘祖先、学习祖先，是"传师学师"仪式的显性特征；民族意识、民族责任，是"传师学师"仪式的核心思想。畲族在发展过程中经历了种种艰难，多次面临生存危机，因此，像祖先一样英勇，给族人撑起一片天地，于危难之际扶救本民族，是畲族男儿成长过程中的伟大梦想。经过"传师学师"仪式，畲族男儿经过洗礼，成为兴家旺族的掌舵人。

经过了"传师学师"仪式的"红身"，有资格主持家族的祭祀活动。做道场，人家请来畲族师爷、师公（道士）为亡者超度念经文，进行背老佳、安祖等仪式，时间长达三天三夜，现在简化仪式缩短时间，至少也要一昼夜。所唱念的除有歌词、辞令之外，还有大量的符咒语和经文之类。做道场这类的祭祀歌内容很多，《造寨》《造井》《团兵》《告神》《招兵》《排兵》《引魂》等山歌都记录了做道场时的各个环节。

由于祭祀中大量的元素与时代已经格格不入，因此目前很多祭祀已经不再开展，因此祭祀歌是畲族特殊礼俗的记录和传播的最佳工具。

三、婚俗记忆

浙西南畲族婚礼基本上需要一个完整的步骤：提亲成功后，需要定亲、择吉日、迎娶/送嫁、拜堂、摆宴、回门、请新舅等。请新舅结束后，整个婚嫁才完成。大部分步骤看上去和汉族很接近。但是，畲族婚俗最大的特色在于整个过程，其中唱山歌是重头戏之一。

---

① 钟发品：《畲族礼仪习俗歌谣》，中国文化出版社 2010 年版，第 442 页。

青年男女往往在对歌中对上眼,因此以歌为媒、对歌定情是常见的社会现象。但是,山歌这位"媒人"不仅在恋爱初期起到重要的作用,其重要性还贯穿在整个婚恋过程中。

在调查了浙西南不同地区的婚俗以及阅读了相关习俗记载以后,我们大致可以理出以下的婚庆程序。每个程序中都需要唱相应的山歌,而这些山歌的歌名或者歌词,直接记载了婚庆的每一个步骤。

说媒定亲第一步,要唱《媒人歌》。媒人说亲、双方家长同意以后,有《问亲歌》。两家定下吉日迎娶,同时也讨论一下婚礼细节。迎亲前双方家庭就得邀请当地好歌手,在迎娶"歌场"的各个环节"交战",不求定"胜负",但求造运势。

结婚前最有畲族特色的婚俗之一是"做表姐"仪式。何谓"做表姐"?在姑娘出嫁之前,需要到娘舅家住上一段时间,其间青年男女相会盘歌。《苍南畲族风俗》有这样的记载:娘舅在外甥女回家之前设宴款待,村里的青年男女歌手在当晚相聚与姑娘对唱畲歌,俗称"唱表姐歌",常常是通宵达旦。如果姑娘善唱畲歌,还有可能连续唱上几个夜晚。"请表姐"与"唱表姐歌"之俗,实际上是敦促畲族姑娘从小学唱畲歌,出嫁前接受一次对歌、盘歌的实战检验。[①]

"做表姐"是婚俗中的一部分,本身也具有相对固定的程序。从男歌手邀请开始,先唱一组《王韵头》(又称《黄蜂头》),再唱"小割"或者"大割",最后是"分歌"。"分歌"唱完,女歌手才开始接唱,此后,男女歌手开始正式对歌和盘歌。对歌的内容很多种,有历史歌、劳动歌、时政歌、谜语歌等。但要求内容相对、相连或者相和。到夜深人静,开始对唱情歌、杂歌等。最后,男歌手唱《送神歌》,女歌手唱《送郎歌》,唱完《送郎歌》,整个"做表姐"才结束。

如上是苍南习俗中记载的"做表姐"程序,浙西南畲族婚俗中大致相似,但有地域性差异。泰顺记载的"做表姐"程序更为复杂。客人来时要先唱《敬茶歌》,主客之间来一段茶歌对唱。然后请出"表姐"坐好,大家再唱八仙歌,迎接前来祝贺的八仙,让各方来宾与神仙同乐。[②] 八仙歌歌名在不同地区有些许差异,但八仙人物是固定的,即中国道教的八仙。八仙歌唱完之后,才正式开始唱"起头歌",即《王韵头》,泰顺称为《黄蜂头》。

---

① 雷必贵:《苍南畲族习俗》,作家出版社 2012 年版,第 92 页。
② 季海波:《泰顺畲族民歌》,浙江摄影出版社 2016 年版,第 82 页。

男：黄蜂头，黄蜂飞到九重楼；

九重楼下人唱歌，生好表妹听歌头。①

　　鼓动一番之后，男歌手唱"修路"，从修路修坝到门口、庭院直到厅堂。然后"发请柬"迎姑娘进家门。发了请柬以后再"大割""小割"和"分歌"。盘歌后期，男歌手唱完《送神歌》，女歌手唱《祝福歌》《感谢歌》，最后是《送郎歌》。

　　"做表姐"既是畲族婚俗的一部分，也是畲族盘歌风俗的一部分。在畲族盘歌风俗中，也有"表嫂落寮""表哥落寮"等盘歌会。内容有很多重复之处，但根据因主角的不同、场合的不同有一些变化。在这些盘歌会中，固定的山歌为多，也间杂部分即兴创作的应景之作。山歌内容生动、健康，老少皆宜，富有教育意义，迎合了传统婚礼中的训诫环节。一般不唱情歌类的山歌，但可以唱小说歌。在笔者找到的礼俗歌中，就有梁祝之类的爱情故事。

　　我国南方很多地区有"哭嫁"习俗，畲族的"哭嫁"仍然以山歌为主，娘家人和新娘一起唱歌。对亲人的不舍、对父母的生养之恩的感激、对婚后生活的茫然甚至担忧等都由哭嫁歌来表达。新娘唱哭嫁歌，伤心离别，感念亲恩，也尽表自己的一片孝心；娘家人唱哭嫁歌，一来表达惜别离，同时也再给女儿进行婚前训诫，要她敬丈夫孝顺公婆等。哭嫁歌各地延续长短不一，有些要唱三天三夜。

　　这些环节结束，迎亲开始。男方家庭带着媒人、"赤郎"、"行郎"等迎亲队伍前往女方家，一路要唱《度亲歌》。女方则派出姐妹姑嫂及善歌的女歌手们在路口拦截，双方对歌。几个环节的拦路对歌之后，女方开门迎客，男方交割礼物，唱《交礼歌》；女方唱《脱草鞋洗脚歌》，奉热水让客人洗脚，客人换好鞋子以后，女方再奉香茶并唱《奉茶歌》。在这个过程中，女方伴娘和男方行郎会对歌，直到行郎拿出红包才结束。下一步由男方赤郎做主角，依据习俗，男方要在女方家"办大酒"，赤郎仅带着食材来女方家烧饭，女方藏好了所有的炊具，赤郎要唱《借镬歌》，在泰顺的风俗中，炊具餐具要借四十多件，唱一首歌借一样东西。这是畲族婚俗中最活泼的一段，女方百般刁难，赤郎机智应付，最后赤郎成功完成任务，婚礼气氛也随之高涨。酒宴上，新娘敬酒，赤娘（女方歌手）要唱《敬酒歌》。泰顺等地还要唱《捉蛙

---

① 季海波：《泰顺畲族民歌》，浙江摄影出版社2016年版，第91页。

歌》(遂昌等地叫《捉蚄歌》)。酒宴尚未结束，双方请来的歌手就摆好架势对歌，女方的赤娘起歌头，男方的赤郎接着唱，边吃边唱，直到酒宴结束，才摆开八仙桌点上红蜡烛正式开始盘歌。双方针锋相对，盘歌通宵达旦。一旦赤郎落后，就会受到抹锅底灰之类的惩罚。盘歌到大半夜，要吃点心唱《半夜点心歌》，一直唱到《十二生肖歌》，再唱《送神歌》，盘歌会才结束。

盘歌会到进行到凌晨后，催嫁开始，先请祖公，唱《对盏歌》，然后唱《扮轿歌》，唱完后接着唱《催亲歌》(有些地方由媒人唱)，新娘开始梳妆打扮，又开始唱《扮新娘》。新娘开始哭嫁，和父母及亲朋唱《哭嫁歌》。哭嫁歌各地延续长短不一，但起轿前唱完，然后新娘开始"含饭""留箸""留轿"仪式，每行一个仪式唱一首歌。女方姐妹们唱《拦轿歌》《起身歌》《送谢歌》等，花轿才起动。女方的婚礼暂时告一段落。

花轿到了婆家，婚礼正式开始。此时要唱《开场彩》《拜天地歌》，拜堂结束后唱祝福歌，最后入洞房时要唱《猜种歌》，唱一样，新娘拿一样，五谷全唱遍才能结束。男方也有盛大婚宴，等新娘稍事休息后，开始到酒席上敬酒，此时要唱《敬酒歌》，敬酒完毕唱《贺歌》《新婚祝福歌》，然后进入闹洞房环节。畲族的闹洞房别具一格，又是一个对歌会。前来祝福的人一拨又一拨，要唱《十进洞房》《八仙歌》《闹洞房》《看新娘》等山歌，内容竭尽祝福之意、赞美之辞。青年男女为了活跃气氛，还唱《香烟歌》《果子歌》《讨果子歌》《讨茶水》等山歌，有的唱故事娱乐宾客，有的借物送祝福，最后唱《祝福歌》《麒麟送子》，最后唱《十二生肖歌》，婚礼才真正完成。

浙西南畲族婚俗大同小异，所唱的曲调则都是当地的山歌调，因此山歌也有一些不同。例如迎亲阶段的祭祖礼在不同地区时间不一。在平阳、泰顺一带，"脱草鞋礼"后就祭请祖宗，景宁则是第二天早晨祭请祖宗。各地的《请祖公》歌也略有不同。还比如"花轿"，在许多地方就没有，景宁是新人双双撑伞步行到婆家，因此就没有《扮轿歌》等有关花轿的内容。又如送"红包"，在武义是用铜盘托着送，因此当地就唱《铜盘歌》而没有《翘蚄歌》。有些地方没有《捉蚄歌》，因为没有这一过程。

畲族的婚俗就是在这样一首首山歌中完成并获得了传承。通过各地的婚庆礼俗歌，我们几乎可以复制当地的婚俗。当然，也有一部分山歌本身就是介绍婚俗的，例如苍南的《成亲歌》，从双方恋爱、媒人上门定日子到行郎送礼、拜堂、酒宴、敬茶、回门等记叙了从相恋到结婚的整个过程。有些山歌虽然不是为了仪式而生，但其中还可以看到婚俗的片段，如《石莲花》中唱道：

> 娘村嫁女嘹行郎，听歌男女成大行。
> 又要搞笑来"捉蛙"，笑语阵阵响满堂。[1]

上述婚俗以及婚礼上的仪式歌结合了浙西南诸多地区的畲族婚俗，但现如今都有了较大变化。由于畲族不再局限于族内婚，受过教育的畲族人比例越来越高，会唱山歌的畲族青年越来越少，因此完整的畲族婚俗基本上只有在山歌中才能得以呈现。虽然目前畲族地区有很多旅游项目开发，畲族婚庆就成为畲族地区旅游项目之一。但是，展示的也只是其中一部分，那些通宵达旦的歌声早已不继。

四、丧葬习俗

丧葬文化是畲族文化中的重要组成部分，因为它凝聚了畲族人民的文化、思想、价值观念，具有强烈的本族文化特征。从普遍意义看，丧葬仪式，是信仰和愿望的有机结合体。英国社会人类学家马林诺夫斯基（B. K. Malinowski）认为：丧葬礼是一种满足人的基本需求的文化设定。[2] 畲族的丧葬仪式满足了畲族人最基本的精神需求——对远祖具有深深的崇敬之情以及对死亡深深的恐惧心理。崇拜祖先，因此丧葬仪式上充满哀伤和敬畏之情；对死亡的恐惧，导致丧葬仪式上又有大量祈祷内容，并且求助于神秘的宗教仪式。

和婚俗一样，畲族的丧葬仪式也有了较大的变化。从最早的《高皇歌》中我们可以看到，畲族曾经用过"悬棺葬"。

> 凤凰山上是清闲，日日擎弩去上山；
> 乃因岩中捉羊崽，龙麒斗死在岩前。
> 崎岩石壁青苔苔，山林白鸟尽飞来；
> 吹角鸣锣来引路，天地灵感放落来。[3]

---

① 雷阵鸣、雷招华：《畲族叙事歌集萃》，中国人事出版社 2002 年版，第 202 页。

② ［英］马林诺夫斯基：《巫术科学宗教与神话》，李安宅译，上海社会科学院出版社 2016 年版，第 47 页。

③ 浙江省民族事务委员会：《高皇歌》，中国国际广播出版社 2016 年版，第 13 页。

龙麒打猎跌落高山而死亡,在《高皇歌》《盘瓠王歌》等畲族神话传说歌中有同样的记载。龙麒死后,"铁链吊棺未落土,缴去棺汗无官萌"①。由于龙麒吊棺葬,崇拜祖先的畲族人也曾一度使用悬棺葬。

另外,由于游耕民族习性,畲族还有"火葬"之俗,方便带着骨灰迁徙。《大离别》就记录了这样的习俗。

> 送上山头柴放起,众亲回转火来烧;
> 罗火来烧身清凉,魂魄渺渺上天堂。②

畲族迁徙逐渐停止后,受周边汉族影响,也采用土葬。土葬开始,畲族才有过程复杂、文化元素多元的丧葬仪式。这一切,也可以从畲族山歌看到较为完整的呈现。

丧葬仪式上唱的山歌叫"哀歌",或者"哭歌"。哀歌类型和内容也丰富多样,既有表达情感的哀歌,也有记叙仪式的哀歌,也有教育后代的哀歌。

以苍南畲族的《孝顺歌》为例,歌头唱道:

> 细时是伲养,偏落泥里洗上床;
> 细时孃养不得大,阎王勾笔泪汪汪。

母亲去世,孝子先唱几条山歌,表达哀悼之情,希望亡灵保佑子孙,然后要去报娘舅,报亲戚。

> 孃伲好日便归阴,去赶娘舅嫡亲人;
> 去赶娘舅来安位,位哪安了正放心。

到娘舅家报丧,娘舅等亲戚赶来,开始正式办丧事。苍南的《孝顺歌》有392行,记叙了报丧、讨位、竖幡、安灵、请魂、超度、供养、起丧、做七、做功德、守孝、格路、格穴、送葬、封坟、拜木主、酒筵等过程。98条山歌既有写实也有抒情写意,内容丰富,记叙完整。例如封坟时,既描述封坟师傅的每一个步骤,也唱孝子孝女的不舍心情,同时也希望祖宗保佑子孙后代。

---

① 浙江省民族事务委员会:《高皇歌》,中国国际广播出版社2016年版,第14页。
② 《大离别》在不同地区版本不一。此处是手抄本中摘录。

四角天王四角挡,好似云开月光中;
封坟师傅来摆砖,大细男女泪茫茫。
…………
坟哪葬好万事休,青山常在水长流;
彭祖八百也归寿,麻姑二万一旦休。
娘坟葬在南海东,两边龙虎生来分;
左边青龙右白虎,荫出子孙做相公。①

《孝顺歌》这类哀歌在传承畲族礼俗方面作用直接,但唱得更多的是丧仪过程中所唱的哀歌。《孝顺歌》所提的各个环节,都有对应的哀歌。

根据《苍南畲族习俗》所记载的丧仪,报丧后,需要唱《接报歌》,接报歌要表达内心悲痛,也有祝福吉祥的,因为丧事会给人带来煞气,唱接报歌可以挡煞。到了丧事人家,孝子要唱《接娘家》,娘家人唱《做娘家》。到了主家后要唱《哭丧》,然后在守灵期间女眷轮流哭唱,唱《孝饭歌》《守孝歌》等。后面还有《招魂歌》《化龛歌》以及以"哀、叹"命名的各种哀歌。②

在武义收集的哀歌中,还有《炒五谷》《行孝歌》《五奠酒》《孝子奠酒》《绞杠》等哀歌,种类繁多。

哀歌中也反映了部分习俗与浙西南地区的汉族习俗接近,例如武义有《买水歌》,景宁有《买水洗澡歌》:

我娘过阴眠在床,兄弟孙叔来思量;
思量买水娘洗浴,浴乃洗了见阎王。
手挈铜钱去买水,眼泪纷纷落拿来;
买水洗浴出门楼,一头行路一头哭。③

根据方青云调查发现,丧家的女性亲属到河边唱此歌,"买水"回家给死者洗澡换衣。死后净身换衣风俗古来有之,浙西农村也有子孙到河边取

---

① 以上《孝顺歌》选段引自雷必贵、雷顺兰:《苍南畲族山歌》,中国文史出版社2014年版,第111—117页。
② 雷必贵:《苍南畲族习俗》,作家出版社2012年版,第127页。
③ 方清云:《救木山中的畲族红寨——大张坑村社会调查》,华中科技大学出版社2017年版,第128页。

水、给死者"洗澡"之俗,但《买水洗澡歌》反映的习俗与汉族习俗既有相似的地方,也有具有民族特色之处。

丧事过程中唱的哀歌,有即兴的抒情歌谣,表达哀思、表达尊重、安慰家属、祈祷亡灵保佑子孙等,也有一些固定内容的哀歌。例如《劝孝歌》《劝娘歌》《劝郎歌》等。这些山歌,大多是教育子孙要孝顺,多在守灵时和做功德时演唱。

做功德,这是畲族丧仪的核心部分。"功"是指父母养育之功,"德"是子女孝顺之德。因此做功德的目的是感激父母生养之恩,同时表达子女回报父母之恩的心情,当然,也希望逝去的老人能保佑子孙后代。这个仪式是族人亲属聚集的好机会,可见家庭的凝聚力和社会地位。畲族人有钱做大功德,没钱做小功德。也有根据死者身份地位来决定,尊者做大功德,其他的小功德。做功德不仅唱山歌,有些地方也有专门性的舞蹈动作,模仿或者还原畲族远古时代的一些民间活动。做功德还请"师公",又称法师,属于主持民间仪式的专门性人才。法师要念咒语,也要唱《度亡歌》之类的仪式歌。在度亡、招魂、拔伤①之后,法师再唱《叹灵》和《劝灵》。从人生伊始开始唱,劝诫人们:

> 百岁长寿有几人,前世今生有良因;
> 尝尽酸甜般般味,见尽世事旧与新。
> 长寿原是修行得,不念弥陀定念经;
> 不是阎王翻过真,修行积德是成真。②

有些地方不做功德,但做七守七。尽管同处浙西南地区,各地的丧俗还是不同的。景宁守七只守一个七,云和要守七个七。因此,各处的哀歌的内容和种类也会有不同。

丧事最后的一个环节要到三年之后,择吉日打开坟墓拾骨重葬。这个习俗与畲族常年迁徙有关,但如今这个习俗早已消失殆尽。

丧葬是个漫长的仪式,丧葬时的山歌也有一些和死亡哀悼无关的内容。例如在蓝景芬家读到的家传哀歌中,可以看到守灵和做功德时也会唱

---

① 拔伤:民间对非正常死亡者的亡魂所做的超度仪式,通过作法破三十六道"伤门",死者在阴间不再受此伤害,子孙后代亦可享太平。

② 从手抄本中摘录。

一些内容悲伤的小说歌等,这些山歌的基调符合当时的情境,也丰富了集体场合中的演唱内容。就像婚礼上不能唱悲哀的、内容不健康的山歌一样,哀歌里也没有欢乐喜庆的内容。

现在的畲族村寨里,葬礼上能唱哀歌的人已经寥寥无几。但无论如何,这些山歌牢牢地和风俗一样共生共存。礼俗仪式是山歌重要的演唱场域,而山歌又是畲族礼俗记忆的最佳载体,其丰富的文化内涵是畲族的宝贵财富。山歌的传唱、仪式的实践,畲族的历史文化获得了一次次的演练,所以才能代代相传。对于后人而言,这些都是本民族传统文化的"活化石"。

无论是婚俗中的礼俗歌还是丧葬以上的礼俗歌,除了有执行仪式、联络情感等功能以外,还有凝聚人心、族群记忆、民族认同、思想教化等功能。这些功能之间,族群的记忆功能对民族文化的保存起到最大的作用。

第四章　话语的建构

　　我们所指的"话语",是人们在特定的语境(社会、历史、政治、文化)中运用语言及其他符号进行的社会实践和文化实践。[①] 畲族人唱山歌,源于情感交流和思想交流的诉求,因此,山歌是具有对话特征的话语形式,具有其特殊的目的性,能产生丰富的社会效果。畲族人将山歌叫作"歌言",顾名思义,唱歌就是一个言说的过程,一个话语实践过程。相比起历史、哲学、政治等,山歌这种形式在畲族叙事、民族话语建构中作用更大,因为它在畲族发展语境中获得生长,拥有了长期的、广泛的群众基础。对于畲族而言,畲族山歌具有的独特性、普遍性、永恒性使之获得在畲族文化中不可替代的地位。

　　如果把蕴含着畲族独特审美气质、道德规范和民族情怀的畲族山歌当作纯文学作品,也顺应了福柯的权力话语思路。"文学是一种话语,只要是话语它就是知识——权力的产物。"[②]在畲族山歌中,可以同样读到其潜藏的各种权力体系,例如各种信仰追求、政治理念、道德教化、人生理想等。因此,对畲族山歌的研究,离不开对其话语的挖掘。

　　笔者在浙西南所采集到的上万首畲族山歌,不管属于何种类型、何种时代,都具有各类话语特征。这些话语,据其目的和范畴,以英雄话语、女性话语、地理话语为主线。这些话语主线的建构,也与其他多种话语共存。例如英雄话语的建构,潜藏着政治话语、阶级话语、斗争话语或者革命话语;女性话语的舒张,势必与男性话语、斗争话语、时代话语交织;地理话语的创编,隐含了生态话语和民族话语的精髓。各种话语的生成,建立在民族文化的阐释和服务于民族发展的中心;各种话语的目

---

　　① 施旭:《文化话语研究与少数民族文学的新视野》,《民族文学研究》,2013年第1期,第172页。
　　② 李遇春:《权力主体话语——20世纪40—70年代中国文学研究》,华中师范大学出版社2007年版,第41页。

的，也是实现民族认同、完成民族动员的使命。而话语的叙事模式和叙事中心，随着时代的发展获得不同的发展。桩桩件件，形成了畲族复杂的话语体系。

第一节　原声：英雄神话与英雄话语

每个民族的发展史都是一部斗争史，因此英雄崇拜是民族发展过程中普遍存在的一种文化现象。卡莱尔（T. Carlyle）说过："只要人类存在，'英雄崇拜'就永远存在……任何怀疑论的逻辑或一般烦琐事情，任何时代的不忠和乏味及其影响都不能摧毁人心中这种高贵的与生俱来的忠诚和崇拜。"[①]每个民族都有自己的英雄，每个阶段都有独特的英雄。可以说，英雄形象兼具的民族性和时代性体现了一个民族对自我形象和自我价值的认同。"英雄人物与人们普遍接受的价值观念、象征符号、事件和景观一起，构成了一个可让民族共同体历代受用的独特文化宝库。"[②]一个民族在不同的历史时期可以有不同的英雄人物，这些人物汇聚一起，成为一个民族世世代代尊崇的象征符号，成为该民族立足于世间的最显眼的标识。

畲族的发展和其他各个民族一样，都经过了从原始到现代的生存发展。但他们漫长的迁徙历程和刀耕火种的生产方式使他们的生存环境显得更为恶劣。在他们与恶劣的生存环境、强权迫害等的斗争中，英雄崇拜成为普遍的社会文化现象。畲族的创世神话、祖歌等文学体裁创造了超凡的英雄，在畲族山歌中也塑造了许许多多的英雄形象。这些英雄形象成为民族文化符号，对这些符号的构建、传播也成为畲族山歌中的话语主线之一。

纵观畲族山歌中的英雄，我们可以总结出主要的三类英雄：来自远古想象中的神的英雄（例如《高皇歌》《凤凰山》中的龙麒）、历史长河中的民族英雄（小说歌中的雷万春、雷海清，新民歌或解放歌中的雷东林、蓝政新

---

① ［英］卡莱尔：《英雄与英雄崇拜》，何欣译，辽宁教育出版社1998年版，第13—14页。

② Yingjie Guo：*Recycled heroes*，*Invented Tradition and Transformed Identity*，in Gary D. Rawnsley，Ming－Yeh T. Rawnsley eds：*Global Chinese Cinema：The Culture and Politics of "Hero"*，Routledge，2010，p27.

等),以及寻常生活中的平民英雄(生活故事歌中的蓝石莲等)。这些英雄,不仅有宏伟的业绩,也有顽强的意志、不屈不挠的斗争精神、聪明才智,既有神的力量又有人的光辉。这些英雄故事,无论来自想象还是源于生活,都是畲族歌言主题之一,也是畲族民族文化的重要特色。

一、从神的英雄走向人的英雄

中西方各民族的文化体系中,神话是最早而且完整的集体创作。远古时期的人们,在和自然长期斗争中日渐觉醒,对自然、对自我的认识也逐步深入。这种持续不断的斗争和追求,连绵不绝的想象和探索,最终构成了他们对自然、对人类社会的独特的看法,形成了创世神话、自然神话和英雄神话。但无论是哪种神话,无论是要表明对超自然力的敬畏、对自然的赞美,还是歌颂人类英雄的伟绩,英雄总是故事的主角。在中国创世神话中的盘古和女娲,在自然神话中的夸父和精卫,都是具有英雄气质的神话主角。在欧美的神话体系中,这类英雄及其神话故事就更多了。北欧神话中的《贝奥武甫》不仅讲述了斯堪的纳维亚半岛的自然、社会斗争英雄,也为大不列颠国民构建了英雄原型;希腊罗马神话搭建了西方文明体系,希伯来神话和基督教一起走进西方的千家万户,成为道德生活、哲学思考的重要元素。

在中国古代,三皇五帝都是神话中的英雄形象。既能为民治水,也敢争夺天下;他们敢作敢为,坚韧不拔。他们顽强的意志和不屈不挠的斗争精神是远古时期恶劣生活条件下生存的必需,是对芸芸众生生活斗争勇气的鼓舞。因此,神话和英雄,是无论哪个民族哪个时代都需要的精神因子。

畲族山歌中的神话传说歌就是一部部英雄神话,但各部神话的主角都汇聚在同一个英雄原型之上。

龙麒,畲族历史中最具有表征性的英雄人物,是《高皇歌》《盘瓠王歌》《凤凰山》等神话传说歌的主角。《高皇歌》是影响广泛而深远的神话传说歌,获得了畲族民族史诗的地位,因此龙麒的形象也随着《高皇歌》的传唱而流芳后世,成为后世畲族英雄的原型。

与其他民族的始祖英雄一样,龙麒的出现是畲族人民正处于对世界充满未知却好奇的阶段,因此他是以神的形象出现。龙麒是高辛帝皇后耳中的金虫,历时三年,终于被医生取出。脱离了"母体"的龙麒虽然只是一只小金虫,但他"一日三时仰其大,变作龙盂丈二长",所以并没有被看作虫妖,一闪就变成龙神。《高皇歌》为此继续描述了龙麒的相貌,赋予他神的风采。

> 变作龙盂丈二长,一双龙眼好个相;
> 身上花斑百廿点,五色花斑朗毫光;
> 丈二龙盂真稀奇,五色花斑花微微;
> 像龙像豹麒麟样,皇帝取名唢龙麒;
> 龙麒生好朗毫光,行云过海本领强;
> 人人肽见心欢喜,身长力大好个相。①

　　不仅如此,龙麒出世后,国泰民安的高辛帝王朝出现番王叛乱,高辛皇帝派兵平叛未果,危机之下,只好皇榜招贤。龙麒揭榜,驾起云雾去平番。他伪装臣服番王,在他身边借机行事,最后杀了番王,平服乱事。平番一事,表现了龙麒的勇敢、机智和神力;而平番之后的龙麒,仍然具有伟大的英雄气质。为了与三公主成亲,他放弃了神型变成了人型,和三公主生养了三子一女,高辛帝赐姓盘蓝雷。这段历史,是畲族起源的历史。龙麒由神变成人,畲族的历史也从神话传说变成了现实。

　　龙麒成家生子之后,主动放弃忠勇王位,带着子孙后代到广东凤凰山开荒定居,凤凰山成为畲族的起源地。龙麒完成了伟大的民族起源业绩,但他仍然怀着造福为民的精神。为了给后代提供更多的保护,他又历经艰辛上闾山学法,学成之后庇护族人。后来龙麒打猎失足,身死挂在树丫上,死后余荫仍在保佑子孙后代。

　　《凤凰山》中的龙麒故事与《高皇歌》有较大不同,歌风也有明显差异。《凤凰山》分为序曲—降生—得救—寻宝—遇亲—相爱—发族—兵祸—外迁—尾歌十段,首尾歌唱凤凰山,其他八段讲述了龙麒从凤凰蛋中出生,在龙狗、宝马等帮助下战胜妖魔,与东海龙王女成亲,繁育族人,最后战死,族人被迫迁徙等故事。与《高皇歌》中的帝王将相、英雄伟业故事不同的是,《凤凰山》中的龙麒更多了些人性的光辉,他出生时:

---

① 浙江省民族事务委员会:《高皇歌》,中国国际广播出版社 2016 年版,第 4—5 页。

> 百鸟孵卵来得忙，凤凰山上暖洋洋；
>
> 乃见天上金光影，出世一个小贤郎。
>
> 凤凰山上竹叶长，小郎出世好个相；
>
> 白鹤帮其来遮影，百鸟来护少年郎。

　　龙麒虽然生而为人，但落地能行、一日一岁、力擎千斤，他身上花印好似蛟龙样，所以名字叫龙麒。龙麒每天打猎，得到神犬帮助吓退妖婆，他还从蛇洞中救出宝马，从此神犬宝马相伴，如虎添翼。更有甚者，龙麒还遇见了爱情。在水塘里龙麒结识东海龙王女，后者慕名而来。

> 小娘清秀似水菜，小郎壮实似山背；
>
> 两人相对难开口，未曾开口心先爱。①

　　此种歌风，不像神话传说歌，反而是生活故事歌，两个人相爱相识，最后缔结美满姻缘。《凤凰山》的龙麒不能腾云驾雾，却充满了人的魅力。半神半人的英雄祖先，是畲族自我认同在神人之间的灵活切换。

　　龙麒龙女结婚后，生养了盘蓝雷三子，生女一人招婿，女婿姓钟。盘蓝雷三子长大后，亦娶了母族三龙女，接到凤凰山上成亲生子，"几代旺出无万千"。但凤凰山上的美好家园被当时官府觊觎，征粮纳税。"官府抢物似强盗，逼得畲客动枪刀。"在危难之际，龙麒展现出非凡的英雄气概和领导能力。他骑着宝马，好像神兵天降，带领畲族子孙打败官兵一次次进攻。但官兵使诡计，假和谈、偷入关，半夜毒死宝马神犬，围攻龙麒夫妇。龙麒临危不乱，敲锣示警，使安睡中的人们免遭屠戮；他手开大弓，箭箭中敌，杀敌无数。最后敌众我寡，龙麒夫妇战死。龙麒悬棺葬于凤凰山，子孙后代追念其功德，"想着太公常祭祖"。

　　《高皇歌》和《凤凰山》的叙事，都反映了畲族人民对本族起源的认可，非凡的祖先（亦神亦妖的出身）、高贵的血统（王女的后代）、英勇的气概（战斗和迁徙）形成了畲族人的自强、自立、自信的特征；而无休止的压迫、迁徙、各种艰辛和无奈构成了他们生活的主体，促使他们对美好生活更加向往。

---

　　① 此部分《凤凰山》节选自雷阵鸣、雷招华：《畲族叙事歌集萃》，中国人事出版社2002年版，第8—21页，下一段中的《凤凰山》片段不再一一做注释。

《高皇歌》和《凤凰山》中的龙麒是畲族歌言中最古老的英雄,民族叙事、英雄叙事都自他而起,图腾崇拜、民族符号也由此产生。但是,龙麒最终从神话里走出,一直走到了山林中。神话中的英雄落地生长,成为田间耕作的平民英雄,忠诚、淳朴、勇敢、顽强,完成了畲族人民对自我形象的建构。从对神的形象的认同到对人的形象的认同,这一结果,突显了畲族人民的民族意识;而这一过程,也在后续的畲族歌言中有淋漓尽致的表现。①

二、民族英雄的崛起

畲族山歌中的英雄人物为何能给人们留下深刻的印象还代代相传?究其原因,不是艺术的力量,而是他们身上散发出的光彩——既有超凡的能力,又有不屈的斗争精神和坚韧不拔的意志力,重情重义、救危扶困,有理想有追求,不怕牺牲——这一切,通过山歌的传唱传递给一代又一代,形成了畲族宝贵而强大的精神基因。

龙麒的后代离开凤凰山、迁移到浙西南地区之后,和汉人杂居,也和汉人一样受政府管制,但是政治地位、社会地位、经济水平和文化水平都处于明显的弱势,受歧视、压迫、剥削是常态,也导致抗争比比皆是。从唐代开始就有畲族人民反抗压迫的故事,也有相关的山歌在传唱。

《雷万春打虎记》《钟景祺》是畲族山歌中较少描述唐代的歌言,在英雄形象的塑造上也独树一帜。歌言以真实的历史事件为母版,讲述了唐代状元钟景祺,赴任途中遇虎,得到猎户雷万春相救。钟景祺与雷万春侄女雷天然结成夫妇。安史之乱时,雷万春认识了蓝济云,二人在雷万春之兄雷海青的推荐下,参加了著名的睢阳大战。雷天然在钟景祺的支持下也投军征战。最后,安史之乱平息,雷天然和钟景祺被封赏,雷万春和雷海清被敬为神祇。

歌言充分利用了民间叙事特征,纪实和想象交错,多人物多线索交错,围绕钟景祺赶考、赴任一条线索,塑造了许多人物形象,既有大胆示爱的贵族少女,又有占山为王的各路山匪,从朝堂到山野,故事曲折,人物个性分明。到了国家危难之际,日常生活也掩盖不住的英雄气质更为凸显,一个个鲜明的畲族英雄构成了气势磅礴的英雄群像。这些英雄,来自不同的社

---

① 卢睿蓉:《记忆、建构、融聚——畲族叙事歌的民族想象与认同》,《文化学刊》,2020 年第 11 期,第 12 页。

会阶层,身份不同,性别性格个性皆不同。但在同样的历史背景下,在同样的危急关头,他们的反应足以证实畲族的英雄特性。钟景祺是畲族一学子,学优而仕;雷万春乃处州一猎户,耿直勇敢;雷海清是宫中一乐师,忠贞不屈;雷天然是处州奇女子,武艺超群;蓝济云乃霞浦一好汉,勇猛爽直。这些人,由于一个个特殊的事件联系到一起,一道被卷入"安史之乱"的历史洪流中。雷万春和蓝济云战死睢阳,雷海清以琵琶勇击安禄山,慷慨赴死;雷天然以女子之身征战沙场,战功显赫。这些畲家儿女在国家危难之际,深明大义,不怕牺牲。哪怕钟景祺一介文弱书生,在大乱来临也没有退缩。他心胸开阔、忠廉勤政。一边鼓励妻子雷天然上阵杀敌,一边固守一方造福百姓。

雷氏英雄的故事在畲族中流传甚广,既有戏剧演绎,也有神话传奇。再加上唐代以来建庙封神,广受香火祭祀。但与此相对的是,汉族小说《锦香亭》为清代以来的禁书。畲族山歌中,雷万春的故事演绎越多,越能呈现出畲族人民对当时封建王朝的反抗决心,也体现了畲族人坚贞不屈的民族气节。

明代以后此类斗争记录更多,如上一章中提到的《老鹰岩》《清风山》《长毛歌》等,还有《打酒员歌》《打盐霸》《蓝大嫂打游击》《歌唱红军挺进师》《宣平十字红军歌》《宣平红军歌》《二十三年革命歌》等山歌,如果把它们按时间顺序串联起来,就是一部畲族人民革命史。在不同时期的山歌中,也塑造了许多栩栩如生的民族英雄形象。

在景宁四格村一带有一首著名的山歌:

> 四格出了蓝政新,大畈出个雷东林。
> 打了酒局打盐霸,畲汉人民喜洋洋。①

这首山歌记录的就是《打酒员歌》和《打盐霸》中的英雄人物,也证实了无论是歌言本身还是事件本身,《打酒员歌》和《打盐霸》都是畲族人民反压迫反剥削斗争的代表性作品。

《打酒员歌》记录了民国四年(1915)闹洪灾,民不聊生,但是"官府乃管刮民膏,苛税暴敛多似毛"。穷人无钱被逼上吊。蓝炳水带人反苛捐杂税,

———————————

① 手抄本摘录。

结果被官府所抓。此时，

> 四格畲客蓝政新，联络大畈雷东林。
> 睇见财狼恶作尽，同心商量镇巡丁。
> 孤雁高飞唔成阵，锄奸除害靠众人。
> 走村串乡对策定，政新两人早有心。
> 东林为人心地正，世道唔平心唔平。
> 常为百姓持公道，百里方圆有名声。
> 硬汉子，蓝政新，切恨财主切恨兵。
> 心直口快好仗义，难为一片正义心。
> 两人联络众乡亲，几千穷人齐响应。
> 七都成立义气会，畲汉百姓一条心。[①]

就这样，蓝政新和雷东林一起联络畲族人民，半路救下蓝炳水，三人发动几千畲汉群众，冲进城里，打掉酒局，官府被迫撤销烟酒税，畲族人民的斗争获得了胜利，影响广泛。

在《打酒员歌》中，几位畲族英雄令人印象深刻。虽然只有寥寥数笔，但个性跃然纸上。蓝炳水英勇无比、空手夺枪，雷东林为人公道有美誉，蓝政新是心直口快硬汉子。尤其是蓝政新的形象，犹如古代话本里的侠士，打抱不平、匡扶正义、追求公平，体现了自由平等的民间理想。到了民国十九年（1930），雷东林、蓝政新这两位英雄再次带领群众打盐霸、分盐巴，唱响了另一曲英雄赞歌。《打盐霸》就记录了这个反剥削反压迫的故事。民国十九年，景宁盐霸周景元勾结官府，垄断食盐，高价盘剥，激起了广大人民的义愤。

> 官府奸商尽贼心，逼得穷人无退身。
> 心头积恨地火滚，总要爆发烧恶人。
> 四格畲民蓝政新，大畈有个雷东林。
> 发动穷人来起事，首领还有雷之成。

---

① 　本章节中若无特别注释，《打酒员歌》和《打盐霸》都选自雷阵鸣、雷招华：《畲族叙事歌集萃》，中国人事出版社 2002 年版，第 122—127、132—135 页。

联络四乡廿七庄，个个切恨骂强梁。

六百多人心齐截，五十福佬亦上场。

经过"打酒员"的蓝政新和雷东林，已有了斗争经验。因此他们迅速集合武装队，手持长矛、棍棒、土铳等，趁夜冲进周裕兴盐货店，"开仓起出三万（斤）盐，统统分发给贫民"。周景元逃到县城报信，重金贿赂云和县民团，要把畲村来踏平。蓝政新闻讯，联络坑头的汉人张兰孙，兵分两路攻县府，兵民发生了激烈的械斗。此次斗争是畲汉人民团结一起的武装斗争，历时四个多月。在官府多次血洗畲村的残酷镇压下，雷之成寡不敌众，战场捐躯，蓝政新在被搜捕时中弹牺牲，多名群众被捕被杀，斗争失败。山歌最后唱道：

畲乡四月战云浓，英雄豪气贯长虹。

唔扫阴霾心唔死，鏊长总要起大风。

畲民退兵转山乡，血海深仇永难忘。

血写历史光日月，子孙代代尽传唱。

蓝政新、雷东林、雷之成，都是诞生于新民主主义革命前夜的畲族民族英雄。他们没有经过革命思想的熏陶，但拥有着畲族人民天然的不畏强暴的精神。他们不会宣扬自由、平等、博爱，但他们拥有淳朴的社会认知，锄强扶弱，勇敢地对当时黑暗的政府进行反击，反抗专制统治，试图改变自己被压迫、被剥削和被欺凌的命运，并为此付出了生命。

在清代官员笔记中曾记录"普天之下最善良者莫畲民若也"①，他们安分守己，钟情山林田园，向往"树木来多满山青，山水地盘十分好""新开田地无粮纳，自种自食几清闲"②的生活。但因为民族弱小，长期地位低下，遭受了比周边民族更多的压迫和歧视，生存环境更加恶劣。所以要实现自己的理想，奋斗乃是唯一途径。即使在神话传说中龙麒等神勇盖世的英雄，也要靠自己的智慧和勇敢获得幸福的生活。因此，不同时期、不同题材的畲族山歌中，英雄主题贯穿始终，也因此造就了畲族人民的精神特征和文化气质。

---

① 转引自邱国珍：《浙江畲族史》，杭州出版社2010年版，第4页。

② 雷阵鸣、雷招华：《畲族叙事歌集萃》，中国人事出版社2002年版，第102页。

第二节　变奏：女性话语的发声

　　女性主体、女性意识、女性话语，产生于一种对男权的对抗心理。19 世纪以来的女性主义思潮进一步确认了无论在政治、经济领域还是社会、文化等领域，都存在着这般或那般的男权文化霸权。在语言和文学领域，打破以男权为中心的传统文化体系是女性话语的惯常目的。

　　畲族山歌的英雄话语惯常以 Hero（英雄，男主角）为主角，很容易让人联想到经历了漫长阶级压迫和思想禁锢的封建时期，在普遍认同男性英雄成为拯救世界命运的主要力量的环境里，女性话语有怎样的哀叹和挣扎。但事实上，在畲族山歌中，Heroine（女英雄，女主角）的形象毫不示弱。从畲族山歌的发展历程中可以看到，女性，也是畲族山歌的主角。山歌中既有畲家小妹，也有畲族女神，她们一反温顺沉默的传统女性形象，表现出畲族女性的积极、勇敢和智慧，反映了畲族女性追求独立、反传统反压迫的叛逆精神。其对女性命运的关注，对女性智慧的讴歌，对女性人格的认同，开辟了一个截然不同的女性话语体系。

一、畲族山歌的女性主体

　　正如福柯所提到的一样，"话语不仅具有某种意义，或者某种真实性，而且还具有某部历史"①。从畲族山歌中理解女性话语或者女性主义，应该回归到畲族漫长的民族发展史和文化发展史中。

　　女人的自我意识不是取决于她的性征，实际上取决于社会经济环境。②女性是畲族山歌的主体，源于女性在社会生活中所付出的努力。封建社会时期，畲族女性地位相对于汉族女性地位而言是比较高的。畲族娶亲，新嫁娘入家门后，就接过钥匙和火柴（薪火相传），成为家中新的女主人。女性和男性一样，有祭祖、入族谱的资格。她们生儿育女，保证了家族繁衍；

---

　　①　[法]米歇尔·福柯：《知识考古学》，谢强、马月译，生活·读书·新知三联书店 2007 年版，第 142 页。
　　②　[法]西蒙·波伏娃：《第二性》，李强选译，西苑出版社 2004 年版，第 19 页。

操持家务，是家务劳动的主力军；下田干活，种地、砍柴、采茶、插秧各种活都干，甚至还要赶场买卖。《处州府志》《景宁县志》等文献记载了"男女皆力穑""其出而作，男女必偕"①等，许多山歌也记录了"公婆两人齐下田""收工回转一对影"的状况。

> 上山斫柴缠作下（一起），落田播禾（插秧）唔脱粘。
>
> 郎在青山斫茅苑，娘在田中薅禾苗。
>
> 男落田、女落田，有酒有肉好过年。
>
> 上山斫柴对歌唱，落田做事两相帮。②

从这些山歌中可以看到，畲族女性特别吃苦耐劳，在艰难的生活、生产中并不依赖男性生存，甚至在劳动和生活中都承担了重任。

以苍南流行的《种苎歌》③为例，可以看到畲族女性劳动的重担：

> 五月时节割苎做，贤娘鞘刀到苎园，
>
> 苎哪割掉就担转，一人割苎两人做。
>
> 苎哪割转骨剥掉，苎皮担去坑边泡，
>
> 手企苎刀来做苎，苎哪做掉就晒燥。
>
> 苎哪晒燥拣成批，苎片拿来面前离，
>
> 苎丝离放衫襟内，织笼挈来放苎丝。
>
> 丝哪织好捻成桁，车子来纺纺成线，
>
> 纺车来绞绞成缠，豆腐磨浆泡光光。
>
> 线哪纺了就来牵，贤惠少娘坐厅边，
>
> 脚踏勾竹上下步，手拿飘勺④转呤咙。

上述只为《种苎歌》部分，但已经可见女性劳作之复杂。事实上，从种苎、割苎、泡苎、做苎、离丝、纺线、织布整个程序都由女性负责。织完布以后，还要洗好晒干，外出请人染布，染好布再做衣裳，衣裳做好再绣花。整

---

① 转引自邱国珍：《浙江畲族史》，杭州出版社2010年版，第83页。
② 以上山歌皆出自雷阵鸣：《畲族情歌选》，中国人事出版社2004年版。
③ 雷必贵、雷顺兰：《苍南畲族民歌》，中国文史出版社2014年版，第72页。
④ 指木梭。

个过程,既有重体力劳动——以刀割苎、以担挑苎、以刀刬苎,又有具有女性特征的细致工作——分苎丝、纺苎线、织布、做衣裳、绣花,还包含了外出商务交流工作。

单从《种苎歌》,我们可以看到畲族女性承担的多种工作,女性和男性一样外出劳作,回家以后还有更多的家务需要完成。可以说,从重体力劳动到编织彩带、商品交换、家务劳动等,畲族妇女的劳动时间超过男子[①],妇女的劳动不再是男性劳动的附属品,其创造的经济价值也不逊于男子,因此有较高的家庭地位和社会地位。

女性不仅是家庭生活的主要承担者,生产劳动的重要参与者,她们还参与了社会生活、文化生活,因此更有机会发出自己的声音。

畲族山歌的演唱主体中,女性占据了更大的比例。根据景宁歌手蓝景芬回忆,在她成立山歌演出队的时候,参与者都是女性。因为"男人更多要出去打工"。国家级畲族山歌传承人蓝陈启回忆自己学歌的过程,也是妈妈教她唱歌。从孩子婴儿时期开始,陪伴身边的母亲就开始用山歌给孩子抚慰、给孩子启蒙。蓝大妈说自己想吃番薯干没得吃,哭了。妈妈就说别哭,我们来唱山歌。当她长大成家,遭遇到很多不幸,她唯一的想法就是唱歌。通过唱山歌,她宣泄了情绪,也找到了自己热爱的东西。

畲族女性从山歌中认识了自然和社会、认识了自己,学会了织彩带、种茶、采茶、酿酒,学会了热爱劳动、热爱祖国。畲族山歌中有大量的情歌,表达了对美好爱情的向往。青年男女在劳动中结识,通过对歌传递心意,自由恋爱。"妹妹上山摘茶叶,哥哥田间去插秧。"[②]对于男子的追求,畲族女性也用歌声做出回音;遇到真爱她们也敢大胆追求。她们把生活中的物作为爱情的寄托,通过各种比兴手法传递爱意。例如:

> 妹经带子字莲花,是妹亲手拿分哥;
> 带子给哥做为记,心想阿哥结公婆。
>
> 妹系有意郎有心,哪怕山高水又深;
> 山高自有妹开路,水深郎子撑船寻。[③]

---

① 参考施联朱:《畲族》,民族出版社 2005 年版,第 947 页。
② 《遂昌畲族山歌选集》,中共遂昌县委统战部(民宗局)2020 年版,第 158 页。
③ 此处山歌为手抄本中摘录。

对于包办婚姻，她们敢于反抗，"恋哥不怕人命弃，死了也要把冤深"。《畲岚山》中，雷云姑看上蓝良新，于是趁着良新上山，自己也上山路，对着良新唱歌："对山唱歌琅歌音，四处山头实冷清；深山唔见一双影，难道郎愿打单身？但愿侬郎成双好，十年八载来等郎。"获得蓝良新的接受以后，她毫不掩饰自己的开心："云姑得着郎欢心，回转家堂实高兴；日里唱歌啦连哩，夜半做梦笑出音。"①

如此爽快泼辣的性格，是畲族女性成为生产劳动、社会生活主体的原因之一，也是畲族山歌中女性表达中较少哀怨之词的原因之一。这一切，都可以归结到畲族女性的自立和自强。

女性作为畲族山歌的演唱主体，山歌中充满女性的审美意象。例如：

> 花纽又在梨园栽，乌云载水天上来；
> 娘是红花郎是水，水落园中红花开。②

山歌中有红花、乌云载水，意象清晰，红花似少女绯红的脸颊，情郎如水，水滋润了花儿，爱情之花才能盛开。简简单单四句话，体现了畲族少女对爱情的向往。山歌中，芙蓉牡丹、梅花山茶、黄菊荷花……红的花、白的花、黄的花，青的山、翠的竹、绿的树，一幅幅色彩明亮而丰富的自然画卷在眼前徐徐铺开，贯穿始终的是畲族女性对自然美的热爱和慨叹。在日常生产劳动中，她们又随时在创造美、传递美。畲族女性做花鞋、绣凤凰衣、头戴凤冠，表现了对外形美的追求。她们巧手织彩带，将畲族文化符号编辑到彩带之中，传递了畲族的历史和智慧。通过山歌和劳动，畲族女性传承了真情之美、智慧之美和力量之美。

二、女性崇拜和女性认同

> 莫笑女人细骨头，上年出个李清照③，
> 组织女人反官府，吓得官府日夜愁。

---

① 此段山歌摘自雷阵鸣、雷招华：《畲族叙事歌集萃》，中国人事出版社 2002 年版，第 22—46 页。

② 景宁畲族自治县民间文学集成编委会：《中国民间文学集成浙江省景宁畲族自治县卷》，景宁畲族自治县文化局、景宁畲族自治县民间文学集成办公室 1989 年版，第 81 页。

③ 由于畲族老歌手没有受过教育，有些内容有误但无人纠正，此处李清照源于他们错误的知识。

　　三月初八出年年，世上女人快活仙，
　　女人生日好节号，唱歌跳舞闹滅天。①

　　两首山歌，一首讲过去，一首讲现在，但都潜藏了特殊的女性话语——斗争和解放，反映了对畲族女性智慧和能力的认同。与一般涉及女性题材的山歌不同的是，畲族山歌更多地反映了畲族社会生活中的女性认同现象。山歌中的女性个性张扬，不屈不挠，既具如花的美丽，也具有山一般的坚毅。

　　这种女性认同，源于畲族始祖神话中的女性崇拜。即使在畲族神话故事、民间传说中，也常常出现褒扬女性的题材。女人勤快、聪明、坚韧，令人崇拜，山歌中的女性也是如此。

　　畲族女性崇拜的最明显的反映就是畲族的女神信仰，从三公主信仰到汤夫人、陈十四娘娘和插花娘娘等信仰，几乎可见畲族文化的发展历程。这些畲族信仰中，有些来自汉人信仰，如陈十四娘娘、汤夫人、马夫人等，还有些是畲族人自己的女神，例如三公主、插花娘娘等。

　　始祖女神三公主是畲族人民最早崇拜的本族女神。在《高皇歌》中三公主下嫁龙麒，生三男一女，放弃荣华富贵和龙麒前往广东凤凰山，共同开启了畲族人民的历史。因此三公主是畲族人民尊崇的"祖婆"，受尽畲族人民世世代代的爱戴，为此畲族山歌中有专门为三公主编写的《祖婆歌》《三公主》等。山歌中唱道：

　　公主长成尽灵通，鸟唱歌言教人传。
　　山哈歌言从此起，流传万代教子孙。
　　你是朝阳来变化，你比日月更精华。②

　　畲族人民心中的凤凰就是三公主的化身。因此，凤凰崇拜成为畲族民俗中的要义，有"凤凰节""凤凰衣""凤冠"。凤凰图腾崇拜和盘瓠崇拜一样重要，甚至有些地区更重视凤凰图腾。美好的凤凰，给畲族人民带来美好的希望，同时也让畲族人民重视畲族女性，也因此造就了畲族女性具有相对较高的家庭地位。

---

　　①　蓝高清：《畲族民歌集》，丽水市畲族文化研究会 2011 年版，第 7 页。
　　②　此处歌言为手抄本片段。

　　浙西南某些地区的"插花娘娘"信仰也是畲族本民族信仰神之一。插花娘娘原型是松阳县茅弄村女子蓝春花,聪明、美丽、刚烈,集中体现了畲族人民心中完美的女性形象。蓝春花为了拯救乡民,被逼答应嫁给地主,但半路跳崖身亡以全贞烈。畲族人民视其为神灵,四处修建插花娘娘庙宇,松阳、丽水、云和、青田等地都有插花娘娘庙,传唱《插花娘歌》。"山头好水花开香,娘女上天做神娘。今做灵神天上转,保佑百姓都安康。"①插花娘娘无所不能,送子赐福、守护家庭、祛病消灾,信仰辐射丽水地区、金华地区,甚至传到福建等地。

　　从一个反封建反压迫的女性发展成送子赐福的神灵,插花娘娘寄托了畲族女性的生活梦想,也体现了畲族的女性生殖崇拜。在很长一段历史时期中,畲族普遍生产力低下,生存艰难。因此,生殖成为种族繁衍的决定性因素。女性—繁花—繁殖,这一思路,充满畲族浪漫主义情怀,又充分显示了畲族对女性的认同。花神崇拜,成为生殖崇拜的最可依托的信仰之一,因此在畲族人信奉的神灵中,可司生育的娘娘比重大。从另一个意义上看,插花娘娘信仰,也有明确的民族身份认知。插花娘娘是畲族女子,因此它属于本土、本族信仰,在与汉族杂居的浙西南地区,文化交融已成现实,但对插花娘娘独特的爱,依然是重要的畲族文化表征之一。

　　浙西南另一个地域性俗神是汤夫人,为景宁地区特有。汤夫人乃宋徽宗时期景宁汤家女儿汤妙元,父亲汤三相公山间开荒,"田坪来高无水来",汤妙元以茅(竹)节引水,从此"下丘田水播上来"。汤妙元成仙,后来带契57岁的汤三相公也成仙。"夫人保佑百姓多,山中有水好荫禾;六月大旱不怕旱,村村杀猪又杀鹅。"汤夫人不仅成为景宁当地祈雨保丰收的女神,还"又保六畜又保人"②。汤夫人虽然身为汉民,但明代畲族人民迁居敕木山一带以后,也接受了当地的汤夫人信仰,他们改编了民间传说和县志记载,编写了具有畲族特色的叙事歌《汤夫人歌》。由于他们长期承担了汤夫人庙宇的管理工作,定期进行拜祭,再加上《汤夫人歌》的影响,汤夫人信仰逐渐成为畲汉民族文化互借交融的重要佐证。

　　女神信仰是女性认同的重要标志,除此之外,畲族山歌中还通过展示寻常生活中的女性形象,表现了畲族女性非凡的风采。

　　除了女神信仰之外,畲族人民也敬仰顶天立地的奇女子,以女性为主

---

①　转引自雷阵鸣、雷招华:《畲族叙事歌集萃》,中国人事出版社 2002 年版,第 69 页。
②　此处《汤夫人歌》节选自邱彦余:《畲族民歌》,浙江摄影出版社 2016 年版,第 144—149 页。

角的山歌很多。她们有的勇敢追求爱情,有的奋起反抗压迫;有的心灵手巧,有的武艺高强。《雷万春打虎记》中,葛明霞、杨梅香大胆追求爱情,雷天然武艺高强,上阵杀敌。她们身上都没有"礼教"的包袱,山歌用浓墨重彩描绘了她们栩栩如生的形象。

生活故事歌中的《石莲花》可谓这一类山歌的代表。

《石莲花》故事流传于丽水、松阳、宣平等地,是一首有 20 段几百条的长篇叙事歌。此歌流传于太平天国革命之前,讲述的是一位普通的畲家女儿,但故事曲折,人物形象饱满,充满斗争之魂。

生活故事歌中的畲家小妹蓝石莲,坚贞勇敢、有情有义,"唔吓雨打风霜加,唔吓人间多磨难,铮铮硬骨立山崖"。面对情郎,她满怀深情,"个好情郎同到老,皇帝娘娘亦唔做"。面对社会现实,她勇敢抗争,"上山唔吓恶虎狼,穷人唔吓官府强。唱歌唔吓头落地,刀架在颈亦要唱;就是(即使)杀头割到颈,无嘴还要喔出音"。①

在父权文化世界里,女性只是从属于男性的第二性。婚姻,便成为男性控制女性的一种方式。在石莲花遇到阶级压迫、婚事逼迫双重打压的时候,她没有让自己屈从于高位重权,从此过上富裕的生活,反而坚定自己的心意。这和《插花娘歌》中的蓝春花、《畲岚山》中的雷云姑极为相似。蓝春花虽然为此付出生命的代价,但却为更多的畲族女儿发出抗争的声音。

蓝石莲这样的女性形象在畲族歌言中并不罕见,在畲族山歌中,有许多坚强无畏的女性形象,无论是解放歌、生活故事歌还是神话传说歌,类别虽然不同,但思想主题却很一致。在解放歌《蓝大嫂打游击》中,松阳妇女蓝林钗建起地下联络站,探敌情、送情报,亲人牺牲不退缩,深陷牢笼不动摇,"软硬毒计都无使,心中有党志气豪"。最后蓝大嫂终于迎来了松阳的解放,获得了新生。事实上,这些山歌中的女性很多都源于真实的故事。在新民主主义革命时期,畲族女性无比英勇。浙南地区在共产党的领导下组织许多革命斗争。在景宁,不仅有男子组成的民兵队,也有妇女组成的妇女民兵队。②

即使是从汉族故事中改编的作品,女性形象也根据畲族人民的喜好进行了修改。例如《仙伯英台》中的祝英台比汉族故事中更具有强烈的叛逆

---

① 《石莲花》相关歌言都选自雷阵鸣、雷招华:《畲族叙事歌集萃》,中国人事出版社 2002 年版,第 136—206 页。

② 《畲族简史》修订组:《畲族简史》,民族出版社 2008 年版,第 103—104 页。

意识。在女扮男装求学三载中,英台沉着机智,屡次保护了自己。到后来爱情悲剧开始,山伯死亡还阳,英台考试做官救夫。她不贪恋名利地位,不惧怕官场黑暗,救夫成功后辞官回家。小说歌《孟姜女寻夫》深受畲族人民喜爱,除了内容的传奇性之外,改编后的孟姜女这位女性的勇气和忠贞让人敬佩。她看上范喜良,就热辣辣地追求他;范喜良被抓丁,她千里寻夫送寒衣,不怕山高路远,历尽艰辛。一个性格热烈的女子,聪明勇敢、不畏强暴,符合畲族人对女性的理想追求。

从《高皇歌》到《三公主》《祖婆歌》,再到《插花娘歌》《石莲花》等歌言,都可从中窥探到畲族人民对女性价值的肯定、对女性能力及勇气的审视和褒奖。对女性的认同,是畲族族群认同的重要元素。因此,畲族山歌中的女性才能唱出属于自己的歌言,歌里歌外,都是女性坚定的声音和身影。

第三节　创编:地理想象与地理话语

地理环境对于一个民族的时代精神、民族性格、情感气质的形成都有积极的意义,因此地理环境势必对民族文化的形成和文学艺术的创作产生影响。畲族山歌是畲族文化的集合体,其形式多样,内容涵盖生活的各个方面。尽管形式不同、内容不同,但都根植于畲族人民生活的地理环境,也根植于畲族人民代代相传的认知空间。在特定的生存环境中,畲族人民将自己对自然的认知、对生活的感悟以及对未来的向往从山水草木的描述中表现出来。因此,在畲族山歌中,可以看到深厚的地理基因,可以发掘明显的地理符号。自然地理的书写和精神家园的想象构成了畲族山歌的记忆、思想、审美的主体,打造了畲族独特的地理话语,为民族文化认同和传承奠定了坚实的基础。

一、地理基因和地理审美

早在公元前 4 世纪,我国的《易经》中就有"仰以观于天文,俯以察于地理"[①]之说。地理一词代表了地形和环境。无独有偶,公元前 2 世纪古希腊

---

① 高亨:《周易大传今注》,齐鲁书社 2008 年版,第 386 页。

学者生成 Geographica,意思是"大地的描述 Earth（geo）Description
（Graphica)",这是现代英语中的地理（Geography)一词的来源。

　　无论在何种时空何种语境下,对地理的认识是相似的。地理一词经过
《易经》《尚书》《论衡》一代代解释,经古希腊的希波克拉底（Hippocrates）、
亚里士多德（Aristotle)到 18 世纪法国的孟德斯鸠（Montesquieu)等演述,
充分证明了人与地理之间的沟通,而地理对人类的生存形态和社会文化具
有重要的影响。这种影响,放到文学地理学的话语体系中,就是作品中所
体现的作家的"地理基因"。

　　何谓"地理基因"? 根据邹建军的研究,"地理基因"是指地理环境在作
家身上留下的不可磨灭的印痕,并且一定会呈现在自己所有的作品里。[①]
这是一种独特的人类文化基因。生活在特定的地理环境中,地理因素就和
生物基因一样,影响了他的存在和发展。换言之,人的基本素质、思维方式
和情感方式,甚至审美、世界观等,都受到特定的自然地理和人文地理环境
的影响。这些影响,犹如生物基因一样,成为一个人身上"天然的存在"[②],
和他的家族基因、民族基因和文化基因一起相生相伴。

　　畲族是典型的游耕民族,无论在广东潮州凤凰山还是迁居至闽浙赣交
界的大山里,还是最后到浙西南地区定居,山林生活、田地耕种是他们的生
存方式,山林和田园,就是畲族人民游耕文化的地理依托。"刀耕火种",使
畲族人民生活的地理环境又与众不同。长期的游耕生活,给畲族文化留下
了重要的影响。在一片相对偏远、封闭的土地上讨生活,土地贫瘠了只好
再迁居到另一处,然后重复以前的生活。这样的族群迁居,为的是能安居
乐业,因此形成了畲族地理环境的活动性;但是,新生存环境与前期的相
似,被边缘的族群身份所限制了的生存空间,都造成地理环境的单一性和
封闭性。这样的地理环境,又封闭又活动,既保持了畲族文化的独立性,又
使其文化中充满了进取和突围的元素。无论迁徙到哪里,他们的山歌和地
理要素已经互相渗透。山林、田野中的自然风物成为具有鲜明特征的自然
意象,渗透在他们的生活和生产中,也成为精神的抚慰和激励。

　　畲族山歌是一种独特的文学作品。它既是个人心声,又有集体创作;

　　① 邹建军:《文学地理学的十个关键词理论术语》,《内江师范学院学报》,2015 年第 1 期,
第 29 页。
　　② 邹建军:《文学地理学的十个关键词理论术语》,《内江师范学院学报》,2015 年第 1 期,
第 30 页。

既有代代相传的山歌经典,也有即兴之作,是畲族人民生活劳动的"副产品"。"春秋代序,阴阳惨舒,物色之动,心亦摇焉。岁有其物,物有其容;情以物迁,辞以情发。"①丰富的情感,巧妙地投射到各种地理景观上。从这些山歌中,我们既看到独特的地理文化景观,也看到畲族人民劳动场景和日常生活,同时还看到他们对理想的探索和对生活的思考。打柴、放牧、洗衣、做饭,山头田间、屋里屋外,都有歌言从心中流出,想唱就唱,张口就来。采茶遇到下雨,"雨打茶树沙沙响,茶树林间开鲜花",耕田时有感而发"割草踏田田土壮,田土肥多禾头大",种菜会唱"韭菜麦葱共一行,韭菜抽长葱亦长";傍晚收工了,既看到"日头落山吞里黄",也看到"水牛相打角双扛"②。在这些山歌中,山林溪谷、红花绿草、水牛山羊等自然物质和形态都有独特的呈现,展现了畲族人民的地理环境特征,显示了独特的地理审美。

　　大山之美,是畲族山歌最重要的审美记忆。浙西南地区大多是山林,畲族人民长期生活在山野中,因此其山歌具有很明显的大山地理特色。从山歌的演唱方式看,在浙江的畲族山歌分为五调——丽水调、景宁调、文成调、龙泉调、泰顺调,唱腔不同,展示了不同的地区特色,但同样高亢的具有穿透力的假声是生活在山林间留下的痕迹。畲族人从历史上的烧畲到后来定居在半山间,他们上山开荒、砍柴、耕种、采茶、种蘑菇等,靠山吃山,对大山记忆深刻,也对大山情有独钟。浙西南的山水,带了生机勃勃的绿和斑斓的色彩,因此山歌语言生动活泼,大量使用赋比兴手法,比喻形象,情感真挚。那些畲族人民日常生活、劳动生产中关系最密切的或者最熟悉的风景、植物、动物等元素都被放在山歌中,体现了畲族人民特殊的审美意识,反映畲族文化的审美特色。

> 清明时节百花香,望见茶山绿茫茫;
> 妹妹上山摘茶叶,哥哥田间去插秧。③
>
> 郎行上坡娘下坡,心忖共坡人眼多;
> 假装失脚溜下跌,上坡滑到妹共坡。

---

① 胡经之:《中国古典文艺学丛编》,北京大学出版社2001年版,第9页。
② 摘录自手抄本。
③ 《遂昌畲族山歌选集》(二),中共遂昌县委统战部(民宗局)2020年版,第158页。

畲族山歌中的情歌大多与劳动有关，往往是青年男女在山林间劳作，以青山为媒，以劳动为媒，于劳动中产生了感情，因此歌声中充满了青春的浪漫和深情。

> 砍柴砍到石头背，高岩石壁出龙嘴，
> 高岩石壁出龙口，看见蝴蝶采一对。
>
> 春树采茶采山茶，路边百草正抽芽；
> 娘今十八郎十九，十八十九似红花。
>
> 娘是那边郎这边，隔片竹林隔片山；
> 隔片竹林生好笋，郎好留行结同年。
>
> 一树红花在青山，青山渺渺看不见；
> 青山渺渺看不着，变化扬鸟飞过山。①

这些关于爱情、劳动的山歌，无论是情感的抒发和生活的创造，都与自然环境融为一体。田间、山野，既是畲族人民的劳动场所，也是山歌的场域。畲族人民既用山歌来介绍农事要点，也用山歌鼓舞人心。劳动者的歌谣，是生动活泼的，于是既有"鸟在青山树上叭""山羊食草在山场"，也有"一树红花在山背""枫树叶红满山闹"，青山红花、风物闲美、生机盎然，充满自然自由的气息，和畲族人民的精神极为契合。山歌体现了色彩美、声音美、形象美、灵动美，多层次、多元化的美使得山歌之美更加丰富，因而歌者和听众都获得了精神的愉悦。

二、地理符号与地理认同

畲族山歌是畲族人民最宝贵的文化财富，无论其发生发展、内涵外延还是语言音乐等方面都有鲜明的地域性和浓郁的民族性。畲族人民所赖以生存的地理环境，决定了畲族的生活、生产方式，也造就了独特的民族气质、文化心理以及审美观念。畲族山歌不仅是重要的艺术承载，也是民族认同、文化建构、精神诉求的统一体。

---

① 此处山歌皆出自雷阵鸣：《畲族情歌选》，中国人事出版社2006年版。

　　地理与民族认同的关系建立在地理与自我的关系上。根据海德格尔的观点，地理是自我身份建构过程中一个重要的表征体系，它与个体自我之间存在重要的社会文化以及情感的连接，它不仅是一个抽象的物质生存空间，更是构成个体身份的一个重要的组成部分。① 在个人身份或者民族身份的建构过程中，人们和地理总是在进行不间断的互动。地理符号在人们社会生活中具有标记性意义。或者说，人的活动脱离不了地理环境，而地理的意义也脱离不了人类生活。当它通过人类活动和历史、文化、价值等联系的时候，它就成为一种符号，一种可以反映人们精神文化发展的介质。

　　作为畲族人民的精神食粮，畲族山歌伴随着畲族人民劳动生息与繁衍发展，它之所以被称为歌言，因为歌即是言，歌是泪水，歌是欢笑。畲族人民长时间居住在环境优美但经济条件相对低下的山区，即使在如此恶劣的自然条件下，畲族人民仍保持着积极乐观的精神，因为他们生性浪漫、热爱自然、勤劳勇敢、坚韧淳朴。这些特征，与他们居住环境的特征极其吻合。因此对山的书写是畲族山歌的重要特征。山歌中充满了关于山的描述，写实、歌咏、想象，方法各异，从各个角度构建了畲族山歌发生的自然空间。这其中最著名的是被畲族人视为"祖地"的广东凤凰山，"凤凰飞落凤凰山，凤凰山上好家园"②，因此畲族史诗《高皇歌》中英雄的最终归宿是"凤凰山上去落业，山场地土由其种"③。龙麒子孙在凤凰山上耕种，在神秘世界"间山"上学法，"间山法宝请出坛"，最后经重重迁徙，安家浙南神地"敕木山"。远山呼唤，有些源于记忆和追溯，有些却纯粹想象，这些故事，集想象和记忆于一体，在虚虚实实间呈现了畲族人的理想和追求。这种对远山的想象和依恋正是段义孚所归纳的"恋地情结"（Topophilia）。人对环境的反应可以来自触觉，即触摸到风、水、土地时感受到的快乐。更为持久和难以表达的情感则是对某个地方的依恋，因为那个地方是他的家园和记忆储藏之地，也是生计的来源。④ 因此，当这种情感变得很强烈的时候，地理就变成了一种"符号"。⑤

　　在《高皇歌》中，畲族的祖先龙麒放弃朝廷中的高官厚禄，自愿携妻儿

---

① Heidegger M. *Poetry：Language and Thought*. Harper and Row，1971，p. 144.
② 雷阵鸣、雷招华：《畲族叙事歌集萃》，中国人事出版社 2002 年版，第 9 页。
③ 浙江省民族事务委员会：《高皇歌》，中国国际广播出版社 2016 年版，第 11 页。
④ ［美］段义孚：《恋地情结》，志丞、刘苏译，商务印书馆 2018 年版，第 136 页。
⑤ ［美］段义孚：《恋地情结》，志丞、刘苏译，商务印书馆 2018 年版，第 136 页。

前往凤凰山开辟山场林土。在凤凰山上，龙麒及其子孙狩猎耕种、落业开基，"山林树木由其管，旺出子孙成大批"。龙麒死后，"凤凰山上安祖坟，荫出盘蓝雷子孙"。与《高皇歌》中的凤凰山互为关照的是另一首祖歌《凤凰山》，此间的龙麒并非功成名就奔赴凤凰山，而是凤凰山上凤凰蛋中出世。龙麒出生凤凰山，寻宝遇亲生子发族，最后落葬凤凰山。尽管后来由于汉族统治阶级的压迫，畲族人民被迫从广东凤凰山迁居到福建、浙西南一带，但大家都明白"盘蓝雷钟"共祖宗，都是广东一路人。在凤凰山上的生活、劳动和战斗，成为畲族人深刻的族群记忆。凤凰山，作为畲族族群的发祥之地、畲族祖先的埋骨之处，维系了畲族人民的发展历史、情感记忆和精神寄托，成为畲族文化中重要的地理符号，体现了畲族特有的精神文化，也成为畲族身份的认同标识。在《隔山对歌》中有如下内容。

> 女：真芙蓉来野芙蓉，两花骨格大不同；
> 　　牡丹只许凤来采，野花乃招野花虫。
> 男：我乃不是野花郎，是一堂堂真凤凰；
> 　　原是凤凰山上出，祖宗名声远传扬。①

此处的"凤凰山"显然成为畲族人民族群认同的标志。事实上，凤凰山麓的凤凰髻，是畲族妇女的传统发型；还有凤冠头饰、凤凰装，都是凤凰山符号中的地理要素在畲族文化中的物体投射。同时，在凤凰山上，畲族人民开田种地、狩猎护家，生机勃勃、无拘无束。凤凰山的自然馈赠，让他们自给自足自由自在，天性自然流露，凤凰山的精神要素，在畲族人民身上也有深刻的精神投射。

在当代文化语境中，地理空间超越了物理空间，是一定主观意识的反映，是一种特殊的话语形式。经过人的主观的建构，地理成为人类社会定位的坐标，是人类存在活动的中心，是权力关系的介质，也是自我认同的反映。

三、地理想象和家园话语

地理基因，触发了歌者的记忆、想象和认同。畲族山歌的形成，一部分

---

① 手抄本摘录。

来源于生活劳动的体验,一部分来源于古老文化的传承。无论是哪种来源,由于独特的地理基因,使畲族山歌充满了地理的想象。

"地理想象"具有特定的内涵,那就是在文学艺术作品里,作家不是根据考察与观察,而是通过想象与虚拟而创造出具有艺术真实性的地理空间,最大限度地开拓了艺术的领域,寄托了作家艺术家的才情与精神。① 从这个角度分析,地理想象具有十足的丰富性和创造性。因为地理的概念包含了很多内容,既有自然地理的诸多表象,也有人文地理的丰富内涵,因此地理想象具有独特的意义和价值。

凤凰山祖地在《白鹤度双》《隔山对歌》等山歌中,不断被提及。虽然没有朝圣凤凰山等记录,但无论是广东的畲族还是闽东、浙西南的畲族,敬盘瓠及凤凰图腾、奉凤凰山为祖地祖祠乃是各地畲族的共同之处。从现存的资料看,畲族人在隋唐之际尚"居住在粤、闽、赣三省交界地区。宋代开始陆续向闽中、闽北一带迁徙,约在明清时大量出现于闽东、浙南"②。而畲族山歌从宋代开始成形,明清得以发展。《高皇歌》脱胎于畲族古歌,但到清末民初才成稿。此时的凤凰山已经不是畲族人居住的凤凰山,或者说凤凰山不再以一个自然的实体存在。但在畲族山歌中,通过地理于文学的"价值内化"作用,凤凰山作为客体的地理空间形态,逐步积淀、升华为想象的精神家园。

如果说凤凰山是畲族的家园,那畲族山歌中对封金山的想象,正是畲族人民经历长期迁徙后对未来的想象。

对凤凰山的怀恋,使畲族人民根据凤凰山的地理特征来想象、命名、构建了封金山。在《畲岚山》中唱道:

> 畲客出朝凤凰山,大唐年间被打散。
> 有些搬到畲岚住,有些搬上封金山。③

这两座山是怎样的地方?在畲族山歌中,畲岚山是"远离官府隔天边,

---

① 邹建军:《文学地理学的十个关键词理论术语》,《内江师范学院学报》,2015 年第 1 期,第 33 页。

② 邱国珍,《浙江畲族史》,杭州出版社 2010 年版,第 2 页。

③ 雷阵鸣、雷招华:《畲族叙事歌集萃》,中国人事出版社 2002 年版,第 23 页。

十里山场好世业"①；而封金山则是"树木来多满山青，山水地盘十分好"②。

《畲岚山》以山为名，实质上写人和事；《封金山》却是实实在在的地理歌咏。但是，封金山到底在哪里？ 有的说在福建的饶平县，有的说它暗喻蓝天风、蓝又清、蓝松山和谢志山四位明朝时在闽浙赣交界的大帽山起义的畲族领导者，亦有观点认为《封金山》早在唐朝就已出现，是高辛皇的居住地。③ 丽水景宁澄照乡金丘村因垦地掘金故事，也被誉为封金山，但都与留存下来的《封金山》有较大出入。因此，不仅畲岚山目前没有准确的地理定位，现有的研究结果也认为封金山主要源于想象。

可以说，可能是子虚乌有的地名通过山歌被坐实在畲族人民的自然世界中。

在这个想象的世界里，既有歌者对自然环境的描写，也有自然环境中的人和事、历史和现实的描写。地理意象和文化意象交织一起，形成了富有情感、体会和思考的梦想共同体。从山歌中看，对封金山自然环境的描写无疑借用了对凤凰山的描写。

> 封金山上好田场，封金山上好世界，
> 封金山上树木长，杉树杂树满山藏。
>
> 封金山上大树林，树木来多满山青。（《封金山》）
>
> 凤凰山上好田场……
> 凤凰山上竹叶长，凤凰山上树木青。（《凤凰山》）

在畲族人民的记忆中，凤凰山俨然成为一个美好家园的原型，凝结着畲族人民最真挚的情感和最美好的幻想。凤凰山的记忆促成了封金山的想象和认同，因为山歌中把凤凰山记忆刻画在另一个地理景观中，最终促成新的集体记忆的形成。作为畲族人民家园梦想和人文理想的共同体，封金山，"十里长街万里林，方圆三万七千里"，山野开阔，树木成林，给人以安全庇护的感觉，与现实中的流离失截然相反。"封金山上好家园，金木水火

---

① 雷阵鸣、雷招华：《畲族叙事歌集萃》，中国人事出版社2002年版，第23页。

② 以下内容中《封金山》皆选自雷阵鸣、雷招华：《畲族叙事歌集萃》，中国人事出版社2002年版，第101—105页，不再一一注释。

③ 雷阵鸣、蓝细宽：《描绘理想社会的畲歌〈封金山〉》，《中南民族学院学报》（社会科学版），2001年第1期，第113页。

土财全。山水地盘十分好,畲客住落有名传。"这里的地理环境辽阔,是宝藏之地。有树造房,有田种粮,畲族人民用丰富的想象给自己构建了一个理想家园。

对封金山的想象和认同,反映了畲族人民的自我意识和对生活的希冀。在这样广阔的好山好水之中,畲族人民的理想生活是"新开田地无粮纳,自种自食几清闲""开田开地做有食,做得有食无高低"。山歌中充满浓郁的生活气息,自给自足的生活是畲族人最向往的生活场景和最熟悉的自然画卷。自种自食,追求的是无拘无束;无高低,向往的是平等和睦。畲族人民在封金山上的生活,也是不断地去"开基",开田地、造大寮、造金殿、造城墙、造州府、造大街……山歌用了排比的手法,层层推进,一气呵成。"东边造了西边造,东西南北都造过。""造"成为《封金山》中的关键动词。劳动保证了生存,创造了环境,也创建了理想的生活。在这样的环境中塑造的畲族人民,自由独立、勤劳坚韧,既有山的宽厚,也有树的挺拔。如果说凤凰山是畲族人民真实存在的精神家园,封金山则是畲族人民重塑民族精神、民族理想和民族审美的美学空间。封金山的山林和田场犹如经纬,以艺术想象为银针,构建了美学层面和精神层面的畲家桃源。自由自在、自得其乐的家园体验是畲族人在这片独特的土地上的美学体验。他们仿佛无视外界的冲击,或者用这样的理想来抵抗外界的影响。因此,封金山已经超越了一种地理存在,获得了一种集美学探索、价值重塑为一体的精神家园,从而使畲族在艰苦的环境里获得力量和希望。凤凰山、封金山和畲族的历史传承、文化特质、民族精神等形成了一个共同的话语体。这个话语中心是对自由美好生活的追求,它突破了民族的局限,突破了时空的局限,获得了永恒的价值。

在畲族山歌中,封金山的地理影响力仅次于凤凰山,因为《封金山》并非歌言时政,而是歌唱理想。畲族人民通过想象,描绘了封金山上人人有得食、生活无高低的境界,和《高皇歌》和《凤凰山》遥相呼应,构建了畲族人民美好的想象空间,自由、平等的生活,恬静安逸的家园,封金山成为畲族人民一心向往的"桃源"。畲族山歌经过漫长的演述,很多歌言有了许多变化,唯有《封金山》流传广却少变化。

由此可见,畲族山歌所建构的家园话语是建立在家园理想的地理投射上。畲族人民和凤凰山这一地理区域的互动是畲族整个民族发生发展的集体记忆,是畲族人民自我认识、族群认同的重要组成部分。而这种对凤凰山家园的怀恋催生了对封金山理想的追求，表达了地理环境对畲族文化的影响。正如荣格"集体无意识"理论所指道，祖先在内的世代活动方式和经验库存在人脑中的遗传痕迹，可理解为长期沉淀在传统中具有文化同构特征的综合价值观念，是隐形存在的一种意识不到的精神生命形态。地理对畲族的发展起到了限制作用，同时也起到促建作用。畲族的边缘化无法使之进入当时社会文化主流，却保证了它相对独立和自由的地理以及文化空间。虽然地理并非山歌的核心，但无论是神话传说歌、史实时政歌还是劳动生活歌、传智识理歌、有缘歌，通过地理意象的传情达意显示了山歌的地域特征，也构建了山歌的地理话语。

第五章 文化调适与共生

　　文化调适即当外来作用足以改变生境性质的前提下,处于该生境中的民族文化在改变了的生境诱导下,做出系统性的内部结构重构,使该种文化对新作用的反馈由无序过渡到有序,从而达成与生境相适应的过程。[①]这种文化适应的结果是建立在长时间的冲突、调整、妥协,甚至共谋基础上的。当畲族文化和汉族文化持续不断直接接触时,两种文化平等共存的状态难以为继,毕竟在中华文化大家族中,汉文化的主导地位是毋庸置疑的。况且,在长时期的发展过程中,畲族无论从经济、教育、科技还是日常生活层面都受到汉族的影响,有些影响是巨大的。这些正面的影响势必带来了文化精神层面的影响。

　　蓝雪霏认为:"当汉族文化从经济运作方式到生活层面不断改变畲族固有的一切时,作为精神文化的形式,如语言、文字、歌唱也即时并进,或为汉文化所替代,或为汉文化所浸染。"[②]畲族文化也面临这样的状态,或被同化,或被边缘化,或在和汉文化建立积极关系的基础上,保持本民族文化特征和个性。从畲族山歌的发展历史和现状看,它们积极对汉文化进行了效仿,通过吸纳和采借汉文化中合适的内容,使汉文化和畲文化在语言、信仰、山歌等层面获得融聚,形成了畲汉文化很好的共生现象。

---

　　① 罗康隆:《文化适应与文化制衡——基于人类文化生态的思考》,民族出版社 2007 年版,第 143 页。
　　② 蓝雪霏:《畲族音乐文化》,福建人民出版社 2002 年版,第 210 页。

第一节　文化调适的历史背景

畲族文化的发展语境是充满变迁和适应的语境。从畲族的发族、发展和迁移等活动中,可以看到大量的汉族文化的影响。经过和汉族文化的接触,畲族文化也产生了区域性的文化变迁行为。

畲族的文化变迁,无论是主动还是被动而为之,都可以反映出这个民族的开放性和包容性。对汉族文化的采借、与汉族文化的共生,也可以体现畲族的智慧和坚韧。

一、从畲汉矛盾到共同斗争

> 凤凰山上好田场,自种自食唔纳粮;
> 打猎作田好自在,官府听得便眼痒。
> 官府兵马闹揣揣,黄榜告示贴出来;
> 又拖牛羊又逼钱,又要完粮又派税。
> 山头水冷田又高,要纳粮税是亦无;
> 官府抢物似强盗,逼得山客动枪刀。[①]

《凤凰山》的这段叙事是畲族祖先龙麒之死的另一个版本(《高皇歌》版本龙麒是打猎失足而死),同时也揭示了畲汉民族矛盾的历史缘由。畲族在凤凰山上建立了自己的家园,过着自给自足的生活。当地官府看到有利可图,于是进入凤凰山区征粮缴物,畲族人民奋起反抗,却遭到更大的打压,官府增兵,最后龙麒夫妇战死。由于凤凰山遭到觊觎和压迫,畲族子孙被迫迁徙。《高皇歌》的迁徙缘由也是"阜老欺侮难做食"[②],所以《高皇歌》再三叮嘱养女不可嫁阜老。此处阜老,并非汉族人民,而是汉族封建统治阶级。畲族迁徙不是主动进入汉族居住区域,而是因为汉族迁往畲族居住地后被迫离开。两个民族相交之时,强弱分明。在文化上,汉族是华夏正统,畲族是外来山客。在政治上,汉族掌握着国家命脉,畲族却积弱积贫,

---

① 雷阵鸣、雷招华:《畲族叙事歌集萃》,中国人事出版社 2002 年版,第 17 页。
② 浙江省民族事务委员会:《高皇歌》,中国国际广播出版社 2016 年版,第 17 页。

无以对抗。在《浙江温州处州间土民畲客述略》中提到这样的事实："每每彼所开垦之地,垦熟即被汉人地主所夺,不敢与较,乃他徙。故峭壁之巅,平常攀越维艰者,畲客皆开辟之。"[①]所以这样的压迫和剥削是民族矛盾的根源。畲族人民要么逃避,退隐更深的山林;要么低头,给汉族地主当牛做马。两种选择都无法从根本上改善畲族人民的生活,反而使其境遇更加恶化。

从唐代开始,封建朝廷对畲族的控制加强。669年,陈政父子带兵进入福建,镇压当时的"蛮獠啸乱",以武力压制畲族人民的反抗。同时,将大量的汉人迁往畲族居住地,挤压了畲族的生存和发展空间。宋代,大量的汉人因避战祸迁往南方,带动了南方的经济,畲族地区经济有所发展,但随之而来的盘剥更加厉害,畲族中也出现阶级分化,宋代开始出现酋长等有恒产的畲族人;后来又有了山主、寮主、畲长等特殊阶层。他们接受官府的招抚,和汉族地主勾结一起剥削压迫畲族贫民。朝廷基本上采取类似的手段,一边是武力压服,一边是怀柔手段收服。明代正德年间,汉人纷纷进入粤闽地区,提督王守仁受命管制当时粤、赣、闽边境的畲族人民,以联防的方法压制畲族人民、以汉文化同化当地畲族人民,这些地区的畲族人有一部分被降伏了,被编入当地州县的户籍,接受保甲制度等的管理,和汉人一样交粮交税;另一部分人继续迁徙,进入浙赣皖等地的穷乡僻壤之中。但是,无论哪个朝代哪块区域,对畲族的管制从不松懈。清朝政府强迫畲族人民更换服饰,还在畲族居住地区设置军事据点。此时畲族迁徙基本停止,完全进入与汉族交杂的生活圈子,被朝廷分而治之。

以浙西南为例。明清以后,畲族在浙西南基本安顿了下来,与当地汉族形成散杂居。但是由于隔阂很深,畲汉的交往较少。史图博、李化民在景宁的田野调查时看到:"他们对汉人总觉得胆怯而且不信任,像见了陌生人一样。……住在附近的汉人则把畲民看作外来人,比自己低一等,有时以鄙视的态度对待他们,直到两年以前,畲民的子女不准上景宁的小学……虽然共处了千百年之久,畲民和汉人之间还是隔着一道鸿沟……"[②]

产生这些隔阂的原因大多源于歧视、剥削和压迫,现在回顾当时的情

① 转引自邱国珍:《浙江畲族史》,杭州出版社2010年版,第4页。
② 史图博、李化民:《浙江景宁县敕木山畲民调查记》,南京中央研究院社会科学研究所专刊第6号,1932年。此处引文转引自邱国珍:《温州畲族史》,人民出版社2017年版,第202页。

景,其实隔阂并不是源于汉族对畲族的欺压,而是汉族地主和封建官吏对畲族百姓的欺压,与其说是民族矛盾,不如说是阶级矛盾。当然,隔阂也因为彼此沟通不畅,了解不多。随着时间的推移,杂居的畲汉两族也有很多机会交往。原来畲汉不通婚,但清末以来,畲汉的通婚禁令被打破,有些受过良好教育的畲族青年娶汉族姑娘为妻,家庭开明的汉族男子也娶畲族姑娘为妻。畲汉通婚,开启了畲汉民间的交往。由于畲族人心地善良、畲族神秘的文化特色,一些汉族人家还喜欢到畲族人家结干亲,希望孩子从此能平安长大。

不过,畲汉两族人民的交情还是在共同战斗中加深的。无论是封建王朝时期还是民国时期,畲族人民和汉族人民一样深受三座大山的压迫。畲族人民还要遭受畲族统治阶级的压迫,境遇更为糟糕。从《畲族简史》《畲族史纲》等记载中都可以看到,从唐代起畲族人民反压迫的起义就不断,到宋室南渡以后,高宗、宁宗、理宗时期,畲汉共同组织了多次反抗斗争,仅大型起义就有 4 次。南宋末年,在抗元斗争中,畲族人民做出巨大的贡献;元朝统治下还爆发了多次畲汉两族人民的大起义,起义持续多年,畲族人浴血奋战,牺牲者众多,例如陈吊眼领导的起义持续了 6 年,牺牲了 2 万多人。明代有史记载的大型畲汉起义就有 9 次之多。到了清朝,畲族人民和汉族人民一道又举行了抗清斗争。这一次次反压迫反剥削的斗争虽然一次次被镇压了,但畲汉人民惺惺相惜,结下深厚的战斗情谊,加强了民族团结。民国后,他们还一起打酒员、打盐霸,一起迎接共产党和红军的到来。因此,共同斗争成为民国后畲汉交往的主题。

《打酒员歌》中唱道:"畲汉百姓心连心,天下穷人一条心。"《打盐霸》中唱道:"发动大家动刀枪,去到外舍打盐行。各路人马都到齐,盐行打得乱纷纷。"《打盐霸》中的领导人之一还是汉人张兰孙;在打盐霸的过程中,也寻求过红军的支援。畲族虽然民族弱小,但人民意志坚强,斗争勇气可嘉,因此浙西南山区有良好的群众斗争基础。1934 年,中国共产党到浙西南地区广泛发动群众,宣传革命思想,富有斗争精神的畲族人民得到党的教育,成为"我国较早参加党领导的革命斗争的少数民族之一"[1]。

---

① 《畲族简史》修订组:《畲族简史》,民族出版社 2008 年版,第 7 页。

红军人马到竹垟,革命道理讲来详;

马列主义是真理,畲民心里皓朗朗。①

高山鸟崽靠山林,山哈穷人靠红军;

红军事事为人民,分田分地打敌人。②

三字哩来三横生,红军爱我老百姓;

畲家红军兄弟子,牵手同心干革命。③

1935年刘英、粟裕带队进入浙西南地区,在此建立了浙南边区。畲族人民纷纷加入革命队伍,参加浴血斗争。在畲族山歌中记录了很多这样的史实:

红军队伍到云和,岙后高峰都住何;

畲民送信又带路,筹粮接待乐呵呵。

铁流滚滚向前进,畲民带路就起身;

唔行大路过小路,安全保密又放心。

红军来到马蹄湾,畲乡人民真喜欢;

参加红军游击队,千苦万难心亦甘。④

革命火种传过来,山哈人民乐开怀;

山哈入党头一人,石练有德头来带。⑤

据浙西南各地统计,无论是抗战时期还是新民主主义革命时期,浙西南地区的畲族人民和汉族人民一样参加了反帝反封建斗争。平阳、泰顺、丽水、景宁、遂昌等地都有革命基点乡村。⑥ 在文成县,抗战时期入党的畲族共产党员共130名。⑦ 苍南县革命烈士632名,畲族烈士就有48人。景宁大张坑村不仅有民兵连,还成立了24人妇女民兵队,开展地下对敌斗

① 《遂昌畲族山歌选集》(二),中共遂昌县委统战部(民宗局)2020年版,第22页。
② 《遂昌畲族山歌选集》(二),中共遂昌县委统战部(民宗局)2020年版,第16页。
③ 季海波:《泰顺畲族民歌》,浙江摄影出版社2016年版,第33页。
④ 《遂昌畲族山歌选集》(二),中共遂昌县委统战部(民宗局)2020年版,第23页。
⑤ 《遂昌畲族山歌选集》(二),中共遂昌县委统战部(民宗局)2020年版,第26页。
⑥ 《畲族简史》修订组:《畲族简史》,民族出版社2008年版,第106页。
⑦ 钟金莲:《文成畲族文化》,国际炎黄文化出版社2009年版,第82页。

争。在解放景宁城的战斗中,大张坑村的民兵们也参加了战斗。浙南游击队则在畲汉人民的帮助下,打下泰顺城。[①] 中华人民共和国成立以后,畲族人民还参与了剿匪、抗美援朝等工作,始终站在革命的前沿。

可以说,通过畲汉劳苦大众的共同战斗,畲汉民族矛盾消除,畲汉交往达到更高层次,兄弟民族获得融合和团结。这些共同的革命记忆,是民族团结的建构基石,是畲汉生活互助、文化互通的前提条件。

二、汉文化对畲族文化的渗透和影响

从广东凤凰山迁出以后,畲族经历了较长历史的游耕生活。一旦迁居某地,当地的汉族人数量居多,生产水平较为先进,因此成为当地主要居民和耕作者。畲族人只能避居深山老林。尤其在浙西南地区,耕地稀少,畲族人的生产空间受到更大的挤压,刀耕火种数年,土地贫瘠时再迁移。没有固定的土地,没有固定的房舍,这也导致他们的生产力水平迟迟不得提高,生活动荡不安,生机艰难。好容易在某地定居多年,有了一定的生产基础,但朝廷将大量汉人迁入,又征粮纳税,掠夺畲族的土地和其他生活资源。处于封建王朝的统治下,畲汉差距越大,畲族人的发展空间更受挤压,畲族人不仅被本族地主压迫,还受到汉族地主的欺压。由于很多畲族人都成为汉族地主的佃户,他们的生产方式因此受到汉族生产方式的影响。

此外,由于官府的管制方式,"散杂居"通常是两个畲族村寨之间夹杂着一个汉族村,或者畲族汉族混居在一个村子里。畲族村寨本身人口稀少,居住分散,两个畲族村寨之间路途遥远,沟通不便。因此,生产生活中畲族本族村寨之间的关照和帮助并不容易,反而容易就近与汉人进行生产和贸易等。例如畲族从高山深林中获得山珍,汉族多粮食、劳动工具等,二者的交换,形成了经济上最普遍的往来。

这段历史,既让畲族人印证了"阜老"的恶,又让畲族人见识到汉族的先进。汉族人的畜耕生产方式远优于游耕生产方式,稳定的生活也带来各方面相对稳定的发展。不仅如此,汉族灿烂的文化源远流长,汉族教育的普遍性也令畲族子孙向往。虽然接受教育意味着接受汉族的教育,但是能识字能书写是畲族人代代都无法触及的生活水平。一个是社会主流,一个

---

①　以上内容总结自《畲族简史》修订组:《畲族简史》,民族出版社 2008 年版,第 104—106 页。

是边缘群体,长时间的接触和对峙造就了畲族人对汉族抱着又艳羡向往、又抵触抗拒的心态。从另一方面看,历史上封建朝廷对畲族的统治还是比较严酷的,因此到了明清时期,为了教化、笼络畲族人民,也有少量政府修学堂接纳畲族子弟的政策。尤其是清代康熙朝,朝廷对畲族管理较为宽松,在畲族人口较为集中的地区,朝廷也想通过汉文化教育来向畲族人们灌输儒家思想、社会等级等观念。到清末民初,畲族人逐渐在闽东和浙南地带定居,时间久了,周围汉族文化对他们的影响日渐加深。畲族中家境稍微宽裕一点的就让子孙进了私塾学习,有的是上汉族人的私塾就读,有的靠自己办学。《浙江省少数民族志》上就记载了畲族富户兴办私塾、请来塾师教自家子弟读书之事。清宣统年间还出现了村办私塾,光景宁县就有 21 个村办了私塾,云和也有 10 个。[①] 到了民国,遂昌、龙游等地的畲村开设了初级小学,学校不多,但就绝大多数畲族子弟而言,这是他们能接受的最高的教育。随着畲族文化教育的发展,畲族人汉化成分加大。无论私塾还是后来的小学,所教所学都是汉文,受过良好教育的畲族人还参加科举考试,成为畲族人中的文化精英。

文化教育的发展是畲汉文化交融最重要的原因。由于汉族文化的不断传入,从思想上影响了新一代的畲族人民,汉人的历史、传说、小说、戏剧等都逐渐渗透入畲族人民的生活,再结合社会政治、经济环境的变化,畲族人民不得不接受这个不断变化的文化生态环境。挑战和困境也随之而来,是随波逐流,让畲族的话语被汉族话语替代? 还是破旧立新,通过文化重构等方式来适应现代社会,重振民族文化?

这个问题,引发了许多后续问题。毕竟畲族相较于汉族,无论是人口、生产力、文化底蕴、经济水平都有很大的不足,汉族文化的正影响是毋庸置疑的。畲族文化与汉族文化接触后,开始出现边缘化、模糊化和趋同化的趋势。在与汉文化的互动关系中,由于畲族文化上的弱势,汉族文化对畲族文化产生了强大的同化压力和影响,也形成了畲族文化上矛盾的特征。[②] 一边是对汉文化的抗拒,强调民族特征;另一方面又是努力吸取汉文化中的先进内容,使两族文化得以融聚,形成了长期的共生关系。

---

① 转引自邱国珍:《温州畲族史》,人民出版社 2017 年版,第 210 页。

② 施联朱、宇晓:《畲族传统文化和现代化的协调发展》,出自《畲族历史与文化》,施联朱、雷文先主编,中央民族大学出版社 1995 年版,第 25—52 页。

第二节　山歌中的文化交融与共生

现存的畲族山歌最早成型于宋代,发展于明清,高潮则在清末民初,其发生、发展和传承与汉族的互动息息相关。因为没有文字,山歌都是靠一代代口口相传才得以保存和传承的。但受到汉文化影响以后,畲族开始逐渐使用书写文献,也出现了歌本和手抄本。当然,文字版的畲族山歌是借用汉字记畲音、汉字笔画生造字手法记下来的。从畲族山歌的歌词、主题、思想、范式等元素中,可以看到畲汉文化在山歌中的交融与共生。

一、渗透:汉语对畲语和畲族山歌的影响

汉语言元素对畲族山歌的影响可以追溯到更基础的语言文化内容。

作为一种口头语言,没有文字意味着没有相对固定并可以流传后世的语言标准。在浙西南地区,山歌使用的语言是山客话,这本身就是一个文化互动的结果。

根据专家学者的研究,所谓"畲语"指三种:一是活聂话,是专家认定的真正的畲语,但只有广东部分地带畲族人使用,真正使用者不超过畲族人的1%。第二种的解释有很多,其中一条是东家话,主要是黔东南地区的畲族使用。第三种就是山客话,近80%的畲族人使用该语言,属于一种带汉语客家方言成分较多的畲语,居住在闽、浙、赣、皖和部分广东地区的畲族人民使用该语言。换言之,大部分畲族人所使用的山客话实际上是畲语经过其他语言影响后产生的新的语言。

从上述畲语的类型和分布区域可以判断,从广东出发的畲族人民经过一代代迁徙,语言本身已经有了很大的变化。最传统的畲语留在了广东地区,而在和汉族人的接触中,畲语不知不觉被汉语所渗透,因此形成了目前带有汉语客家成分的畲语。此外,由于没有文字,畲族山歌、畲族族谱、借贷等文献是用汉字记(畲)音的,尤其是族谱、借贷契约等文献多请汉人或者识字的畲人记录,这是畲汉文化交融的重要例证。因为族谱的修撰是汉族宗族文化的习俗,畲族的族谱修撰,沿用了汉族族谱的基本格式和伦理思想,有些还加入了朱熹的言论,很显然是汉族文化的影响。在以汉字记

录的时候,有些音没有对应汉字,在记录过程中也会出现改写的状况。久而久之,这种将错就错的情形也导致了后一代的语言不知不觉中发生了改变。同时,在用汉字记音的过程中,还出现了许多新造字。新造字的方法还是遵循汉字造法,因此"在畲族民歌新造字的产生过程中难免会融入汉族人民的语言认知,不自觉地运用了与汉字相同的造字理据"[1]。就这样,无论造字还是抄写,"记录这些歌言的同时,或多或少地融入了一些汉文化。因此,现存的畲族歌言已经明显汉化"[2]。

翁颖萍等学者在研究中发现,畲族山歌的字词句篇章、衔接方式、修辞等与汉语言也都有不同程度的相似。

学者们在研究畲族山歌时,都不约而同会关注它的歌言格式、格律和修辞。大部分的歌言是七言诗,但风格非绝非律,有押韵,但不受诗词格律影响,语言风格、行文更类似南方的《竹枝词》。

以下试举刘禹锡的《竹枝词》为例:

> 山上层层桃李花,云间烟火是人家。
> 银钏金钗来负水,长刀短笠去烧畲。
> 杨柳青青江水平,闻郎岸上踏歌声。
> 东边日出西边雨,道是无情胜有情。

从畲族山歌中类似风格的山歌很多:

> 大路宽宽好跑马,坑水清清好烧茶。
> 别时园中同栽李,归时隔墙开李花。
> 东边落雨西边晴,一树杨梅半树青。
> 郎叫妹子妹不应,你讲有情偏无情。[3]

四句一条,一、二、四押韵。现代歌手受汉语影响,新写的山歌按汉语押韵,但正式唱之前,畲族歌手也有根据畲语的发音修改一下,使其符合畲

---

① 翁颖萍:《浙江畲族民歌用字研究》,《浙江树人大学学报》,2017年第4期,第73页。
② 翁颖萍:《从语篇衔接角度看畲族歌言对〈诗经〉的传承》,《贵州民族研究》,2011年第1期,第172页。
③ 唐宗龙、袁春根:《畲家情歌》,浙江人民出版社1982年版,第68—69页。

语的韵脚。

此外,山歌中能找到许多汉语修辞手法。比喻比比皆是,明喻、暗喻是山歌赋比兴的基本要素,夸张、对偶、排比、类比、双关等修辞方法也很常用。例如云和畲族山歌中唱道:

> 高山翠竹根连根,畲民和党心连心。
> 门前杨柳叶纷纷,坑里流水白泱泱。①

可以说,汉语言的渗透奠定了畲族文化发展的基础,文字的传播大大促进了畲族文化的记录,有助于畲族人民巩固民族记忆、增强不同区域间畲族人民的信息沟通。更重要的是,由于对汉语言的掌握,畲族人民掌握了了解和认识汉族文化的捷径。

二、采借:信仰层面的畲汉文化交融

"文化采借"(Culture Borrowing)是赫维和希金斯(Hervey & Higgins, 1992)提到的一个语言翻译现象,顾名思义,是对外来文化的一种借用。在文化传播语境中,与文化融合、文化涵化等概念接近。

为何用"采借"来描述畲族信仰层面的文化改变?

当两种文化接触时,采借的发生往往是相对落后的采借相对先进的。当然,采借是有选择标准的:第一,是否有使用价值。使用价值越大的文化元素,越容易被采借;反之,则不容易被采借。第二,是否合乎本土的文化模式。凡是于本土文化模式相协调或差异不大的文化元素,就容易被采借;与本土文化有抵触或差异大的,则不易接纳。第三,是否符合本民族的心理特征。凡是符合本民族特征的文化元素,不论是守旧的、新奇的、粗糙的、精制的,都可能被采纳。②

文化采借现象在畲族山歌中并不罕见,但信仰层面的采借确实最具特色。畲族的民间信仰主要为祖宗崇拜、图腾崇拜、自然崇拜和俗神崇拜。这些信仰彼此交汇,例如祖宗崇拜的源头为始祖崇拜,而畲族始祖龙麒的

---

① 此处山歌为采风所得。
② 转引自陈昌文:《都市化进程中的上海出版业1843—1949》,苏州大学博士论文,2002年,第59页。

崇拜又引发了盘瓠崇拜和凤凰崇拜,即畲族的图腾崇拜,龙麒故事的不同演述导致了其他的自然崇拜和俗神崇拜。

这些民间信仰根植于畲族的传统文化生活,是经过了长时间历史沉淀的一套具有畲族传统和特色的文化现象。它不同于宗教信仰和政治信仰,没有统一的体系和规范,在不同的畲族地区信奉的对象和内容不一,因此有明显的地域性、分散性、自发性和开放性。信仰的内容相对比较复杂,有些甚至是借用汉族的信仰。这个现象既反映了畲汉民族融合的程度,也体现出畲族信仰的地域特征。

遂昌、龙游都流传一首《洛阳桥》,内容是蔡延开考中状元后,为完成父母凤愿修建洛阳桥的故事。此歌最早在福建传唱,后来到了浙江,流传甚广。在此山歌中,福建、杭州、东京(开封)、观音、吕洞宾、龙王、状元等元素都有,儒、道皆具。此歌的流行可以作为畲族对汉族文化认可的一个例证。吕洞宾身为八仙之一,是畲族俗神信仰中的一部分,因此是畲族的各种仪式上的常客;龙王的存在,不仅是和龙麒、三公主的故事联系在一起,也和畲族人民的日常生产联系到一起。歌中的观音,滴血化为陈十四娘娘[①],后者成为畲汉共享信仰的另一佐证。

陈十四娘娘(陈靖姑)是福建古田县人,从唐代开始就是福建地区的汉族民间信仰神,在浙西南地区很多地方信仰陈十四娘娘,建庙祭祀,缙云的张山寨祭奉陈十四娘娘的香火和仪式一直未断。自畲族入浙以后,陈十四娘娘也成为浙西南部分地区畲族信奉的神祇之一。

畲族对陈十四娘娘的接受,是有其历史、文化根源的。《高皇歌》中,龙麒带着子孙落户广东凤凰山之后,他到闾山学法,目的是更好地保护子孙。陈靖姑14岁上闾山学法,是道教闾山派"临水三夫人"之一。这些文化上的相似之处可能是巧合,也可能是采借。因为有一点社会现象是肯定的:强龙不压地头蛇,靠山吃山、靠水吃水;要立足一个新的地方,最方便的是寻求当地神祇的庇佑。由于陈十四娘娘来自闾山,是闽浙一带香火非常旺盛的信仰,因此畲族人民选择相信陈十四娘娘,不仅表现出对汉族信仰的肯定,也还是出于对龙麒的始祖信仰的肯定。

畲族人民中的陈十四娘娘信仰是否属于巧合?汤夫人信仰似乎可以提供一个佐证。汤夫人是畲族人民迁居景宁后开始信奉的,她是景宁本地

---

① 陈十四娘娘是浙南、闽北、两广和台湾共同信奉的民间神祇。

的汉族女神汤妙仙,早在畲族人民迁居景宁前就已经存在。景宁县志中有关于汤夫人的记载,宋元时期敕木山上已建有汤夫人庙。《宋女神传》《景宁县志》等都记载了宋代汤妙仙姐妹助父垦荒、引水解旱、修炼飞天、运木获敕的故事,汤夫人是当地居民求雨、祛病、保胎、保平安时所拜祭的神。王逍发现,畲族人民定居敕木山一带以后,就"积极采借了当地汉族建构的汤夫人信仰。他们不仅长期参与对残破庙宇的修葺工作,更按照自己的文化逻辑和现实需求,通过选择、失忆、补充、重构等方式,对汤夫人信仰予以文化再编码"①。他们编了长达 124 行的《汤氏夫人歌》,用畲语传唱,歌中再现了汤夫人故事,重点是垦荒、解旱,强调了汤夫人"又保六畜又保人"的功能。从这点上看,畲族的汤夫人信仰除了希望获取汤夫人这个地方神的庇佑的需要,也源于畲族农耕生活的需要。

还有覆盖景宁、遂昌、松阳等地的马夫人信仰、温州地区的苏三公信仰等,都是畲族人民迁居后信奉的地方神祇。他们都具有农耕生活必需的求雨功能,也体现了畲族人民所认同的汉族文化精神,如马夫人的纯孝、苏三公的慷慨仁义等。

俗神信仰的地域性很明显,同样在浙西南地区的女神信仰,丽水、缙云有陈十四娘娘,景宁有汤夫人,松阳、丽水则有插花娘娘。她们属于不同的民族,但却以相似的方式被当地畲族人民所接纳。

插花娘娘是畲族的本族神祇,具有强烈的民族意识和民族情感。在松阳地区的《插花娘歌》中,插花娘娘也是受尽封建压迫的普通畲族女子,一边是无良娘舅的压榨,一边是地主老财的抢亲。插花娘蓝春花只能以死反抗,跳崖身亡后,遇到太白星君的救助,被度为灵神,她的小姐妹也一起成神。《插花娘歌》中,有明显的畲族痕迹,例如蓝春花是松阳人,大姐二姐都戴笄(凤冠),"丝带耕(织)来字成双"②;有太白星君等道教元素;插花娘娘信仰的仪式上也充斥着巫道文化。尽管插花娘娘与陈十四娘娘、汤夫人属于不同民族的神祇,但和前二者一样,都能看到文化采借的痕迹。

---

① 王逍:浙南畲族社会变迁中的文化适应——以景宁敕木山区畲族村落社区汤夫人信仰为田野案例,《浙江工商大学学报》,2010 年第 1 期,第 40 页。

② 雷阵鸣、雷招华:《畲族叙事歌集萃》,中国人事出版社 2002 年版,第 68 页。

三、共生：早期畲族山歌的文化现象

共生（Mutualism）是指两种生物之间所形成的紧密互利关系。生物学意义上的共生是物种自然选择的本能。自然界的生存有各种机会和挑战，因此为了能够获得最佳生存机会，生物本能地选择了自己的共生对象。但是共生关系大多是利害共存的，有互惠互利就有互相影响，有偏利于一方就有偏害于一方，但也有只是同时存在而已，对双方甚至是无利无害的。

共生现象从生物领域跨界文化领域，是建立在历史长河中各族文化发展的共性基础上的。一个民族文化的发展或多或少都会有外族的影响，没有哪个民族的文化能完全独立于他族文化之外。即使是隔着大陆大洋，各个古老的文明中也有奇异的相似点，在同一时期不同地域出现了同一类文化，考古都无法验证的交叉。这种现象只能说明人类文化都被纳入了同一个共同体之下。多元文化的存在，是共同体建构的根本。

在畲族文化的发展过程中，由于时代的变迁和汉族文化的影响，畲族文化也不得不用各种手段适应这个变迁的过程。但是这种变迁并非无迹可寻。事实上，在畲族文化的发展中，很早就有了汉族文化的影响；或者说，汉族文化以这样或那样的方式与畲族文化形成了一种共生关系。

畲族文化中最重要的代表作品之一、畲族的民族史诗《高皇歌》指明了一个重要的事实：畲汉共祖宗。畲族的祖先龙麒是高辛帝皇后耳中的金虫，他的妻子是高辛帝的三公主，因此，他们的子孙都是畲汉血缘的混合体。虽然在很长岁月里畲族受到汉族的欺压，畲汉不通婚，但改变不了他们的民族史诗、族群来源神话中的汉文化影响。《高皇歌》内有不少汉文化元素，例如《高皇歌》发生在高辛帝时期，盘古开天地和三皇五帝的传说都源于汉族文化。《高皇歌》中还提到金榜题名，说明汉人的科举文化在畲族中是有影响力的。虽然《高皇歌》中陈述了后来被汉族地主压榨剥削而最后被迫迁徙的历史，但从这段内容看，也是汉族和畲族关联交错的重要例证。

《高皇歌》既是文化共生的体现，也是文化共生的源头。由于畲族山歌完全是人们在日常生活劳动中口头创作的作品，人们的思想认识会不自觉地在山歌中体现。细读早期的畲族山歌，可以发现一些文化相近或相同的现象。

在早期的畲族山歌中，除了迁徙主题的《高皇歌》《凤凰山》等神话传说歌之外，也有关于人类发源的神话传说歌，《火烧天》是其中最著名的一首。

《火烧天》既是起源神话，也是灾难神话。在中外神话体系中，灾难神话的主流是洪水神话。西方有诺亚方舟、古印度有摩奴救世、古巴比伦有大洪水等故事，中国汉族的《伏羲与女娲》、仡佬族的《洪水朝天》、藏族的《洪水故事》等，都是典型的洪水神话。这些神话，无论美洲大陆还是欧亚大陆，都与人类再生有关。但畲族却是个例外。畲族没有洪水神话，却有与洪水神话异曲同工的大火神话。在《火烧天》中，畲族人经历了七天七夜大火，幸存的兄妹按照神示结为夫妻，人类得以繁衍。《火烧天》的故事情节和中国其他民族的"洪水神话"极为相似，七日灾难，兄妹成婚，子孙繁衍。甚至从篇章结构、句法格式上看都带着较多汉文化影响因素。

《火烧天》与洪水神话的相似和相异，可以再次解释文化共生现象的多个角度。一方面，《火烧天》情节与"洪水神话"相似，说明中华文化共同体下畲汉人民对人类繁衍的共同认识，也可以说明汉族文化对畲族文化可能很早就有了影响。另一方面，《火烧天》以大火代洪水，又充分体现了畲族文化的独立性。习惯于"刀耕火种"的畲族人，在本族命运起起落落的时候，都是以刀耕火种这种本族的生产方式延续生活，因此，在人类再生、繁衍的关键时期，大火自然起到了作用。这样的坚持，可以说是一种清醒、独立的文化坚持，代表了畲族和汉族文化共生状态中的民族认同和独立意志。

四、浸染：小说歌的发展和汉文化影响的深入

在畲族仪式上有种类似《戏名歌联唱》的山歌，这类山歌是把内容按照12个月编唱，一个月唱一件事。例如：

正月里来正月正，大明洪武坐南京；
前部先锋胡大海，元帅遇春守京城。
二月里来龙抬头，隋炀皇帝落扬州；
一心要睇琼花闹，万里江山一时丢。
三月里来桃花香，桃园结义刘关张；
三气周瑜打黄盖，擂鼓三通斩蔡阳。

四月里来麦子黄，罗成结拜王伯当；

瓦岗英雄多豪杰，天下一统归大唐。

五月里来是端阳，桂英挂帅战番邦；

先行亲夫杨宗保，守阵元帅杨六郎。

六月里来热难当，韩信罢官投刘邦；

萧何月下追韩信，二十八宿闹昆阳。

七月里来日头红，岳飞报国来尽忠；

抗金英雄秦桧害，留诗千古满江红。

八月里来桂花香，霸王兵败在乌江；

汉王斩杀姚琪将，三去姚岗上太行。

九月里来菊花黄，杨家八虎幽州闯；

潘洪怀发兵和将，七郎城门乱箭亡。

十月里来小阳春，替天行道宋公明；

梁山英雄义气好，劫富济贫传美名。

十一月里雪花飘，华容道上捉放曹；

卧龙岗请诸葛亮，张飞喝断当阳桥。

十二月里腊楷红，三国老将算黄忠；

三英疆场战吕布，白马将军赵子龙。①

　　以上一曲山歌就讲了很多汉族的历史故事：一月讲洪武帝的故事，二月是隋炀帝，三月刘关张、周瑜等三国故事，四月十瓦岗英雄，五月是宋代杨家将故事，六月是韩信、萧何、刘邦等汉代故事，七月是岳飞抗金故事，八月是刘邦、项羽的故事，九月又是杨家将故事，十月是梁山好汉的故事，十一月又是三国故事，但讲的是诸葛亮、曹操与关羽，十二月还是三国故事，这次主角是黄忠、吕布、赵子龙。

　　从上述的山歌内容看，结构是比较固定的，都是一月一个故事，从一月唱到十二月。内容基本上都是汉族的各朝代故事和传说，也有喜闻乐见的戏曲故事，例如《苏小妹三难新郎》《玉堂春》《白蛇传》《珍珠塔》《秦香莲》《杜十娘》《孟姜女》《打金枝》《琵琶记》《西厢记》《凤求凰》《三笑姻缘》《牡丹对课》《牛郎织女》等。还有一种是以十二月歌的形式讲一个故事，例如《梁

————————

① 整理自手抄本。

山伯与祝英台》《玉蜻蜓》《白蛇传》《薛平贵回窑》等。

畲族山歌中还有一种"字歌",讲一个字教一下道理,属于杂歌中传智识理歌的范畴。例如《加字歌》:

> 口字加直便是中,宋朝出个杨令公;
> 令婆又生九子女,个个英雄保大宋。
> 出字分开两重山,武松杀嫂闹喧天;
> 打虎英雄是有名,后扮行者上梁山。①

很显然,看似教字,实际上用杨家将、武松的故事讲道理。

又如《忍字歌》②。山歌开宗明义,讲了忍字,表达了忍的观点:

> 忍为高来忍为高,忍字心头一把刀;
> 英雄好汉都要忍,不忍之人灾祸招。

接着,它讲了姜尚、苏秦、韩信、张良、朱买臣等故事,讲了忍的好处。接着,以庞涓、余元、项羽、李白、罗成、吕布、周瑜、石崇的故事,讲了不忍的恶果。最后告诫大家:

> 奉劝世人忍为高,忍字能保江山牢;
> 世民能忍听魏征,历代明君他为高。

除了这些特殊的山歌外,日常的对歌也会出现类似的内容:

> 问:哪个睇破红尘路? 哪个妙算功劳簿;
> 哪个自愿被人打? 哪个用计白辛苦?
> 答:徐庶睇破红尘路? 孔明妙算功劳簿;
> 黄盖自愿被人打? 周瑜用计白辛苦?

从这些问答上看,汉族文化已经深入畲族人民的日常生活中,即使普

---

① 钟发品:《畲族礼仪习俗歌谣》,中国文化出版社 2010 年版,第 416 页。
② 钟发品:《畲族礼仪习俗歌谣》,中国文化出版社 2010 年版,第 417—418 页。

通的杂歌对歌中也有这些元素。

自宋室南渡,北方杂剧南渡浙江,在浙西南温州地区发展成中国百戏之祖"南戏"。南戏推动了浙江本土戏曲的发展,也间接丰富了畲族歌言的思想内容。《仙伯英台》《白蛇传》《孟姜女》《铁弓缘》《玉堂春》《天仙配》等成为"流行曲目",白蛇、孟姜女、王宝钏等传说,三国西游等小说,以及刘伯温、郭子仪、唐伯虎、李闯王、包公等历史人物故事都有不同角度的改编,版本众多,影响广泛,是畲汉民族文化交流的直接例证。

到了清末民初,福建霞浦白露坑村人钟学吉开始采编前辈歌手根据汉人的戏曲、小说和传说改编的长篇故事歌言,并根据自己所学所知开始创作长篇歌言,形成了畲族歌言中的小说歌,在闽浙两地影响广泛。在浙西南地区盛行的上百首小说歌中有一部分就来源于霞浦小说歌,除部分反映畲族生活之外,大多来源于汉族传说、戏曲、小说以及历史故事。①

黄倩红在《文献学视野下的〈畲族小说歌〉研究》中曾对畲族小说歌的篇目和题材内容进行探源,归纳出小说歌的来源大致可分为 7 种情况,分别是来源于全国性传说故事的,来源于汉族古典章回小说的,来源于汉族诸家经典和历史名人故事的,来源于当地汉族传说故事的,来源于福州评话、霞浦方言评话的,来源于南戏、越剧等戏曲,以及来源于畲族本族人物事迹、传说故事。在这些小说歌中,有许多是在汉族就广泛流传的传说故事,也有深受畲族人民喜爱的本族的传说故事。② 这些小说歌,虽然从艺术成就、历史文化价值等方面稍逊于神话传说歌和历史要闻歌,但它在畲族人民的日常生活中的影响非常广泛,受到人们的欢迎。一来因为它内容多样,大大丰富了畲族山歌的主题,不仅增加了畲族山歌的种类,而且对其他种类的山歌也有很大的影响,因为这些小说歌中体现的主题思想、道德教化、历史传说等内容也深入人心,转化成畲族人民日常生活中的文化因子;二来因为它具有更好的文化调适功能,促进了畲族与其他民族的融合以及文化的共建共生。

---

① 以上两段转引自卢睿蓉:《记忆、建构、融聚——畲族叙事歌的民族想象与认同》,《文化学刊》,2020 年第 11 期,第 14 页。

② 总结自黄倩红:《文献学视野下的〈畲族小说歌〉研究》,中央民族大学硕士论文,2011 年。

五、融聚：文化共生下的民族认同

从文化适应理论看，适应过程"有两个特征：创造与保持。前者是一种结构和模式的进化，这种特定的结构与模式能使一种文化或一种有机体实现必要的调整以适应环境。后者为一种稳定化趋势，即保持已实现的适合的结构和模式"①。无论是语言还是内容、思想、信仰等方面，畲文化都有相对稳定的模式和内容，虽然在文化适应过程中与汉文化的交融共生现象在畲族山歌中已经有很显著的体现。但是，这种交融并非简单的被动的交融，这种共生不是单向的依附或者平行，而是经过主动的选择和创编，体现了畲族人民独立的民族文化意识和民族认同。

根据文化传播理论，文化所具有的维模功能使文化圈对外来文化起到选择作用和自我保护作用。当外来文化有利于原有文化模式的时候，便容易被接受，并作为一种新的文化营养为原有文化吸收。② 畲族小说歌的发展及小说歌对其他山歌的影响都是建立在本族山歌的自我保护基础上的。尽管在长期和汉族杂居的生活经历中，被汉文化影响是不可避免的，但畲族人民对此并不是一味地排斥，而是努力去适应和协调，主动或者被动地接受、容纳汉文化，并把它与本族文化进行聚合，形成既有相似又有个性的畲族山歌。例如著名的叙事歌《钟景祺和雷万春》与汉族小说《锦香亭》选择同一题材，但畲歌把一个才子佳人的故事置于安史之乱背景之下，使之成为一个另类的"讲史歌"，尤其是畲族乐师雷海清以死完节、名将雷万春以身殉国等故事突出反映畲族人民不畏强暴、反抗强权的决心和意志。不同于汉族小说中的才子佳人故事，畲歌歌言突出了雷海清、雷万春等畲族英雄形象，对雷天然这样的畲族女英雄也有"彩笔重描"。这样一来，畲歌的内容丰富了，但文化思想特征并没有消失，汉文化和畲文化很好地融聚在一起，使山歌获得了创新式发展。

这种融聚现象可以在畲族歌言对汉族四大爱情故事的吸纳和改编中验证。

《梁山伯与祝英台》《孟姜女》《白蛇传》《牛郎织女》是汉族四大爱情故

---

① ［美］托马斯·哈定等：《文化与进化》，韩建军、商戈令译，浙江人民出版社1987年版，第37页。

② 李正良：《传播学原理》，中国传媒大学出版社2007年版，第414页。

事,也是畲族人民喜爱的山歌。虽然都是儒家文化影响下的爱情故事,但四个故事有一个共同的特点——故事的女主人公都是爱情的主角,勇敢追求真爱,为爱奋不顾身。这样的女性气质深深吸引了畲族人民。祝英台聪明机智,衬托出梁山伯宛若呆头鹅;孟姜女忠于爱情、不畏强权;白蛇心怀慈悲,知恩图报;织女心灵手巧,既能织,又能爱。这些传说中的女主角,是畲族人最看重的女性美德。她们的所思所为,符合畲族人的人生观和价值观,也和畲族的女性崇拜的习惯高度契合。更重要的是,不怕艰辛追求真爱,符合畲族人淳朴的爱情观。反封建,挑战权威,追求个性,追求爱情,诸多主题元素,是畲族山歌从汉民族传说故事中选取这些故事的重要原因。

当然,在改编成畲族小说歌的时候,部分内容有了一些变化。无论是汉族的孟姜女还是畲族的孟姜女,故事版本众多。汉族的孟姜女形象从《左传》中的武将夫人逐渐演变成小家碧玉,故事也一波三折。但畲族的孟姜女的形象是勇敢泼辣的,为爱奋不顾身。

> 爷孃讲分姜女听,万里路头是难行;
> 豺狼虎豹俭拦路,夜来路头没宿店。
> 亲夫心事在心头,唔怕路头远遥遥;
> 三日姻缘心唔愿,寻夫要紧去东京。
> 一心东京去寻夫,刀山火海也好过;
> 唔怕豺狼奴虎豹,高山茅草内里过。

有些山歌版本中,范郎死后,灵魂寄于白鹤,劝孟姜女再嫁。但有些版本则寄于凤凰。例如:

> 长安城墙几万丈,将军不肯放范郎;
> 蒙恬将军亲手斩,骨头包土筑城墙。
>
> 范郎斩死心不放,魂魄回转姜女房;
> 阴魂变做凤凰鸟,头戴花冠身着黄。
>
> 凤凰一飞转回乡,又写书信分孟姜;
> 飞来歇分杨柳树,声声教娘嫁别郎。①

---

① 整理自手抄本。

这部分内容相较于汉族的作品有两大变化：一是增加了畲族的文化元素。例如范喜良死后灵魂化为凤凰鸟，这明显出于畲族人民的习惯性的思维，因为凤凰是畲族人民最看重的神鸟。二来情节上有变，范杞郎被斩死，加深了对暴政的控诉，使整首歌中不畏强暴的主题更加凸显；范喜良死后，借凤凰鸟的叫声劝孟姜女改嫁，为后面孟姜女坚贞不移的表现埋下伏笔，加大了赞美的力度。

《梁山伯与祝英台》的改编版本众多，例如《仙伯英台》《梁祝歌》《英台十送》等。《仙伯英台》改编自《梁祝》，但结局并非化蝶，而是山伯还阳、英台做官。英台聪明机智、性格刚毅，充满叛逆精神，充分体现了畲族人民的人物审美，对封建礼教、黑暗的朝廷进行了更辛辣的批判和讽刺。最后梁祝双双辞官归田，又体现了畲族人民无拘无束的生活向往。汉族的《梁山伯与祝英台》中，英台拜祭山伯，墓碑开裂，英台纵身入墓，然后双双化为蝴蝶飞出。到了畲族山歌中，化作蝴蝶的是英台的裙裾。等坟头合上：

> 扛轿人子唔安心，就喔人来抄坟茔；
> 抄开坟茔唔见影，一双石卵在坟心。
> 一双石卵滚过界，山伯变作杉树柴；
> 英台变作毛竹笋，杉树造桶篾箍齐。
> 雷公火，好烧人，烧人三丈三尺深；
> 山伯英台唔见影，一双白石在坟心。
> 一双白石照过栋，两行龙树叶葱葱；
> 头丫板来结纽子，二丫扳来结成双。①

此处的石头、杉树柴、毛竹笋、火烧、树叶等内容都是畲族人民最熟悉的东西，是他们在刀耕火种的生活中的常见元素。山石、树木又是畲族自然神崇拜的对象，用这样的内容来改写梁祝故事，说明了畲族人民特有的审美和文化认同。

《白蛇传》的各种版本和汉族传说接近，因为人妖相恋、报恩、反抗等主题和畲族山歌中很多主题契合，因此除了完整的《白蛇传》之外，还有《白蛇取仙草》《白蛇淹金山》等故事歌。《牛郎织女》在畲族山歌中的主要版本是

---

① 《遂昌畲族山歌选集》(二)，中共遂昌县委统战部(民宗局)2020 年版，第 377 页。

《牛郎织女星》,二人的形象则更多地出现在各种山歌中。因为二人银汉迢迢的结局更激起了畲族人民对美好爱情生活的向往。织女巧手的形象,和畲族女性的"巧"契合,与畲族"男耕女织"的生活也契合,表现了畲族人民对巧妇、对勤劳个性的认可。

总之,畲族小说歌对汉族故事的改编非但有选择性,而且有再创性。因其不同的历史时期以及地域文化、价值判断等影响,故事结局、人物特征都染上了浓厚的畲族气息,民族特色鲜明。在与强势文化的互动中,它们并没有被吞噬,反而在知己知彼的基础上,以我中有你、取长补短的方式将畲汉文化进行融聚,在时代的迅猛发展中坚守畲族的精神特质、民族理想和文化遗产,并努力在不失自我的前提下将它们传承下去。

第六章　传承与传承者

　　非物质文化遗产是植根于民族土壤的活态文化，是发展着的传统的行为方式和生活方式，因而，它不能脱离生产者和享用者而独立存在，它是存在于特定群体生活中的活的内容。它无法被强制地凝固保护，它的生存与发展永远处于"活体"传承和"活态"保护之中。① 从这个意义上说，在非物质文化遗产的保护中，传承是核心内容，传承主体是核心因素。以畲族山歌为例，作为一种沟通工具，一种心声的传达媒介。唱者有心，听者有意。有人歌唱，有人聆听或应答，是山歌作为非物质文化遗产存在的基本状态。如果无人可以聆听或者应答的时候，山歌不是成为一种独角戏，就是成为一场舞台秀。婚礼上的盘歌对歌，"三月三""重阳节"的歌声，都成为有序组织下的民族艺术表演，甚至经济利益下的演出。从这个意义上，畲族山歌原先的社会文化传播功能都逐渐弱化甚至消失，山歌不再是现实生活中的主旋律，而是展览会上的老古董。

　　因此，如果要以"活体"传承和"活态"保护保证畲族山歌的生存和发展，对传承方式、传承主体（传承者）和传承空间（文化空间）都需要进行考察。

第一节　畲族山歌的传承方式

　　传承是非物质文化遗产的基本特点。如果没有传承，古老的文化在现代语境下会失去活力而逐渐断流。由于没有文字，也不懂乐谱记载，作为口头艺术的畲族山歌，原先最基本的传承方式主要靠口传心授。

---

　　① 王文章：《非物质文化遗产概论》，教育科学出版社 2008 年版，第 258 页。

一、传统传承方式

畲族山歌的传承方式有很多种,但综合田野调查结果可以总结出常用的四类方式——拜师学艺、家族传承、民俗传承和歌本传承。

拜师学艺是文化传承最普遍的最正规的方法。由于是否善唱是畲族人很重要的评价标准,那么学唱歌就是畲族教育的重要环节。在民间特别善唱的畲族歌手都有家长慕名送子前来学习。这类歌手及其弟子的影响较为广泛。清末的钟学吉在老师钟延吉处学习,在他的影响下,他将汉文化精华注入畲族山歌,创作了大量的小说歌,成为享誉闽浙两地的畲族歌王。当代的蓝陈启大妈,虽然没有受过教育,但她能歌善唱,是第一个走出国门的畲族歌手,也有很多人奔赴景宁蓝大妈家学习山歌。泰顺竹里的雷君土,一边整理畲歌,一边教唱畲歌。

家族传承是建立在传承人传承基础上的,往往是长辈给儿孙教唱山歌。从目前调查的情况看,母亲、祖母教唱比较常见,她们一边干活一边带孩子,常常以唱歌的方式抚慰孩子,孩子耳濡目染,因此也学会了唱山歌。当然,祖父、父亲也有传承的,虽然案例不多,但在传承山歌中并没有缺席。据龙游的雷进回忆,他的畲族山歌就是爷爷教唱的。

第三种是民俗传承。畲族山歌属于实用性很高的口头艺术,不仅出现在许多礼俗仪式、节庆活动上,而且还有专门的礼俗仪式歌。

通过民俗传承山歌是早期山歌传承最重要的方式,产生了很好的社会效应。由于畲族山歌的民间性、群众性特征,一起唱山歌是过去人们交往的重要社会行为。家有亲友到访,招待客人的最佳方式就是大家围坐火塘唱歌,又隆重又快乐。"三月三"、重阳节、开酒节等重大节日,大家会齐聚山间、田头唱歌。到了一些特殊的时刻,如祭祖、盖房、做寿、婚丧等重要仪式上,山歌非但不会缺席,而且是贯穿整个仪式的纽带。"无歌不成宴,无歌不成礼",全民欢唱,通宵达旦,这些群体性的歌唱活动是学习山歌、练习山歌的最佳场所,因此是山歌传承的重要途径。

当然,随着社会的发展,畲族的生活和生产方式有了很大变化。除了年长者之外,中华人民共和国成立后浙西南畲族人民普遍接受了教育,劳动生产方式也有了很大的改善。尤其随着居住在深山老林的部分畲族人迁移到地势平缓的山腰或山脚,畲族与汉族的相互影响更深入。为帮助畲族人民发展教育,国家一直给畲族学生较优惠的升学条件。大量的畲族学生完成义务教育并接受高等教育,毕业后和汉族学子一样享有平等的就业权力和机会。

在这样的情况下,畲族年轻的一代学习条件和学习能力都有很大的提升,视野开阔了,选择余地大大增强,反而削弱了一些原本从生活、习俗中学习的习惯。例如歌会唱歌这种大众娱乐方式已经被更多的娱乐方式所替代;原先山高水远,要到岁时时令才可能出现的亲友聚会,已经通过现代交通工具和通信工具获得了改善。以景宁为例,双后降村村民原本居住大山中,他们迁移下来到了平地,村中通了公交车。而这路公交车的另一头则是岗石村村口。这两个村寨,如果在过去,交通极为不便,如今一趟公交就能连接。很多习俗因为生活、劳动都有了变化,民俗本身逐渐弱化,民俗传承山歌的方式逐渐消退。

当然,消退不等于完全消失。在田野调查中可以看到,还有少量的婚丧仪式上,如果主人需要,还是有部分唱山歌的活动。这些活动虽然不复原先的辉煌,但如星星之火,仍然存活在当代畲族人民的心中。

最后一种是歌本传承。在一些善歌的家庭中,往往有山歌的手抄本,这些都是家族的宝贵的文化财富。景宁的蓝景芬家中收藏了哀歌集子,她把自己多年唱的山歌记下来,也是给后世的财富之一。家藏歌本逐渐流出家庭,互相形成了畲族地方性的歌本。只要有人会唱歌,会写字的人就把这些歌记录下来,大家互相借阅抄写,流传甚广。这些手抄的歌本,经过了多年的沉淀,成为畲族山歌传承的重要介质。随着很多善歌的畲族老人去世,她们演唱的畲族山歌也随之而去,唯有手抄歌本上的山歌一代代传承下来。笔者在丽水学院畲族文化研究所看到了大量的手抄歌本,有的破旧不堪,纸张发黄发脆,有些字迹模糊,但可以看到一首首亲手誊抄的山歌。空白之处有的还有不同字迹的修改,可见一首山歌凝结着几代人的智慧和心血。这些手抄本,凝结了畲歌的美妙和汉字的智慧,连接了过去与现在。即使歌声消失,文字依然存在,为畲族山歌的当代传承提供了宝贵的资料和传承的范式。

二、传承方式的维系和更新

畲族人民生活水平、教育水平在提高,经济、交通、文化都获得了日新月异的变化。这对于畲族山歌的传承,既有正面的影响,也有一些不利因素。综合当前已有的研究和在田野中获得的资料来看,畲族山歌的传承方式有了新的变化。

除了拜师学艺、歌本传承方式仍然延续以外,家族传承和民俗传承虽未断流,但已经明显弱化。在景宁、龙游做田野调查的时候笔者都注意到一个现象:唱山歌的人减少,交流、记事等功能退化,畲族山歌更多用于闲暇娱乐和表演展示中。畲族山歌建立在畲语基础上,因此也将一部分已经不会唱歌的年轻人排除在外。因此,家里老人教唱山歌,是出于一种习惯,延续了家族的传承。习俗仪式中的需要,也是畲族山歌传承的原因。莪山80后畲族青年在访谈中就提到由于有些仪式上需要唱山歌,因此特意去学了山歌。

这样的传承范围小、力度小,在现当代环境下,还存在明显的缺陷。因为山歌作为口头的、活态的文化遗产,既是一种艺术,也是一种方式。在畲族文化语境下,借用山歌的思想性和工具性,把山歌作为一种话语来传声表意。只要有话题,就能根据主题来编写山歌,人人都是歌手,人人都是创作者。到了现当代,畲族山歌和日常生活的联系逐步松懈,快节奏的生活、文字的介入,都使山歌原先的功用大大削弱。因此,善歌者几乎固定在中老年阶层,青年人纷纷投身于更先进的文化形态,无暇顾及这古老而传统的艺术。因此,畲族中出现这样的现象。年长的善歌者对社会形势、政策方针等不够了解,无法简明扼要地用文学艺术的方式表达出来。年青的一代虽然受过高等教育,熟谙现代文化艺术,但与传统山歌接触不多。因此,传统歌谣得以流传,但山歌的内容无法获得更新,失去了山歌的活力和自新力。

自申遗以来,畲族山歌面临的问题得到了政府部门、社会文化团体和畲汉有识之士的关注,山歌的传承展开了新的局面。拜师传承在浙西南地区依然存在,例如常常有外地来客向蓝陈启大妈学习山歌,很多畲族歌手代表也成立工作室教唱山歌。申遗以来,这些畲族歌手被邀请到小学课堂内给小学生教唱畲歌。以前是拜师,现在是送歌传歌,影响面较原来更大。还有歌本传承也有很大改变。以前只是家族内、区域内的手抄本流通,随着现代化手段的普及,新媒体的发展,山歌的手抄本已经成为印刷本陆续出版,山歌的曲调以音符方式记录下来,任何歌手都能学唱;更不必说可以录音录影的光碟,记录、抢救、传承了多少濒临灭绝的山歌。

　　创作传承，是当代畲族山歌传承的途径之一。其实过去的歌手大多是创作型歌手，因为山歌即言说，有言就有歌。蓝陈启大妈说自己的山歌唱都唱不完，但现在像她这样的歌手已经逐渐消失，有的垂垂老矣，有的因为歌唱环境的变化而不再唱。新生代的歌手能自己创作的并不多，只有少数人既能唱歌又能写歌，他们有能力就地取材随时创作新的山歌。但更多的人是能唱不能写，能写不能唱。因此，不会创作的畲族歌手就请懂政策懂当代文化的年轻人帮忙创作，前者讲话题，后者写汉语山歌。前者再用畲语演唱并且修改汉语中不符合畲语押韵的地方。这种合作式的山歌创作是另一种传承手段，因为山歌的活态特征是要靠不断推陈出新的创作来保证的。

　　此外，学院传承也是当代畲族山歌传承的重要途径。所谓学院传承，不仅体现在小学课堂内学畲歌，还体现在以更高文化艺术水平的专家们通过学术研究和实践的手段实现山歌的保护和创新。学院传承的主力是有非遗保护意识或者热爱民间民族文化的专家及学生们。例如，浙江音乐学院成立了"畲凤"女声民族合唱团，组织创作、演出，改编了大量的畲族山歌，使之适应当代艺术发展潮流。浙江传媒学院的师生组织团队，参加了丽水、景宁、遂昌等地的畲族文化交流活动，浙江师范大学也有师生团队到浙西南做田野调查，宣传畲族文化和畲族山歌。这些知识精英的参与，给畲族山歌及其传承传播带来了新鲜的血液。一来它们有机会和当代音乐、当代文化思潮、祖国的建设主旋律融合，二来它们在新思路新方法的培育下也获得了创新机会，登上了更大的舞台，甚至登上了更高的学术平台。当然，最重要的是，当学院的师生把畲族山歌当作传播内容、研究对象的时候，山歌面临的传播和传承的困境也成为热点之一。更多的专业人员参与解决这些问题，人员较以往充足、层次更高，获得社会的关注就更大，政府给予的政策和机会就越好。因此，学院级的传承，提升了山歌的艺术水准，扩大了山歌的文化影响，也提高了山歌的社会效应。

　　当然，创作传承和学院传承都依靠了外部的力量，要获得真正的传承还是要靠畲族人民的主体意识。在当前文化发展和经济发展齐头并进的时代，畲族山歌的传承还有脱胎于习俗传承的演出传承。以景宁畲族自治县为例，景宁的非遗传承按国家、省、市、县四级打造，各种山歌表演、习俗表演等团队有数百支。当地政府加大力度激励，广大畲族群众也踊跃参与到畲族文化的复兴活动中。畲族村寨组建文化队伍、恢复文化礼堂，景宁鹤溪街道东弄村民成立的山歌队、畲艺队等起到很好的示范作用。东弄村，民族特色示范村，传承了畲族民歌、婚俗、彩带等项目。通过文化礼堂、村内的宗祠等，东弄村建设了综合性的非遗展示馆，既有农耕展示馆、彩带展示馆，也有彩带工作室、畲族山歌展示馆等。从 2010 年起，东弄村蓝延兰、蓝仙兰等 20 人组成的"东弄村畲族文化艺术团"参加了多次演出，将畲族山歌、畲族民俗等带入地方的重大活动中。"东弄村畲族文化展示活动"成为地方畲族文化展示的名片。虽然当代生活中畲族传统文化已经式微，但东弄村的畲族山歌展示馆、彩带工作室等实体非遗展示馆，既让村民有机会亲眼目睹、亲耳聆听、亲身参与到畲族文化活动中，畲族文化虽然无法贯穿年轻一代的生活工作中，但也让他们在一个特定的文化空间中近距离接触、了解畲族文化。像东弄村这样的畲族山歌队、畲族文化展示馆等并不少见，近年来，景宁县各乡镇村寨每年类似群众自发的山歌表演、婚俗表演等有几千场，不仅吸引了本地居民，还吸引了外省市的畲族群众。

这类表演，虽然娱乐性很强，但是由于处于畲族的居住地，原生的地理环境和人文环境还有一定的影响，所以这些娱乐性大于实用性的畲族文化表演具有其传播和传承价值。表演者就是传承者，观众是承继者。二者在特定的文化空间中相互交往，不可避免地传递了信息或者情感。因此，这类传承虽然刻意，但有实效。

第二节　畲族山歌的传承主体

非物质文化遗产的传承主体是指某一项非物质文化遗产的优秀传承人或传承群体，即代表某项遗产深厚的民族民间文化传统，掌握着具有重大价值的可以延续和发展某项非物质文化遗产的技艺、技术、本领，并且以最高水准层次的个人或群体。他们为社区、群体、族群所公认。传承者是非物质文化遗产的重要承载者和传递者。[1]

从以上定义中可以看出，非物质文化遗产的传承通常分为群体传承和传承人传承，它们传承了不同性质的非遗项目。群体传承往往指岁时礼俗、庙会等项目，传承人传承指口头文学、技艺等。畲族山歌属于口头文

---

① 王文章：《非物质文化遗产概论》，教育科学出版社 2008 年版，第 259 页。

学,是靠一个个传承人口传心授而传承下来的。这些传承人,是畲族歌手中的佼佼者,她们有些获得了国家社会的认可,拥有了传承人的名号;也有一些单凭自己的歌才和热爱,投身于畲族山歌的传承大事业。

一、传承者的意识与立场

> 歌是山哈写文章,大小男女学点唱;
>
> 谁人不学山哈歌,不是祖先盘瓠生。①

在过去,唱山歌是自发的,代代相传是自然传递行为,因此没有传承的概念,也不需要刻意的传承工作。时代的发展和生活的改变,慢慢使山歌的存在土壤产生了变化,光怪陆离的现代娱乐,也使畲族人的文化生活产生巨大的变化。畲族山歌逐渐没落,但大多数人也只将它看作自然的选择。这就是为什么在经济迅速发展的很长一段时间,畲族山歌的传承工作一直没有认真开展。

时代的变化将畲族传统文化和畲族人的生活逐渐剥离,最危险的信号就是畲语的没落。以下案例可以说明 80 后以及下一代畲族人畲语学习的现状。

> 我从小呢,都是在县城里读的,不是在那种畲族很多的学校里读的,所以这个氛围也不是很浓厚。包括像我们那个村里一样,小孩子生出来是外公外婆带的,比如我就是这样的,我的女儿是生出来在村里带到幼儿园差不多大,我爸爸妈妈他们是说畲语的,就会营造这样一种氛围,我女儿也会说一点简单的畲语。后来读书了到县城里来,我老公是汉族人,在家里都说普通话,孩子也就自然说普通话了。城里教学条件比较好,现在基本上都跑到城里读书。但现在读了书以后,包括看看动画片啥的,她就不会说畲语,她听是听得懂,但就是不会说出口。②

---

① 转引自中国畲族发展景宁论坛编委会:《畲族文化研究文集》,民族出版社 2017 年版,第 88 页。

② 桐庐莪山田野所得。

这样的情况有很多，根据龙游、遂昌、景宁、桐庐的调查，现在能讲畬语的年轻人越来越少，80 后中只有部分能讲畬语，90 后中大部分不会讲畬语，00 后除非特殊的家庭环境和学校能教习畬语，否则也基本不会讲。畬语是畬族山歌的根本，不会讲畬语意味着不会唱畬族山歌。畬语在年轻一代中的失声是畬族山歌出现断流的重要原因。

当然，会讲畬语的也不等于就会唱畬族山歌。如果没有问题意识和忧患意识，大多数青年人在面临如此多样的选择时，的确没有意识去传承山歌，因为他们不是在山歌的浸润下长大，从山歌中能获得的给养很少，或者说，在成长的过程中，教育、就业等能提供的一切滋养了他们，因此他们普遍缺乏老一辈对山歌的由衷的、独一无二的热爱。

因此，在本族语言没落、本民族文化式微的时代，具有传承意识和责任的畬族山歌传承人以及畬族歌手们在日常的劳动生活之余，开始畬语和畬歌的推广。景宁的蓝陈启、蓝景芬多次受邀请到小学教畬语和畬歌，鹤溪东弄村的蓝仙兰成立畬族工作室，免费教授有兴趣的游客学畬歌畬语、编织彩带……这样的人物有很多，很多学校也都增加了畬语课程。

畬族山歌省级传承人蓝景芬在访谈中提道：

> 现在民中和民小学校是有开畬语课堂的，还有手工技艺的课堂好像也有。这些都是传统的东西，对小孩子来说很好，这种特色课堂不单单是面向畬族小朋友，也有汉族小朋友，这个能够让孩子们对我们民族有所认识。从宣传还有从小培养兴趣的角度来说，我们学校、教育部门、文化部门对畬族文化传承都有很大力度的举措。但是，我觉得，学畬语最终还是要靠我们家庭的教学氛围，得从小教。
>
> 我每走到一个地方，都会和他们的家长们讲，我们的小孩子一定要在家里从小就教，你等他稍微大点上了幼儿园，再去教就来不及了。他就会对畬族语言排斥，很多家长都会说："教畬语没有用，学畬语有什么用呢，现在大家都讲普通话了。"每每遇上这样的家长，也就谈不下去了。你们说说，教畬语和讲普通话有什么矛盾呢？祖祖代代下来，就不说老的了啊，就说我们这一代，生来讲畬话，也没人教你普通话，但是一上学以后自然就学会了，而且还能讲当地的汉族方言，没人教过的。说明我们小孩子适应大

环境的能力是惊人强大的。但是相反,如果说等上学再去学畲语,他就没有这种欲望了。怎么讲呢,总之目前这种现状,特别令人担忧。我时常会问孩子们:"你们为什么不学畲语?"他们说:"不好听!"所以这个责任在哪里啊? 不是在小孩子身上,是在我们父母自己身上,对吧! 你如果从小就教他,他就会了,他从一开始就会了,他怎么会讲自己的话不好听呢? 的确,学起来好像是没什么用,大家都讲普通话了,但是从我们民族文化传承这一块来讲,畲语是自己民族的语言啊! 唯一的非常非常重要的民族语言和畲族民歌,民族特征性的东西,优秀的民族文化如果都不愿意传承下去的话,那我们占一个民族成分合适吗? 我们愧对这个"畲"字,我是这样想的。①

这段访谈很具有代表性,畲语和畲歌的现代生存状况堪忧,已经需要进入努力保护和推广的阶段,否则会在下一代中断流。推广者不仅是学校,更是家庭。因为语言的学习最好是浸润式的学习。如果家庭成为畲语推广的重镇,那下一代接受畲族语言、畲族文化会是一种自然的传递而非刻意的学习,是他们生活中不可缺少的部分,而非刻意的添加内容。

保护畲语、保护畲族文化并发展畲族文化,是后非遗时代已经获得社会认可并且开始实施的一项工程。当地政府部门,尤其是畲乡政府,都意识到畲族文化是撬动畲乡经济发展的支点。打造特色村寨、展示畲族文化,是扩展畲乡旅游、活跃畲乡经济的重要举措。政府部门人力、财力的投入以及政策的保障都是外力,只有内力的激发才是畲族文化传承的动力。

从这个意义上看,蓝景芬等人对挽救畲语和畲歌的认识已经从经济文化政治等方面的需求上升到民族文化复兴、民族认同、民族自信层面。遂昌的雷巧梅说:"汉族对畲族的文化也很感兴趣。这两年宣传到位了,就有更多人感兴趣了。"②这样的情况下,畲族人成为本族文化的传承主体,既是传播者,也是承继者,当承继者再成为传播者,循环往复,畲族山歌才能获得真正的传承。

① 参见附录《传承人蓝景芬访谈录》。
② 参见附录《传承人雷巧梅访谈录》。

二、作为传承主体的精英群体

　　传承人传承实质上就是一种精英传承，是具有高度的文化代表性人物的言传身教。随着社会的发展，畲族人民的教育程度越来越高，也出现了族内的知识精英群体或者文化精英群体。这些精英，既具有本民族的民族特征，也受到了广阔世界的影响。当他们开始参与传统文化保护工作，往往起到领头羊作用，效果事半功倍。

　　有史以来，畲族本民族的文化精英对山歌的发展做出巨大的贡献。例如小说歌的兴起，完全是畲族文化精英的努力。畲族歌王钟学吉以及他的老师钟延吉就是这样一个例子。他们将汉族的民间故事、话本唱本等改编成畲族小说歌，扩大了山歌的内涵和外延，给山歌补充了新鲜的生命力。在他们的带动下，白露坑村的其他歌手都纷纷加入这个行列，使小说歌迅速成为畲族山歌中最丰富的一支，无论在哪个场合，都有小说歌被传唱。

　　传统的畲族山歌基本上都靠一代代歌手的传唱而传承下来，但是畲族山歌传承的不只是山歌歌词和曲调，还有即兴演唱的传统。以前能开口者就能编几句，因此山歌一直处在开放性的发展中。但是在畲族山歌从寻常百姓日常生活变成民族文化遗产的过程中，歌词和曲调靠记忆和教授传承了许多，但即兴演唱的范畴大大缩小。

　　蓝陈启大妈属于能编善唱的老一代歌手，在她看来：

　　　　现在的人唱山歌那是学起来的，我告诉他学起来的。其实他自己可以想来想去，音唱得来就好了，声音唱得来就编得过来。我自己有好几个徒弟编得来。山歌随便唱都可以的，就和讲话一样。我唱歌都是自己想的，想到什么唱什么。不过我现在不大唱以前的歌了，我唱的都是宣传领导好啊，国家好啊，什么好啊，那样唱的。我唱歌出了名，就有人来找我宣传消防。我本来不知道，他们去到我的村里，请我编几首山歌来宣传。还有禁毒，禁毒宣传也是到我家来找我的。①

---

　　①　参见附录《传承人蓝陈启访谈录》。

但是,以蓝大妈为代表的 30 后、40 后歌手人数越来越少,她们属于畲族山歌新旧交替的最后一代人物,他们在以歌记事、以歌抒情的年代中成长,沉浸在歌声中,培养了自己的好歌才;到了晚年又有机会接触新事物迎接新时代,因此才有能力将传统山歌与现代生活有机结合。年轻一代的歌手面临的局面比较复杂,60 后、70 后的歌手成长过程中国家经历了"文化大革命"、拨乱反正、改革开放等重大事件,有一段时间畲族山歌是较为沉寂的,但好在她们在盛年时期赶上了重振畲族文化的时机。

蓝景芬访谈中提到她们在这方面所做的努力:

> 新的山歌有时候我自己会编。但是自己编就比较难,毕竟我们文化基础也不是很好,基本上是在原来老歌的歌词基础上进行改编,把它改过来,给我们自己唱这样。有些新的山歌,会根据一个主题或一件事去编一首歌。比方说我们要宣传党代会,我们就编一首宣传党代会会议精神的歌去唱。又比方说反邪教,我们就把反邪教的内容编成山歌来唱。[1]

这种改编,不仅能满足内容上的与时俱进,而且体现了畲族山歌的言说、记事、宣教功能,达到山歌传承的真正目的。山歌传承的不是静止的固化的内容,而是鲜活的思想和生动的记忆,是具有生命力的艺术形态。

可以说,当前浙西南畲族山歌的传承和民族文化精英的推动力是分不开的,在浙西南每个地区,都能找到老中青几代具有民族文化传承意识的代表人物,这些人,有些参与畲乡工作,对本族文化以及乡土文化发展有清晰的认识和深厚的情感;有的受过一定的教育,懂得如何将畲族文化精华最大限度地呈现给世人;也有的出身于山歌世家,祖辈父辈都善歌,因此成为畲歌传唱的代表性人物。以景宁为例,善歌者就有蓝陈启、蓝细彩、蓝延兰、蓝余根、蓝仙兰、雷石连、雷驮银、蓝景芬等,他们大部分在"文化大革命"前开始唱歌,或者出身于山歌之家,对传统畲歌及其唱法都较为熟练,他们到处表演山歌、教授山歌,形成畲族山歌的一股聚合力。还有些畲族精英,做了大量收集整理工作,将畲歌变成文字、将散落在各处的手抄本变成印刷本,不仅大大扩大了畲族山歌的影响力,也使山歌通过现代手段保

---

① 参见附录《传承人蓝景芬访谈录》。

存下来,实现长久的传承。目前出版的畲族山歌大多都是畲族人自己收集、整理、编撰而成。如武义的钟发品,业余从事畲族文化研究三十多年,收集整理了《畲族礼仪习俗歌谣》。松阳板桥后塘村的雷阵鸣,曾任板桥中学教师,他生前撰写过大量畲族文化研究文章,编写了《畲族叙事歌集萃》《畲族情歌选》等山歌集。丽水莲都区南明山街道山根村的蓝高清,农活之余,收集山歌、编写山歌和创作山歌成了他的主业,他出版了《畲族民歌集》等三本畲歌作品。还有些畲族干部,退休后把精力投入畲族文化的整理和传承工作中。苍南的雷必贵,退休后接连出版了《苍南畲族习俗》《苍南畲族民歌》。景宁的雷廷振,退休后编写了《布谷闹春》畲族山歌集。雷群芳、雷汤花退休后整理编写了《畲族长联歌选》。还有更多的畲族干部、畲族歌手,在当地民宗局、非遗办等领导下,加入了畲歌整理和编创的队伍。

　　保护山歌、传承山歌的这些努力对当地的文化保护和发展起到重要的影响。泰顺竹里乡的雷子新,从小参加畲歌表演,2004 创立畲歌歌友会,整理畲歌,自己也成为远近有名的传歌者。泰顺竹里乡的雷君土,花费数年心血整理了几千首畲歌,自己还进行畲歌创作。雷君土在 2004 年自掏腰包组织村民办了"三月三"歌会,使原先停办的歌会重新回到畲族人生活中,竹里乡"三月三"歌会成为泰顺的节庆品牌,热闹延续至今。温州文成培头村的钟维禄,是一名热爱民族文化的老党员,他很早就开始从事畲族山歌和畲族文化的传播。在他的建议下,培头民族小学开展汉语畲语双语教育,小学生在课上学唱山歌。钟维禄花费了几年心血编写山歌教材,教授山歌四万多人次。2013 年他编写出版了《畲语山歌三条变选编》,2016年他创办了文成县首个村民畲族山歌学习班,2018 年他成立畲族文化人才工作室,还成立了培头村畲乡艺术团,四处进行畲族文化表演。

　　这样的人有很多,此处无法一一介绍,他们年纪不同、身份不同、文化水平差异很大,但相同的是他们都是畲族儿女,不约而同地搭上了我国民族文化复兴的脉搏。在中华人民共和国成立以后,政府对民族文化复兴工作非常重视。根据蓝雪霏的研究可见,20 世纪 50 年代各级文化部门先后组织专家和专业音乐工作者深入畲族地区,采集了一批畲族山歌。"文化大革命"后,少数民族文化复兴工作逐步展开。例如 20 世纪 80 年代,畲族的《高皇歌》作为畲族民族史诗成为 1986—1990 年全国少数民族古籍整理出版规划的重点项目。这些工作已经不是个人行为,浙江省民族事务局(即民族事务委员会)负责此事,他们专门在丽水召开了会议部署《高皇歌》

的整理工作,畲族民族民间文艺学会承担这项任务。承担这项任务的专家
就拜访能唱《高皇歌》的歌手,录音、记词、比校、整理。由于不同的歌手所
唱的《高皇歌》不一样,收集到的资料就有十九种,最后经过整理,文化专家
和畲族歌手一起审稿,最终才确定现如今的《高皇歌》的版本。《高皇歌》的
整理和出版,正是文化精英和民族精英共同努力的成果。

　　申请非遗前后,政府对山歌的传承工作更加重视。"三月三"等畲族节
庆由政府牵头组织,优秀的畲族山歌手受到重视,有机会走出大山、走出村
寨,到杭州演出,到北京演出,甚至到国外演出,获得了更大的演唱平台。
像景宁的蓝陈启,一个普通的畲族妇女,早在 1994 年就获得机会访问日
本,在日本舞台上放声歌唱。非遗后,这一类优秀的山歌手获得了国家、
省、市、县各级非遗传承人的头衔,成为畲族山歌代言人。国家或者地方政
府给她们颁发证书,发放传承人经济补贴,使她们不仅获得了文化上的认
可,也得到充分的社会认可。她们成为畲族文化的活招牌,是当代畲族山
歌发展和推广的生力军。

第三节　畲族山歌的传承空间

　　考察畲族山歌的传承,必须要看到它的传承空间。因为作为活态的民
族文化遗产,它要在特定的文化空间和文化生态下才能生存和发展。这些
文化空间不仅有固态的物理空间,也有精神层面的传承空间;不仅有自然
空间,也有网络空间。畲族山歌的传承空间随着文化生态的变化而产生了
变化,但这种变化最终的结果是传承空间的重构和扩大。

一、山歌文化空间的传统形态

　　"文化空间"(Cultural Space),有别于"文化场所",是非物质文化遗产
的重要形态。在 1998 年联合国教科文组织颁布的《宣布人类口头和非物
质遗产代表作条例》中,非遗主要有两大类:一类是民间传统文化表现形
式,包括语言、文学、音乐、舞蹈、游戏、神话、礼仪、习惯、手工艺、建筑术及
其他艺术、传统形式的传播和信息等民间传统文化表现形式;一类就是文
化空间。在现已立项的非遗项目中,就有约旦的帕特拉和瓦迪拉姆游牧人

的文化空间、越南的铜锣文化空间、马里的德干莱牙阿拉文化空间等,这些文化空间项目,和畲族山歌一样,同属于非物质文化遗产范畴。

此处引用非物质文化遗产中的"文化空间"这一概念,因为传统的具有地理意义的"山歌歌场"已经不能满足当前对畲族山歌演述和发展空间的描述,而且畲族山歌经过这么漫长的发展,早已不只是一种文化表现形式,与各种社会、经济、文化、人文、地理等元素的联系更为紧密。因此,此处的"文化空间"既可以代替原先的具有物理性质的"歌场""演述空间"等,也可以代表一个独立的畲族文化空间。

人类学所指的"文化空间"既有一定的物化的形式(地点、建筑、场所、实物、器物等),也有人类的周期性行为、聚会、演示,而且这种时令性、周期性、季节性、时间性的文化扮演和重复反复,才是一种独特的文化空间或文化形式。① 根据向云驹的归纳,"文化空间"的自然属性是"具有一定的物理、地理空间或场所,这个场所有时具有文化景观遗产那样的景观价值,有时只是普通的场所。有时是神圣的场所,有时甚至是不固定的场所(如游牧民族的居无定所),但是由固定的时间和随意的场所相结合。其表现形式为:文化广场、宗教场所、古村落、海岛、集镇中心、大房子、庙宇寺观教堂、神山、圣山、湖泊等。文化空间的文化属性的表现形态则有:岁时性的民间节日,神圣的宗教聚会纪念日,周期性的民间集贸市场,季节性的情爱交流场所,娱乐性的歌会舞节,盛大的祭祀礼仪及其场所、语言,族群的各种独特文化、独特的历史传统等等"②。

以此来考察畲族山歌的文化空间,可以看到具有地理意义的山水、房屋、村落的道路、广场、寺庙等,都是畲族山歌的文化空间的自然形态;而"三月三""开酒节"等民族文化传统节日,就是畲族山歌文化空间所呈现的文化形态。如果把前者简称为"演述场所",后者则为"演述时机"。二者随着山歌的发展也产生了深刻的变化。

在原生态畲族山歌时期,山歌的演述场所无疑就是田间山头。畲族人民"随山种插",满山迁徙。山野或辽阔或狭隘,是山歌的发生、发声场所。山野的无拘无束,给歌手提供了"心想唱歌就唱歌"的便利,歌为心声,无关

---

① 向云驹:《论"文化空间"》,《中央民族大学学报(哲学社会科学版)》,2008 年第 3 期,第 82 页。

② 向云驹:《论"文化空间"》,《中央民族大学学报(哲学社会科学版)》,2008 年第 3 期,第 85 页。

听众,因此也造就了畲族山歌发音、曲调、歌词等的特征。

而随着生产形态和社会生活的变化,也由于山歌教育、交流、民俗等功能的增进,山歌的演述场所不断扩大。孟令法总结了《高皇歌》的几个演述场域:火炉塘、盘歌堂、功德道场等,可见山歌的演述空间随着畲族人逐渐定居之后更多地从山野扩大到房舍之中。① 笔者在浙西南畲乡采访的过程中了解到,畲族自古以来就有迎客唱歌的习俗,尤其在婚丧、祭祀等仪式中,盘歌对歌往往持续多日。自家房舍成为唱山歌的重要场地。因此在以往的生活中,家有客人、家有红白事,亲戚或左邻右舍就集聚在主家,整夜唱歌。根据人数多少以及正式程度,唱歌场地的安排和布置也不相同。若是在平日劳动结束之后,人们任意串门,可能是左邻右舍,也可能是家中亲戚,大家坐在火炉塘边,喝茶聊天唱山歌。小小的火炉塘,或是厨房的灶台,或是小房间里一个火盆,就是一个小型的聚会场所,是畲族山歌最自由随意的演述场域之一。大家唱着情歌、谜语歌、劳动歌等,享受劳动后的闲暇时光,同时也增进亲友间的情感交流。

相对于火炉塘歌场的不拘小节,盘歌堂相对要正式许多。往往到了重要的日子,例如重要的节庆日、亲戚正式来访等,畲族人就布置好家中堂屋,摆上几张桌子,请乡邻中善歌者上座唱歌。此时的歌唱具有表演和比赛的意味,对歌多,歌曲的选择也正式很多,而且善唱者才能上座。

最正式严肃的是在家里祭祀、传师和做功德。由于经济落后、交通不便,畲族人一般的祭祀、传师和做功德都在家里完成。"道场"仍然安排在堂屋,但桌椅、器皿、图像等有固定的方位布置,此时演唱的山歌要符合礼俗要求,都是事先安排好的,或者跟随着领唱者。

以私人房舍作为山歌演述空间纵然受到经济、地理的局限,但和山歌传承方式相互影响和制约。口口相传、代代相传、家族相传的方式是很长一段历史时期中山歌的主要传承方式,母亲一边做家务一边唱歌哄孩子,是很多畲族歌手的幼年记忆。蓝陈启回忆起学歌的缘由,她想吃番薯干,家里却没有番薯干了。妈妈为了安抚她,就唱歌给她听。一而再,再而三,蓝陈启学会了妈妈唱的歌。等她成为母亲后,她又是这样教她的孩子。畲族山歌就在自家的灶台边传了一代又一代。

---

① 孟令法:《文化空间的概念与边界——以浙南畲族史诗〈高皇歌〉的演述场域为例》,《民俗研究》,2017 年第 5 期,第 107—119 页。

二、从自然空间到网络空间

到了现当代社会,畲族山歌、畲语等畲族文化符号受到汉族文化、国际文化巨大的冲击,面临着几千年来最大一次本族文化消解的危机。无论是火炉塘歌场还是盘歌堂歌场都失去了原先的辉煌。但这些家庭的歌场并没有消失,成为挽救畲族文化最基础的单位。蓝陈启在家给年轻人教山歌;蓝景芬在自家建立文化书屋,给孩子们教山歌;蓝延兰、蓝仙兰,也在自己家里建彩带、山歌展示馆,教彩带教山歌。这些屋舍,来自不同的村落,但都是畲族山歌重要的文化空间,充满着畲族的民族情感和民族气质。

公共祠堂或者寺庙等地是真正的公共空间,场地更大更正式,但在过去很长一段时间内没有特别重要的时候使用并不多。直到后非遗时代,畲族山歌成为畲族最鲜明的文化符号,山歌演述外化的需求在迅速增大。为了保护、推广畲族文化,也为了满足畲族人民自身的文化需求,各种文化礼堂、非遗馆、文化广场和农家书屋纷纷涌现,成为非遗展现的重要场所。浙西南畲乡都建立了各种专门的文化场所。例如景宁县就有非遗保护传承基地 16 个,非遗实践教学基地 8 个,非遗传承展示馆、传习所 33 个。例如始建于明崇祯年间的"蓝氏宗祠",是衢州市柯城区北二村的地标建筑。随着民族文化的兴盛以及历史文化遗产保护意识的逐步增强,蓝氏宗祠也得到了精心维护。春节和农历三月三的祭祖活动,使蓝氏宗祠成为宣扬畲族文化的重要基地。还有一些村镇恢复了废弃的公共祠堂,有些修建了新的文化礼堂和文化广场,浙西南畲乡的大多数村落都有自家的展览馆、文化礼堂或者文化广场,例如龙泉八都镇溪坪村文化礼堂是当地山哈歌会的举办地。在加大力度推广畲族山歌的时候,当地的中小学校园也成为重要的畲族文化推广基地。有些地区专门组织有影响力的畲族歌手到学校教唱山歌。私人的场域和公共场域的一体化,由点到面、由内到外、由近及远,畲乡人可以近距离感受到后非遗时代的民族文化发展,在潜移默化中了解本民族文化的魅力,从而更加认同本民族文化。外族人、外地人也有机会沉浸在博物馆悠扬的山歌声里,细细体会传统的畲族农耕文化的种种细节和风貌。

进入 21 世纪后,随着网络和其他新媒体的发展,山歌的演唱和推广等工作全面铺开,畲族山歌的演述从自然空间拓展到网络空间。2004 年"畲族网"的运行为后来的畲族文化网络化提供了新的思路和范例。"畲族网"上,有主题文章、有论坛帖子,对畲族山歌的介绍是其中重要的一部分内容。丽水学院的畲族文化研究所经过多年努力,也将畲族文化数字化,在浙江图书馆网上图书馆里还能够找到很多畲族山歌。再后来,在经济发展的吸引下,畲族人民越来越多下山,离开乡镇,奔向大城市,形成真正的"城乡结合",从而构成了新的畲汉杂居方式。他们把山歌带下了山,也把城市中的微信、QQ、抖音等带上了山。现在的畲乡,能用微信、QQ者众多,甚至抖音也是老幼皆宜的时尚。笔者在采风期间,畲族妹子发来一段段抖音上的畲歌视频,因为她学山歌基本上从抖音而来;她唱了山歌也发到抖音上和别人共享。

另外,从田野调查中发现,有很多村落都成立了山歌微信群。山歌的微信群大大小小分门别类,有以地域划分的山歌群,如龙泉山哈歌会群、遂昌畲族传统山歌交流群等;也有以山歌种类划分的微信群,例如雷巧梅所在的"遂昌畲族哀歌群"。哀歌是丧礼上特殊种类的山歌,"平常在家里唱哀歌很忌讳,所以就专门组织了一个哀歌群,在里面就可以随便唱,平常也会经常交流,这些东西如果一直不交流,随着老人的老去就会遗忘"①。畲族的歌手经常通过微信朋友圈发布自己的演唱视频,或者随口创作的山歌词句。微信群里,有人共享歌词,或者发布语音,就有人回一条歌词或者语音,通过这种另类的"对歌"方式,畲族人民有了新的歌场。这种歌场的网络化,在洪艳②、方清云的调查中也有同样的结果。方清云发现2019年景宁县几乎每个村都有3至5个数量不等的山歌微信群,其中包括被各级政府认定的"非物质文化传承人"、普通村民、部分分管文化旅游的政府官员。这些群成员龄从20至70岁不等,文化背景各异,当部分人在群中以语音、文字、图片等形式对歌时,大量的人在沉默中"听"和"看"。③ 网络歌场打破了时空的限制、打破各种习俗、性别、年龄等限制,以歌会友,比歌技、比"肚才"。网络歌场为目前的畲族歌手们提供了及其便利的条件,既获得了心想唱歌就唱歌的体验,也可以利用微信网络随时学习、记录和保存山歌,一举多得。

---

①　参考附录3。

②　洪艳:《传统畲歌审美意蕴与"畲歌歌场"现代变迁》,《音乐研究》,2018年第1期,第59页。

③　方清云、陈前:《重返民间:自媒体时代少数民族山歌发展的新特点——基于浙江畲族山歌发展变迁的考察与分析》,《中南民族大学学报》(人文社会科学版),2020年第3期,第67页。

　　歌会、节日，是畲族山歌另一种形态的传承空间。在畲族传统节日"三月三"里，唱山歌、吃乌米饭、踏青交友等构成了具有畲族文化特色的常规性活动。在传统的"三月三"里，主题和主体都比较单一，但场域和内容是开放的。非遗后，政治、社会、经济、文化等元素大量渗入，打破了原先自然自发的状态。政府组织、经济搭台、文化唱戏，三月三除了保留传统的对歌盘歌活动，还增加了旅游展、民间艺术展、作家采风、摄影展等活动，使三月三成为畲乡旅游促进、经贸洽谈的重要牌子，增加了其经济功能。还有重阳歌会，是继三月三歌会后重要的畲族传统节目之一，是打造民族文化品牌的另一要素。遂昌的重阳歌会已经连续举办37年。这些歌会的存在和延续，是山歌传承的重要保证，已经获得各级政府的高度重视。随着新媒体的发展，歌会的传承空间也拓展到网络。早在2012年，景宁畲族自治县的三月三就有全国畲族人民网上共庆"三月三"活动，用网络平台、微博等共庆、体验"三月三"，网上共庆活动成为"三月三"活动的热身。尤其是2020年新冠疫情肆虐，导致畲族"三月三"活动不能如期开展，杭州同心少数民族服务政协委员会客厅、景宁畲乡政协委员会客厅、景宁县少数民族发展促进会、苍南、丽水、遂昌等8家畲族相关单位共同举办"天下畲族一家亲，云上歌会三月三"。杭州设主会场，景宁、苍南等地设分会场，组织了云中"三月三"。

　　当然，这种歌场也有显著的限制性，年长者参与的人较少，真正山区居住的畲族人由于山高地远网络不顺畅，也无法完全推广和实践。但不可否认的是，这种歌场的转移或者搭建是畲族山歌文化空间新的构建形式，极大程度地扩大了畲族山歌的传承空间，也为畲族山歌走出畲乡、走向世界搭建了便利的桥梁，有效保证了畲族山歌的当代传播和传承。

第七章 结 论

畲族山歌自畲族起源始经过了漫长的发展历程,中途随着社会文化变化出现变迁,但总体趋势是向上发展的。到了当代社会,随着畲族人民社会政治地位、经济水平和文化生活的进一步提升,畲族山歌作为一种非物质文化遗产、一种民族艺术形态获得了更广泛的关注。但从文化传承角度而言,其发展和传承面临了许多问题,因为在传承过程中,畲族山歌的歌者和听众都经历了身份重塑、视点转移、文化空间变化、利益诱惑等冲击。如何使畲族山歌的原生态在民族文化复兴语境中获得存续,是后非遗时代的重要课题。

本研究中提到了畲族山歌所承载的话语,这不仅是语言学概念,它也是一种具有重要社会作用的概念。我们研究遗产话语,并非是为了过去,而是为了现在和将来。虽然在国外许多学者的观念中,遗产本身不可能实现价值中立,因为它是权力关系的作用结果。但是,在我们目前的民族文化复兴中,我们可以尽可能削弱外界的影响,让山里的客人变成山里的主人。这种原生态的存续,是我们非遗保护的重点和难点。

第一节 畲族山歌的当代困境

作为畲族人的话语形式,畲族山歌在全球化、信息化、现代化的冲击下,势必汇聚到当代主流话语中。处于汉族等其他民族的包裹下,处在一个沟通日益增长的地球村中,彼此沟通多,文化共融现象越多,畲族不可能、也不应该保持遗世独立的姿态。但是,由于主流文化的影响力较大,原先就比较小众的畲族民族文化不仅在当代社会文化共同体中未占据主流地位,在本民族中也逐渐边缘化。畲汉两族散杂居多年,汉化影响显著。

例如龙游岩山垅全村仅二十来户,离它最近的畲族村有五六公里,中间夹杂着汉族村子。远亲不如近邻,两个畲族村交流不便,反而和边上的汉族村交往更多。相比较汉族人,畲族人口较少,文化、经济等发展较弱,因此更容易吸收或者依附汉族文化。虽然这样极大地促进了畲族经济、文化、教育的发展,促进了民族团结和文化融合,但民族文化没落的趋势愈发明显,导致山歌的处境愈发尴尬。

一、语言传承的式微

畲族山歌是要用畲族本族语言演唱的,否则就不是真正的畲族山歌。但是,畲语的传承在很多家庭出现了断裂。过去由于没有文字,无法用书面材料记录,因此只是偶尔借用汉字(畲音)记载,畲语的使用非常广泛。随着畲族教育的发展,会写字的都用汉语书写记录,畲语的使用几乎只限于畲族人之间的日常交流,使用机会骤减。后来,随着族内婚模式被打破,家庭中出现了外族人,畲语的使用越来越少;等下一代上学,学的是普通话,家庭中畲语的使用就更少了。语言传承出现了断档,这个现象在浙西南畲族家庭非常普遍。莪山的雷菲菲提到她的孩子小时候和外公外婆住,所以会讲一点畲语,但到学校上学后,就不会讲了,因为她丈夫是汉族人,家里讲汉语,学校在城里,也讲汉语。龙游雷进的祖父母、父母都是族内婚,都讲畲语;但雷进和汉族人成婚,因此,虽然他和父母讲畲语,和妻子只能讲汉语。他身边的伙伴,80后有部分能讲,90后几乎不能讲。当笔者询问他的孩子是否会讲,他说不会;会不会教孩子讲畲语,他觉得也不会。因为孩子的学校都是讲汉语,周围环境里都是讲汉语,没有环境学习畲语。衢州雷凝的父亲是汉族人,母亲畲族人,因此她从来没有学过畲语。据她回忆,从未听过她母亲讲畲族话,她甚至不清楚母亲是否会讲畲族话。景宁的情况也是如此,县非遗办的同志、档案馆的同志以及采访过的蓝大妈、蓝景芬等都提到会讲畲语的下一代已经越来越少,用畲语的机会也越来越少。

失去了讲畲语的人,就等于失去了唱山歌的人。畲语的式微,是山歌传承所面临的最大的困境之一。

二、文化生态的破坏

山歌场域的消失是文化生态破坏的首要特征。过去生计艰难、文化落后，唯有山歌作伴，因此田间地头、山间林中都是歌场；而现在无论生活还是生产场景都发生了巨变，文化发展，科技发展，生活娱乐、文化教育等方式多种多样，山歌的全把式时代已经过去。畲族人民和汉族人民一样受教育找工作，原先的生产方式有了很大的改变，那些依托劳动而产生的歌谣失去了歌场。现代传媒手段的发展丰富了畲族人民的生活，即使是谈恋爱，也有各种各样的消遣方式供选择，手机微信、QQ 等通讯方式代替了田间山林的歌声，情歌成为文化表演传统，而非谈情说爱的媒介。过去，畲族被迫居住在深山老林中，彼此间的交往甚为难得，因此，劳动时的相聚、节庆日的相聚就非常宝贵。热情洋溢的畲族人，在相聚的日子里将热情都诉诸山歌之端，因此二月二、三月三、重阳节的歌会对于畲族人民而言意义重大。但是，现在的畲族人很多搬下山，用上了现代交通工具。以景宁县城为例，公交车一头通往双岗村，一头通往岗石村。双岗村里汽车穿村而过，岗石村虽然地势较高，但水泥路一直修上山，村民还可以自己开车或者骑摩托车往来。如此便利的交通打破了过往隔绝的状态。沟通便利意味着相聚便利；相聚便利，那些思念的情绪就减弱，那些重逢的喜悦也淡化。因此，对歌会、节日的热情大大减弱。山歌失去了它天然的歌场。

畲族山歌被列入非遗后，当地政府对其加大了保护力度，付出很多人力物力。经济搭台，文化唱戏，文化保护的目的往往是服务于当地文化形象的塑造以及当地发展前景的挖掘，具有鲜明的目的性和刻意性，因此山歌进入了表演舞台和博物馆。两者分属于不同领域，但对于畲族山歌而言，却有极其相似的特征。博物馆对展示畲族文化起到很好的作用。但博物馆中的畲族文化不是活态的，它原先是畲族的日常生活行为，是族群认同符号、是民族记忆手段，但现在被作为遗产陈列，只有模仿和重复，没有再生力和创造力。更重要的是，它缺乏真正的歌者。就像被当作畲族文化展示窗口的旅游景区，展示毕竟是场秀，而不是自然的热爱和天然的演绎，自主性和民间性也受到削弱。

三、传承群体的减少

现在的原生态歌手都属于 30 后、40 后年长的一代,目不识丁者居多,大多留守乡村。由于很多歌唱场域的消失,这些歌手演唱机会也不多。雷巧梅、雷菲菲、钟杏秀都谈到村里有些老人一肚子的山歌,什么都会,但是也只有婚丧节庆时请老人们出来唱,她们才唱。并不是所有歌手都获得政府或者文化部门的认可,她们也没有能力像蓝陈启大妈那样有足够的影响力传授山歌。一旦随着老人年岁增大,很多山歌就湮没在老人的记忆中了。

蓝景芬在访谈中提到由于追求更大化的经济利益以及民族意识不够强,很多畲族人不愿意学习山歌,甚至对学畲语也没有多大兴趣。的确,年青一代的畲族人很少会主动学习山歌。教育的普及给畲族下一代提供了人生更多的选择,也使他们有机会追求更高的人生目标和生活空间。当代的畲族青年和其他民族一样接受义务教育、参加高考接受高等教育,获得同等就业机会。即使有些青年没有受过高等教育,城市的发展也吸引了畲族青年离开家乡外出打工,越贫困的地区这样的情况越多。因此,畲族山歌的传承群体在当代出现断崖式的减少。

四、原生话语的稀释

畲族人对社会变化非常敏感,每一次历史变化都能在山歌中表现出来。在当代语境下,外来文化增加了畲族文化的丰富性,使原先清晰的文化主线模糊起来,反而失去了畲族文化的个性。在主导文化的大背景下,保持自己的原生话语非常困难。

从歌唱这个行为目的看,山歌的产生是任意而非刻意的,原来是歌唱生活,现在成为为生活而歌唱。原先是畲族人民的生活常态,现在成为展示或者表演,文化遗产成了一种舞台秀。原来的山歌悦己多于悦人,但它成为政治宣传、经济推广、文化推广手段的时候,由心而发的山歌也转向由需求而唱,取悦功能增加。

从内容上看,传统的畲族山歌主要产生在新中国成立之前,新中国成立之后的新民歌以及现当代创作的畲族山歌,在内容上有了很大变化。尤其在 2006 年之后,当畲族山歌与畲族文化、畲族本地形象等挂钩的时候,山歌的创作也增加了一些迎合当时的政治、经济、文化建设等方面需求的内容,即使是传统畲歌的选唱,选择的标准也有极大不同。以前的《传知识理歌》所讲的道理基本上是做人的基本道理,这都是他们从生活中总结出的智慧。后来,山歌也融入了很多新的宣传内容。这个现象有它积极的一面,因为山歌是活态的,开放的,随着社会环境和现实语境的改变,他们积极地适应了新的时代与新的社会环境的功能需要,在现实社会和现代生活中被使用,让自己的生命力延续下去。但其消极一面也在于,"应景性"的歌唱在增多,山歌的民族性在逐渐削弱,作为畲族的原生话语在被稀释。

第二节　后非遗时代的民族文化复兴

畲族山歌所面临的问题,看似属于 70 多万畲族同胞所面临的问题,其实是中华民族文化所面临的问题。现代化建设是中华民族的发展方向,但在发展过程中,难免给传统文化带来巨大的挑战,一不留神甚至会带来严重的影响。党的十七大六中全会明确提出:"加强对优秀传统文化思想价值的挖掘和阐发,维护民族文化基本元素,使优秀传统文化成为新时代鼓舞人民前进的精神力量。"[①]弘扬民族优秀传统文化,是当代国人不可推卸的责任。

畲族山歌作为畲族人民优秀的文化遗产,在我国非物质文化遗产保护体系中发展了十余年。这十余年,各级政府和文化部门、少数民族精英、学者等所做出的努力是毋庸置疑的。但是,遗产保护面临的局面十分复杂。综合畲族山歌面临的困境和山歌本身的特点,在后非遗时代,需要立足于山歌本身的价值、畲族人民文化自觉自信等基础进一步开展保护和传承工作。

一、山歌价值的发掘和重塑

要传承畲族山歌,其文艺属性是不可忽视的。一般而言,民歌的传播

---

① 《中共中央关于深化文化体制改革推动社会主义文化大发展大繁荣若干重大问题的决议》,人民出版社 2011 年版,第 31 页。

和传承方式有其局限性,因为大多数少数民族没有本民族的文字,也没有学过规范的记谱,等等。以音乐的形式记录民歌往往需要专业人士进行。而畲族山歌作为音乐创作难度更高,它虽然有些固定的音乐调式,但总体而言,曲调比较单一、唱法又非常独特,演唱的难度增加,更不必说学习和模仿。目前80后尚有少量畲族歌手,90后比例接近0。其他民族的歌手在学习畲歌的时候又受到畲语的阻碍。因此,畲族山歌的传播困难超越了一般的非遗文化形式,逐渐淡化和衰落的局面让山歌面临生存危机。内忧未解,外患逼近。当今的世界处于全球化时代,文化艺术的全球性传播并没有给畲族山歌带来广阔的发展空间,反而挤兑了其发展空间。正如洪艳所指出的,畲族山歌的传承处于"内忧外患"①的状态下,给畲族山歌的传承者带来了极大的挑战。

在这样的情况下,畲族山歌的艺术再创成为传承首要面临的挑战。在学院传承过程中,专业的音乐工作者从畲族山歌的音域、曲式结构、演唱方式都进行了改良,试图将现代艺术审美和传统山歌进行有机的结合。畲族本土歌手也有此方面的尝试,例如平阳歌手蓝永潇,将原生态唱法和流行唱法结合,将畲族山歌带入北京水立方和中央电视台演播厅。这些尝试,目的在于提高山歌的艺术价值,使山歌人人爱听人人爱唱,从而达到文艺层面的广泛传播。

2014年大型畲族风情歌舞史剧《印象山哈》在景宁推出,这部剧是在大型畲族风情舞蹈诗《千年山哈》基础上改编的。《千年山哈》曾获得浙江省第十一届精神文明建设"五个一工程"奖和第四届少数民族文艺汇演金奖,蓝陈启大妈就参与了其中的演出。2014年三月三,《印象山哈》作为全国唯一一部展现畲族题材的旅游剧目,向观众展示了传师、耕山、恋歌、礼嫁等传统习俗。从这个现象可以看到,畲族山歌的艺术价值、文化价值和经济价值在当代的传承中具有高度的统一性。

畲族山歌的经济价值日趋突显,从景宁双后降村的畲族婚俗表演到苍山龙峰村的长桌宴,唱歌敬酒,成为当地旅游的亮点。因此,利用山歌的经济价值促进山歌的传承,是当地政府和群众都喜闻乐见的方式。畲乡风情文化产业的开发,如旅游景点、度假区、度假村、农家乐等,都带上畲族文化符号。同时,畲族文化符号还融入城乡建筑、景观建设中,例如景宁县就打

① 洪艳:《"文化强国"背景下的民歌进化方向与发展策略——以畲族民歌为例》,《文化艺术研究》,2018年第2期,第13—21页,第15页。

造了一批具有地方民族风情特色的村寨,打造了山哈宫。丽水的"畲乡之窗""云中大漈"两个国家 4A 景区吸引了众多游客。服饰、彩带、银饰等具有畲族特色的产业的发展和品牌的确立,给畲族文化的复兴打造了良好的社会经济空间,从而为畲族山歌的保护和传承传播也提供了更多的机会。各级领导关注,广大群众积极性被激发,外来旅游团队被吸引。文化资源和旅游经济无缝对接,畲族文化扩大了影响面,形成了产业化发展。这些措施,既给畲乡经济带来了巨大的发展空间,也给畲族文化的保存带来了新的希望。有年轻的畲族歌手谈到,别人都认为畲族人会唱山歌,村里有游客来有领导来,有些场合就需要唱山歌,因此,她也刻意到村里的老人那里学了山歌,客人来就唱一下。这一点既出于经济利益的考虑,也出于民族意识的考虑。而对于当地政府,这既能弘扬传统文化,也增进民族团结,更能将与畲族文化相关的内容纳入发展大局中。

畲族山歌的价值在于它是不可复制的文化遗产,其文化价值不可估量。正如冯骥才认为,在后非遗时代,我们要做以下四个方面的工作:第一,科学保护;第二,广泛传播;第三,利用弘扬;第四,学术研究。[①] 无论哪方面的工作,都需要专业人员的参与。从目前当地政府在畲族山歌的保护工作中看,精英化、专门化、学术化是遗产保护的特点。以景宁为例,从政府一级出发,广电新闻出版三头联动,开设《畲乡风》《畲乡新农村》《畲语新闻》等广电栏目,每个节庆日,各类新闻团体都积极报道。浙西南其他地区也是如此,三月三、重阳节歌会不仅有政府组织,还有新闻团体的积极推广。关于畲族山歌研究的书籍也在逐步增加,研究人员从畲族本族文化精英扩展到民族文化精英、高校科研工作者等。《畲族民歌集》《布谷闹春》《高皇歌》《畲族叙事歌集萃》《畲族情歌选》《畲族长联歌》《传世畲歌》《苍南畲族山歌》《泰顺畲族山歌》《遂昌畲族山歌选集》等畲族山歌的出版,验证了山歌从口头传播到手抄本时代再到印刷本时代,实现了传播传承和保护手段的飞跃。此外,景宁县畲族文化研究所、丽水学院畲族文化研究所、遂昌畲研会等专业研究团体或组织不仅收集、保护了大量山歌,也把畲族山歌的研究和传播推上新的台阶。

---

① 冯骥才在木版年画展览会上的发言,见《中国艺术报》,2011 年 11 月 18 日。

二、传承队伍的打造

传承队伍的大大减少，是畲族山歌传承面临的重大危机。培养传承人才，打造传承队伍，是当前政府部门、文化精英和民族精英的共识。

"畲族歌言好文章，男女大细学来唱。歌是畲家传家宝，从小学起莫要放。"①蓝陈启大妈作为国家级畲族山歌传承人，不仅教远道而来的学歌者唱歌，也常到小学里去教畲歌。蓝景芬等畲族歌手的经历也很接近，蓝景芬到小学宣传山歌，还讲解山歌中的美德文化。浙西南很多地区都有怀有民族情怀、具有文化保护意识的畲族精英，他们为孩子们学习畲歌创造了条件。温州培头村小学在钟维禄书记的努力下很早就开始教授畲语和山歌，建德大同第一小学从 2010 年起，就邀请畲族民歌传承人入校园……在他们的影响下，孩子们学习畲语畲歌，跳畲族舞蹈，学习优秀的畲族文化。很多小学成为非物质文化遗产传承基地，畲族文化教育从孩子开始。

传承队伍的打造，外力只是推动，真正具有凝聚力的还是发自内心的热爱和对民族文化传承的忧患意识。山歌保护团队是政府组织、教育引导措施外另一项有效的方式。在过去，由于畲族人口比例小，遂昌的畲族文化保护氛围略逊于丽水、景宁等地，但随着遗产保护意识的增加，遂昌的畲研会（浙江畲族文化研究会）成立。这是由遂昌统战部（民宗局）牵头的一个文化研究组织，参与者都是畲族文化爱好者，还有一部分汉族人。根据雷巧梅介绍，畲研会有 180 多成员，是遂昌的畲族骨干，基本上都是教师和企业老板，教师占比最多。畲研会分成 8 个组，有表演组、山歌组、美食组、语言组、工艺组等，每个组都有一个组长专门负责分管。畲研会成员不拿工资，都是志愿者。当三月三等节日来临或者有其他重大节庆时，统战部负责组织畲族文化活动，畲研会则积极承办。这类团体很多，目前流行的各种山歌微信群、抖音爱好者等，都是新形势下的畲族山歌民间推广群体。例如龙泉的蓝月林组织的"龙泉山哈歌会群"，吸引了众多山歌爱好者入群。大家在微信群中以歌会友，以歌言情。一些大型山歌演出活动中，歌会群也作为一个单位参与活动。还有蓝景芬、蓝延兰、蓝仙兰等人成立的山歌队、工作室等。这些群体，把畲族山歌的传承落实到了日常生活状态

---

① 景宁歌手蓝景芬提供。

中,极大地帮助了山歌民间化状态的维护。

三、歌会和歌场的拓展

虽然畲族人民已经不再有走到哪里唱到哪里、看到什么想唱就唱的习惯,但文化生活永远是人民日常生活中重要的一部分。畲族山歌,原本是人们的日常生活行为,因此也应该重新走向常态化。

文化队伍的建设,从某种意义上拓展了畲族山歌的歌会和歌场。随着生活质量的提高,畲族人民对文化生活的需求增大;随着非遗保护意识的宣传和深入,民族意识也得到进一步加强。雷巧梅说现在不少汉族人对畲族文化的兴趣也挺浓厚的,很多研究畲族文化的学者都是汉族人,因此畲族人更应该传播畲族文化。雷菲菲说以前觉得自己挺自卑的,现在觉得自己作为畲族人是很值得自豪的。畲族人和汉族人在社会、政治、经济、文化、教育等方面地位相同,几乎没有区别,因此独特的民族文化成为自己的独特性。在现在个性张扬的时代里,弘扬本民族文化也是潮流所致。

在这样的形势下,畲族山歌的公共展示机会随着浙西南地区社会文化活动的增加而增多。哪里有活动,哪里就有畲族的山歌队伍;哪里有民族文化的表演,哪里就是畲族山歌的歌场。蓝景芬成立"代代唱"原生态畲歌队 12 年,参加了 500 多场表演。山歌队原来只在自家活动,后来到村的文化礼堂,再到县城的文化场所。原先只有一些妇女参加,后来发展成 42 人的队伍,男女老幼,上到 75 岁老人,下到 6 岁稚童。还有东弄村畲族文化艺术团、泰顺司前畲族镇凤凰畲歌队、文成黄坦镇陪头村畲乡艺术团等,都是活跃在民族文化舞台上的民间团体。据统计,景宁各种畲族文化表演就有 3000 多场。这些表演,娱人娱己之余,也增加了畲族山歌的知名度,给畲族经济的也带来了发展空间。1994 年,蓝陈启代表畲族歌手参加日本福井县举办的环日本海国际民间艺术节,畲族山歌走出中国,到海外舞台上一展风采。《千年山哈》代表浙江省参加全国少数民族文化会演,将畲族山歌带到北京。在此基础上改编的《印象山哈》从 2014 年开始推向市场,已演出 300 多场,成为全国唯一一部展现畲族题材的歌舞剧,涵盖了景宁县国家、省、市、县四级非遗项目,畲族山歌贯穿始终,每周六都在景宁县文化中心剧场演出。这些活动,超过了一年一度的三月三、重阳节的影响,把山歌嵌入畲族人民的当代生活中,让歌唱成为一种习惯。

四、节庆文化的重构

　　作为一种群众性文化，畲族山歌影响力的扩展更多需要依托节庆文化的发展。地方政府和文化部门显然早就意识到这一点，因此，在畲族山歌的传承工作中，很好地利用了山歌的礼俗功能和群众性特征。

　　此处以"三月三"为例可以说明问题。

　　畲族传统节日"三月三"起源唐朝，为了纪念畲族英雄雷万兴，每年"三月三"，畲族人民穿上本民族盛装，举行盛大歌会。他们在这个节日里吃乌米饭，祭神祭祖，以歌会友。年轻人在"三月三"对歌，谈情说爱；家庭与家庭间、家族与家族间聚会，加深情谊。欢乐的聚会能延续三天三夜。但重构后的"三月三"除了民族团聚之外也增加了命题作文。

　　以景宁畲族自治县为例，1984 年之前，"三月三"是零散的自发的家族、村族自娱自乐型的传统节日，但景宁成立畲族自治县以后，为了打造地方特色，保护畲族文化传统，提高畲族人们的文化自信，政府也主动采取行政手段规划组织"三月三"活动。从此，"三月三"的组织者由民间转向政府，参与者由畲族本地人扩大到外地人、外族人，而表演者人数缩小，由当地推选、政府认可的畲族文化精英参与表演；但范围扩大，因为又邀请了其他文艺界人士参加。例如，2010 年"三月三"歌会主题是"激情广场大家唱——走进中国畲乡三月三"，节目中有全民熟悉的《中国中国鲜红的太阳永不落》，也有阿宝、白雪、蔡国庆、柯以敏等著名歌手献唱（流行）歌曲，这些都属于大众流行文化元素。至于畲族歌舞、台湾歌舞，则占 1/3 左右。歌曲的主题也非常明确：歌唱新生活、歌颂党、歌唱民族团结。再从 2019 年苍南"三月三"演出的节目单看，15 个节目中，竹竿舞、畲歌对唱、渔鼓等具有畲族特色或苍南本地特色的节目有 5 个，其他的节目涵盖通俗歌舞、木偶戏、越剧、京剧等表演。

　　"三月三"作为畲族最重要的节日之一，随着畲族文化的兴起而复苏，但也随着畲族经济的发展而变异。景宁作为唯一的畲族自治县，每年的"三月三"是颇受关注的，政府在"三月三"活动中也投入了大量的人力、物力，为"三月三"设计了不同的主题和亮点。例如，2012 年的活动主题是"牵手新畲乡，相拥两岸情"；节目除了畲族歌舞以外，还有台湾代表团节目、西部少数民族节目、两岸明星节目等。2013 年活动主题是"走进神奇畲山，唱响多彩畲歌";2017 年主题是"畅游中国畲乡,共建和美景宁"——中国畲乡三月三暨浙江省第四届畲族风情旅游文化节;2018 年主题"彰显文化自信,弘扬民族精神,推动乡村振兴";2019 年"诗画畲乡风情景宁"三月三活动暨庆祝新中国成立 70 周年,"自然之子,山哈初心"大型文艺晚会。由此可见,景宁的"三月三"主题与时俱进,内容多样,远非传统的"三月三"活动所能比。

　　浙西南其他畲族地区的"三月三"也是如此,温州泰顺的"三月三"是泰顺旅游品牌之一,苍南"三月三"则是两岸文化交流的盛会,龙游沐尘的"三月三"有烹饪比赛、摄影比赛、婚俗体验等活动。由于功能增多,参与组织群体也有很大变化。原先的"三月三"参与者就是组织者,但如今的"三月三"有更多政府职能部门参与。统战部、民宗局、旅游委员会、宣传部、文广局、文联等都介入了"三月三"的活动组织中,保证了"三月三"活动的有序开展。

　　以上事实,是畲族山歌保护形式上的一次变迁。"三月三"如此,其他的节庆文化处理方式也接近,例如婚俗表演是畲乡旅游的常规项目。此种变迁其实是一把双刃剑,虽然畲族的节庆文化影响增加了,三月三的歌声更加响亮了,但外来文化元素和思路占了主导地位,畲族传统文化因子被削弱。事实上,畲族山歌发展到当代,要回避当代社会的冲击是不可能的,也不可能回到畲族人民原先封闭的自给自足的生活环境中。因此,如何更好地利用外部力量、采借外来文化来发展畲族文化,使文化在变迁中不失其本性,是需要进一步思考的问题。

五、文化生态的保护

　　文化传承,意识先行。文化保护,生态优先。非遗保护中有两点极为重要:一个是文化生态的保护,另一个是文化情结的培养和利用。文化传承不只是个人的事,也不只是政府的事,它是一个文化自觉的问题。畲族山歌属于畲族人民,因此山歌的传承要建立在畲族人民的文化自觉上,只有将山歌的传承当作自己的责任,赋予它足够的重视和真切的情感,山歌才能获得真正的传承。

　　有了文化意识、文化情结,才可能有文化自觉和自信;讲究文化自信,必不能忽略文化生态环境。非物质文化遗产的功能、价值、意义也只有依赖于它特定的文化生态环境才能获得,这个文化生态环境包含社会的、文化的、民族的、自然的环境等等,有精神环境也有物质环境,对于这项遗产而言,它是不可替代的。一旦破坏,很多是不可逆转的。

浙西南山区的地理生态是畲族山歌的孕育场所,经过这么多年的经济发展,政府已充分意识到生态保护的重要性,青山绿水仍然是山歌的家园。当然,正如前文所提到的,山歌传承的困境在于文化生态的破坏。畲族山歌民族的、民间的、自然的、原生的气质随着当代文化发展的冲击受到了莫大的挑战。因此,要实现非物质文化遗产保护,文化生态环境是第一要素,一旦破坏,非物质文化遗产就会失去本身的功能性和原真性。

笔者在剑桥访学时,考察了许多英国传统文化保护的方式,其中一点就是文化生态的保护和文化情结的利用。英国很多地方也把文化遗产和经济发展结合起来,但它通过巧妙的设计,将遗产保护和日常生活状态紧密联系。例如结合了英国人徒步旅行(Go Hiking)的爱好,在当地的旅游点设计了文化旅游线路,在简·奥斯丁(Jane Austen)的家乡汉普郡,就有专门的简·奥斯丁行走路线;阿加莎(Agatha Christie)家乡有阿加莎的行走路线。苏格兰人纪念他们的诗人彭斯(Robert Burns),不仅有彭斯之夜,在彭斯的故乡阿洛韦、彭斯工作过的邓弗里斯、彭斯游居过的爱丁堡,都设定了彭斯路线,让游客在旅游时去体会当年的彭斯所处的环境。在英国,遗产的保护已经分散到社会生活的方方面面,他们吸纳了大量的民间力量。在很多博物馆或者故居,有大量的志愿者。这些志愿者不收报酬,完全出于对民族文化的热爱。与他们的交流,让你产生一种同样的情感。在英国的很多博物馆或者名人故居,总有一块小孩子教育天地,有时是文字游戏,例如填字什么的,有时是集体活动,回答问题、配对之类,还有画画……润物细无声,通过各种方法培养孩子的文化情结。毕竟,遗产是有感情的。因为感情的倾入,它才能代代相传,后续者才能获得自我认同感。

总之,文化生态的保护,关键还是人的保护,情感的维系。从目前我国非物质文化遗产保护现状看,我国非遗是"国家+省+市+县"共四级保护体系,有政府+民间团体+地方精英/民族精英的三重架构。应该说,我国这十几年的非遗保护工作取得了很大的成功,但由于文化水平和经济水平的差异,偏远地区的文化遗产保护还存在不少问题。在田野调查中,确实看到很多专家学者在关心甚至投身于畲族山歌的保护工作中,但这些人的参与,都是来自他者的关怀,无法从根本上解决畲族山歌式微的主要问题。

地方的文化传统不是独立于原居民之外的。这些人,是文化的持有者,也是文化的创造者。在联合国教科文组织宣布非遗公约前,它有一串前提条件,其中就有"承认各社区,尤其是原住民、各群体,有时是个人,在非物质文化遗产的生产、保护、延续和再创造方面发挥着重要作用,从而为丰富文化多样性和人类的创造性做出贡献"[①]。这个前提,不仅是承认原住民、各群体和个人的贡献,而是要确保在非遗的保护和传承工作中有原住民、各群体和个人的参与。唯有此,才能保证非遗文化的原真性,使文化不因其他文化偏好、利益驱动、权力较量的影响而改变。

保护非物质文化遗产目的就是保护人类文明的多样性。正是多样化的文化形势才造就了人类物质世界和精神世界的丰富性,才使人的生存获得最大的意义。在当代文化共同体语境下,保护畲族山歌和民族文化,实质上是保护民族之魂。这些成为遗产的文化传统,虽然有的已经成为过去,但通过人类的不懈努力,还有可能获得"活着"的权力。因此,通过重构和再造、通过采借和吸纳、通过情感的链接和生态的复苏、载体的修复和主体的扩容,我们可以努力延续民族传统文化的传承脉络,巩固其民族记忆、话语建构和文化传承功能,维持其鲜活的生命力,使其在任何时代都能释放自己的话语,并在此基础上,实现真正的民族自尊、自信和自强。

钱穆先生的一段话可以作为本书的结语:

> 世界上亦有某等民族,他们不仅能创造出一套优秀的文化,而他们所创造的那一套文化,又能回头来融凝此民族,使此民族逐步绵延扩展,日久日大,以立于不败之地。这便是我中华民族之特质,亦即是我中华文化之特征。[②]

---

① 《保护非物质文化遗产公约》,引自 http://www.fjysg.net/heritagenews/5e4a02b29873301c235da08d。
② 钱穆:《民族与文化》,贵州人民出版社 2019 年版,第 136 页。

附　录

传承人蓝陈启访谈录

采访对象:蓝陈启(1938—　　),女,浙江省丽水市景宁畲族自治县鹤溪镇双后降村人,国家级非物质文化遗产"畲族山歌"代表性传承人,景宁畲族形象代言人。1994年她应邀参加了日本福井市民间艺术节民歌交流活动,将畲族山歌唱出了国门。2008年获"畲族歌王"称号,同年被命名为浙江省第一批非物质文化遗产项目代表性传承人。2009年6月被文化部评为国家级非物质文化遗产"畲族山歌"代表性传承人,同时以高票当选"浙江省非物质文化遗产保护十大新闻人物"。2012年蓝陈启作为唯一的农村歌手参加了畲族风情舞蹈诗《千年山哈》演出,该节目获得第四届全国少数民族文艺汇演金奖,她也被评为丽水市首届"十大优秀非遗传承人"。

采访时间:2015年,2017年

卢:大妈,能先讲一下您的姓名吗? 您是哪儿人?

蓝:我的名字叫蓝陈启,我原来的名字是蓝陈契,现在叫蓝陈启。我是景宁畲乡双后降村人,我原来住的地方是敕木山村,后面我嫁到这里来。

卢:大妈以前是做什么工作的?

蓝:我以前出去打工,都是做公路了什么都去做,干了好几年,后面在家里种田。

卢:您是著名的歌王,请问您是什么时候开始学唱山歌的?

蓝:我学歌很早,八九岁就开始了。以前没有东西吃,饼干啊什么的都没有,只有番薯干。我兄弟姐妹很多,番薯干一拿来,兄弟姐妹就吃完了。我一定要吃番薯干,我妈妈拿不出来,我就哭起来。妈妈只好抱着我说:"女儿不要哭啊,我教你学山歌。"她抱着我唱,我学着山歌就想睡觉了。第二天早上醒过来,我跑去问妈妈:"妈妈你昨天那个山歌我没学会,再教教我。"就这样,我八九岁开始学唱山歌了。

卢:您妈妈很会唱山歌啊!

蓝:我们畲族人都喜欢唱,我家里妈妈会唱,我奶奶也会唱的,现在我会唱,我的女儿、儿子都会唱的,孙子也都学起来了。我八九岁开始学唱山歌,越唱越好,越唱越喜欢,一直唱到现在还在唱。

卢:您都是什么时候唱歌的,比如干活的时候唱?

蓝:当时妈妈教了我很多歌。我很喜欢唱歌,小时候做什么都在唱歌。长大以后到山上去干活,看到那边有一个男的女的,就山歌唱过去打招呼。有时有一批人一起走,大家想唱,但叫她唱她不唱,叫你唱你不唱,我一看,你不唱她不唱,格我来唱。就这样,我胆子很大。我唱过去还要打个招呼,就这样我这边山歌唱过去,我们对歌就对起来了。以后越唱越好,一直唱到外国去。等我回到家里来还是唱,一直唱到78岁过,做什么都唱歌。

卢:听说您去过很多地方唱歌。

蓝:去好多地方演出过,北京大剧院去过一次,北京还有另外的地方也去一次(那个地方我叫不来名字)。杭州是浙江省喽,我经常过来唱。丽水经常去的,景宁更不用说,哪里都去,平时的三月三我也去过。

卢:您是第一个出国唱歌的畲族人吧?

蓝:是的,我是我们那里第一个出国唱歌的。1994年,日本人过来,我就唱歌给他们听。我胆量是很大的,当时年纪轻,声音很亮很亮,声音很好的。日本人觉得我唱得很好,打电话过来叫县里和我一起去日本,我就到日本去唱歌了。我去了之后他们很关心我,我到那里看到很多新奇的东西,坐电梯我吓得要死,不过日本人安排了一个人陪我,那个人很好的,对我很好很好的。

卢：您参加过《千年山哈》的演出对吗？

蓝：对，就在北京大剧院演出，杭州也去演过。这次演出的事情是讲不完的，很好很好的。有很多领导去，演员也很多。那些演员都是文化局来的，农村来的就是我一个，我还排到一个演员，老演员喽。我去过很多地方，但是后来身体不行不去了。

卢：在《千年山哈》上您唱什么歌呢，是平时唱的歌吗？

蓝：我在《千年山哈》上唱了《高皇歌》，这个是畲族最老的山歌，是小孩时候就会唱的。小孩唱的歌现在我都不敢唱出来。我到日本去唱情歌，现在我也不敢唱了。

卢：为什么呀，现在畲族人还唱情歌吗？

蓝：我们对歌唱的就是情歌。对歌是这样啊：结婚的时间，一男一女对歌。女方叫两个对歌的女人过来，男方叫三个男人挑酒过来，那样的山歌要对一夜，对到天亮。以前我村里搞旅游，我就开始帮忙。我做婆婆，有人扮我的儿子，就是新郎，还有个新娘。第一个新郎是我儿子做的，还有个新娘，以前挑过来到我家里来，我是男方喽，女的到我家里给我做媳妇。大家来畲乡就到蓝大妈家看这个，我们结婚上也唱歌。不过我做婆婆，不唱的，是另外有两个人唱的。唱歌对我们很重要，有婚礼的时候，大家过去都是唱的。结婚的时候，除了两个赤郎的山歌都是我教他们唱的。赤郎的我忘记掉了，我们村十几年没有了。

卢：这些山歌是现成的还是临时编起来的？

蓝：现在的人唱山歌那是学起来的，我教他学起来的。其实他自己可以想来想去，音唱得来就好了，声音唱得来就编得过来。我自己有好几个徒弟编得来。山歌随便唱都可以的，就和讲话一样。我唱歌都是自己想的，想到什么唱什么。不过我现在不大唱以前的歌了，我唱的都是宣传的歌，宣传领导好啊，国家好啊，什么好啊，那样唱的。

卢：您能介绍一下三月三时候唱的歌吗？

蓝：我们畲族人婚礼有婚礼的歌，三月三是三月三的歌，过年是过年唱歌嘞。都不一样的。山歌是唱不完的，跟讲话一样的。

唱不来的人编不起来的。三月三年年都有,以前三月三都是我唱,但我去年没有上去。去年和今年两年都没有上去。去年动手术后休息就没有上去。以前我年年都要上去,我上去都是唱三月三山歌的。我也经常带领导过来去唱歌,我的徒弟也有好几个上去的。畲族山歌是唱不完的,我们讲话就是唱歌啦。现在我自己还唱,早上起来唱了一首山歌,中午不知道会不会还要唱山歌。我今年还是身体不好,所以不唱,本来我亲自上舞台唱歌嘞。

卢:您刚才讲唱宣传的歌,宣传什么呢?

蓝:我唱歌出了名,就有人来找我宣传消防。我本来不知道,他们去到我的村里,请我编几首山歌来宣传。还有禁毒,禁毒宣传也是到我家来找我的。我这次要到丽水宣传,编了三首山歌:"世上毒品危害人,害到世上几多人,查着毒品要处理,进到牢监就判刑。"还另外一首是:"碰着毒品会上瘾,害到小孩害家庭。千万毒品不要碰,害到上面多少人。"最后一首是这样:"世上毒品没奈何,离到家庭离公婆,千万毒品莫碰着,鼻涕泪流背也驼。"

卢:真是太棒了! 大妈,听说您也教山歌,现在带很多徒弟吗?

蓝:学歌这个事是这样的。我 1994 年从日本回来,日本人很喜欢山歌。我看到外国人都喜欢山歌,回到中国,回到我自己家里,就把我女儿那一批二十多岁三十多岁四十多岁的妇女叫到我自己家里大厅来开个会。我告诉她们喜欢山歌的都学起来,不能学的就不要学。大家听我那样说日本人喜欢山歌、现在山歌是很好的东西,都有点想学。但大家有好多都不敢唱出来,我就指明你唱她唱你唱她唱。指明一个人唱,然后几个人学起来。后来我唱来唱去,那几个给我带出去,到景宁哪里哪里唱喽。后来大家看看这么好,就来学了。

卢:都有哪些人来学山歌呢?

蓝:有很多人来跟我学山歌。中国人很多,日本人就一个,讲话都听不懂,没有学出来。中国人有很多,有大学生,还有别的学生。我自己村里有二十多个,能上舞台对歌的也有十几个,得了奖的有六个。我自己村里有好几个徒弟,隔壁村里有好几个来的。我的徒弟也有开始教别人唱歌的，但是他们都没有见过世面。我请电视台来宣传，要有机会我也把徒弟带出去见见世面。他们唱是唱得很好，但都没有出去见过世面，都说："大妈，你徒弟唱歌唱得这么好，这么多年了都没出去见过世面。"没有机会去不了唉！大家都是那样讲。

卢：有小孩子来学歌吗？

蓝：有。我到学校里，到好几个学校一班一班地去上课。去宣传不碰毒品啊、小心火灾啊。我去告诉他们学起畲族山歌来，山歌不要丢，畲族话也不要丢，这些我都宣传到的。我告诉学生，普通话要学，畲族话一定不要丢掉。山歌是最好的东西，越唱越好有出路的，这样大家都学起来，一定要传下去不要丢掉，话也不要丢掉，山歌也不要丢掉。畲族人的文化就是山歌那样唱出来的。

卢：您做的事很有意义，山歌是要想法子传下去的。

蓝：我总是宣传大家一定要传下去，不要丢。山歌是不能忘记的，忘记不行的，畲族文化就是以山歌为主的。我有一个孙媳妇没有学，我要她帮忙到丽水传歌，连续教了她 5 个晚上，她一句一句学，我像老师一样告诉她。她总算会了，山歌难传啊。

卢：那到您这里学山歌的，有没有外地来的？

蓝：外地很多人来学，也有叫我去唱我没去的，台湾啊美国啊叫我，我都没去。温州文成请我去做老师，我去做了三天老师，结果他们一句都没有学去。话不对哪！我是景宁声音，他们是另外声音。后来有人来学，我叫她买一个录音机来，我唱了二十多首山歌录到录音机里。以前我教一天，嘴巴都干掉了。后面我唱到录音机里面去，让他们自己学起来。有个温州瓯江的人也来叫我去，快过年了所以我没去。后来他就约了十六个人到我家来。他们到景宁宾馆过夜的，中午饭到我家吃，学了三天给他学去了。文成我去了三天，龙泉去了两天做老师，都是去告诉唱山歌。

卢：您是国家级传承人，您做的工作大家都是肯定的。

蓝：我自己唱歌呢胆量很大，不怕。领导看我唱歌唱得好，哪里有活动都要我上去。有很多领导对我帮助都很大，还帮我评到

大名气,我很高兴很高兴。我金牌证书都有很多,证书有二十
多本,消防啊毒品啊火灾。

卢:现在除了唱歌,你还做点什么事呢? 我看过您一张照片,在织
　彩带。

蓝:是喽。我还当了十八年老年协会会长,以前当过妇女队长。
　现在跳保健操啊,跳跳舞啊。

卢:那您现在主要还是唱歌吗?

蓝:我这个人一天到晚都是想唱歌,唱歌有出路,我年轻唱歌唱到
　老。我现在想唱一首你们小时候都会唱的歌:"戴花要戴大红
　花,骑马要骑千里马,唱歌要唱有情歌,听话要听党的话。"

卢:真好听! 大妈,您刚才说自己编歌,可以唱一首您自己编的
　歌吗?

蓝:我想编一首歌毛主席的歌:"东方太阳上升红,中国出了个毛
　泽东,成立一个共产党,革命红军打成功。"我也编一首邓小平
　的歌:"东方太阳上山肩,中国出了个邓小平,邓小平理论政策
　好,男女平等做主人。"习近平总书记来我家的时候我唱的歌
　我已经忘了,歌词当时送给他了,是一首很好听的山歌。我现
　在想给他编首歌,不知道他会不会嫌不好:"党的政策真英明,
　中国出了个习近平,来到畲乡来我家,看到照片想书记。"我看
　到书记呢想照片,看到照片想书记。

卢:太好了! 我都记下来。您真不愧为畲族歌王。

蓝:我现在还想唱一首:"改革开放三十年,看到以前老照片,从小
　唱歌唱到老,山歌越唱越心甜。"我是这样唱啊,也是这样想着
　的,把我心里话讲出来啊。最后我做的是畲族的礼节,意思是
　这样——幸福吉祥。

传承人蓝景芬访谈录

　　采访对象:蓝景芬(1978—　　),浙江省景宁畲族自治县红星街道岗石
村人,丽水市级畲族民歌代表性传承人。蓝景芬在家乡开设畲语课堂,组
织"代代唱"原生态畲歌队,开抖音、视频号,宣扬畲族山歌。代表作《彩带

情思》获得第五届全国畲族民歌节原生态组金奖,《彩带之歌》获第四届中国非物质文化遗产项目博览会民歌大赛优胜奖等多个节目奖项。蓝景芬用山歌传播畲族文化、畲族山歌进校园传家训、带领畲歌队进行党史宣传等活动,多次得到县媒、省媒、新华社和央视等媒体报道。

采访时间:2017 年

卢:你好! 你们讲的是畲语吗?

蓝:是畲语,你能听懂吗?

卢:我听不懂,你们都会讲畲语吗? 你知道现在的小学里小孩子有没有在上畲语课?

蓝:现在学校里面有,民中和民小学校是有开畲语课堂的,还有手工技艺的课堂好像也有。这些都是传统的东西,对小孩子来说很好,上这种特色课堂不单单是面向畲族小朋友,也有汉族小朋友,这个也能够让孩子们对我们民族有所认识,从宣传还有从小培养兴趣的角度来说,我们学校、教育部门、文化部门,也是对畲族文化传承很大力度的举措。但是,我觉得,学畲语最终还是要靠我们家庭的教学氛围,得从小教的。

卢:那你们在家里会讲畲语吗?

蓝:我们家孩子从小教的,他在家里和我们都是用畲语交流。

卢:自己平时交流时就用畲语来讲?

蓝:都是用畲语来讲的。现在很多家庭家长都不教的,我就比较担忧,如果说家庭不教的话,靠开堂课很难让畲语真正地传下去。

卢:这是一个问题。

蓝:我每走到一个地方,都会和他们的家长们讲,我们的小孩子一定要在家里从小就教,你等他稍微大点上了幼儿园,再去教就来不及了。他就会对畲族语言排斥,很多家长都会说:"教畲语没用,学畲语有什么用呢,现在大家都讲普通话了。"每每遇上这样的家长,也就谈不下去了。你们说说,教畲语和讲普通话有什么矛盾呢? 祖祖代代下来,就不说老的了啊,就说我们这一代,生来讲畲话,也没人教你普通话,但是一上学以后自然就学会了,而且还能讲当地的汉族方言,没人教过的。说明我们小孩子适应大环境的能力是惊人强大的。但是相反，如果说等上学再去学畲语，他就没有这种欲望了。怎么讲呢，总之目前这种现状，特别令人担忧。我时常会问孩子们："你们为什么不学畲语？"他们说："不好听！"所以这个责任在哪里啊？不是在小孩子身上，是在我们父母自己身上，对吧?! 你如果从小就教他，他就会了，他从一开始就会了，他怎么会讲自己的话不好听呢？的确，学起来好像是没什么用，大家都讲普通话了，但是从我们民族文化传承这一块来讲，畲语是自己民族的语言啊！唯一的非常非常重要的民族语言和畲族民歌，民族特征性的东西。优秀的民族文化如果都不愿意传承下去的话，那我们占一个民族成分合适吗？我们愧对这个"畲"字，我是这样想的。

卢：我觉得你这个话讲得好，畲族这个民族成分是国务院定的，但我们平时区分一个民族肯定不会按照什么条条框框，而是根据它的特征的。所以单纯的民族成分对于畲族人来说并不够。

蓝：对！给你一个民族成分，为了什么？难道就是为了像现在很多人一样享受民族政策？为了上学的时候能够加分？不是的呀！假如在享受民族政策前面加一条：要求会畲语或会畲语者优越先，那局面就大不相同了。

卢：是的。如果民族文化传承不下去，成分也是空的。你们一直住在这山里吗？你们景宁成立畲族自治县也不是很早啊，是八几年？

蓝：1984 年。

卢：那等于说你们和汉族杂居也已经很久了。

蓝：畲汉一直是混居生活的。

卢：那你作为年轻人有没有觉得你们畲族和汉族之间有什么区别？像你现在坐这里，就很难看出来自己的民族特性。

蓝：其实畲族汉族最显著的区别特性，畲语言应该排第一啊。

卢：就是一个语言？

蓝：嗯嗯，语言，祖上传唱的畲族歌言里就有这么一句："你若会讲山哈话，都是山哈一家人。"畲族人畲语都不愿意讲，实属不该啊！因为畲族唱山歌，以前祖辈人，站着也唱，坐着也唱，干活也唱，这个氛围现在已经没有了。再说，现在这个时代发展进步，站着唱、坐着唱也没有必要了。但是畲族语言是唯一可以能日常化传承的一个特征，是不应该丢的。

卢：老祖宗的一些传统，也只能靠语言存下来，否则的话像你这样出来，人家也看不出你是一个畲族人。

蓝：对呀，像畲族服饰，汉族人也可以做可以穿的，目前我们县里几个畲族服饰店还有畲族银饰都是汉族同胞在经营。我们畲族服装有个很好听的名字叫凤凰装，还有佩戴凤冠，像福建那边的样式很多，特征明显，我们景宁的传统畲族服装较简单，就是清末斜襟装加自己织的彩带。

卢：是的，我那天看了，除了头上的凤冠以外，衣服和大襟衣服一样。

蓝：对，这个凤冠是畲族人服饰一大特征，是和汉族服饰最大区别的，我们现在畲族服饰运用更多的彩带元素加以修饰。

卢：所以你们现在还是主要以凤凰头饰作为民族服饰的特色，这个房梁上都是畲族的文化元素吗？

蓝：这个就是我们编织在彩带上的符号，因为我们没有系统文字。

卢：这个符号其实也暗示了一些内容，对吧？

蓝：对对，其实符号也暗示了一些意思。以前的畲族人在长期的劳动生产中形成的一些代表符号，就把它编织在彩带上。

卢：好像彩带挺多的。

蓝：是的，彩带最早是在围裙上用得多，也可以是女孩子家送给男孩子定情信物，还有作为背孩子用的"睡巾"。彩带编织技艺也是畲族的文化传承特征，以前畲族女性从小就要学织带。以前女孩子没有条件上学，条件比较好的人家，才能在闺房里学琴棋书画，大部分人生活都是比较艰苦，什么东西都要自给自足。鉴别一个女孩子贤不贤惠，手巧不巧，那就看她织出来的彩带品质。所以以前女人都能织的，甚至男的也会织。像我们这代人都没有学了，彩带也不会织，山歌也不会唱啊！

卢：所以说像你们这代唱山歌也好，织彩带也好，都要自己刻意去学，有这个意识才行。你是年轻一代的畲族山歌传承人，你是出于什么样的心态来做这件事情的呢？

蓝：说实在话，唱歌，我自身是没有条件的，也没有经过任何专业
的培训，我就是半道出来的，对畲族民歌传承，完全是一种责
任与民族情怀，传承主要是策划和组织活动以及开展公益畲
歌课堂，吸引更多人唱山歌，想让我们的畲族民歌不要在我们
这一代人这里失传了，就这么一种想法去做。因为专业水平
有限，传承过程中有很多艰难和无奈，比方说上舞台演唱和参
加比赛就没有办法了，如果说我自身条件（嗓音）要是好一点
的话，也许我这条路会走得更好。

卢：你现在传承人的身份还是重要的，想办法把文化传承下来，这
是第一位的，然后有机会的话再传播，因为传播也是为了更好
的传承。因为现在你这里不扩大影响，那可能在各方面的知
识可能就会少一点。

蓝：所以我会拼命去做的。我们也在策划线上畲歌课堂，现在寻
找了几个条件比较好的小孩子，在培养他们。我自己如果走
不了这条路的话，让他们去走这条路。总比不做好，对吧？

卢：对对对。他们从小学唱，就好像把山歌放在血液里面了一样。

蓝：对，等于在他们心中播下畲族山歌的种子。这个事情，如果说
我不能影响到更多的人，就算是一个两个人我也是会去做的。

卢：你们现在每年还搞三月三吗？

蓝：做的，我们政府这边支持力度都很大，特别是像我们非遗中心
的项主任，你看她对畲族文化的情怀是高于我们自己畲族人
的。我们的主任都这么热情，我说我没有理由不努力，主任对
我影响很大。

卢：我也是这次在省里面开会遇到她，她穿了一套畲族的衣服。
我问项主任是畲族人吗，我以前怎么不知道。她说不是的，因
为她是传播畲族文化的，所以她要穿一套畲族的衣服过来。

蓝：这些领导让我很感动。我其实是非常非常幸运的，因为刚开
始，我并不知道有非遗中心这个单位，更不知道我会当传承
人，当时我只是想到带着山歌队让更多的孩子来唱畲歌，我只
是觉得自己必须去做这个事。当时管理区的文化站站长，手
把手指导我们，我们有什么活动，都会过来帮忙排练指导。

2014 年,也是她让我搭上了非遗传承人申报的末班车。这样我通过文化站站长夏玉梅认识了项主任,现在夏站长已经退二线了,但还在帮助我们。其实这一路走过来很多人让我们感动的,自己如果没有她们帮助的话,也许我早就放弃了,因为真的是比较艰难,这个传承的路,很多人不理解。

卢:你们现在成立的这个歌队都是你们村子里面的吗?

蓝:暂时都是,组队的时候是 15 人,目前发展到 33 人了。刚开始 15 人都是村子会唱山歌的妇女,没有男的队员,只有女的,男的都招集不起来,也是比较一个现实的问题,因为男人哪有时间去跟着我们做这个事情啊,他们要养家糊口,要挣钱的。农村女性也要生产也要劳动,所以也不敢占用她们太多的劳动时间,就利用农闲啊、晚上啊、下雨天,她们不干活的时候,来排练节目,但是如果有活动,她们也都会放下手上的活来参加,大家都非常理解和支持,这一点也是我比较感动的地方,走过来也有很多的感动。

卢:这种有没有工资啊,就是全部是自发的、奉献型的吗?像你们三月三像这些比较著名的这种节日大家去唱歌,会有报酬吗?

蓝:没有的,自发的,他们把我们的山歌队作为业余团队,在那边有登记的,通过项目答辩形式为我们购买畲族服饰,这样他们有什么活动需要我们,我们随时都可以调配过去用。从业余团队在他们那边登记开始,我们一直都有参与三月三等的重大的节庆活动,随叫随到。

卢:那些不参加歌队的人会对这种节日感兴趣吗,会去参加吗?

蓝:他们会去看,但没有以前那种氛围了,最早时候的三月三,或者是盘歌会应该是比较多的,都是自发的,没有政府来组织活动,都是他们自己小部分人,比方说村与村之间啊,会组织相互之间聚在一起对个歌啊,这个是很正常的,就是很平常的一件事情。农闲啊,过年过节啊都会办。后来到我妈妈她们这一代就没有继续下去,那现在政府去做这个三月三活动的话,其实就是把以前这种自发组织的活动形式集中来做大。

卢:你现在唱的歌是属于老的传下来的还是自己编的?

蓝:老的也有,新的也有。新的山歌有时候我自己会编。但是自己编就比较难,毕竟我们文化基础也不是很好,基本上是在原来老歌的歌词基础上进行改编,把它改过来,给我们自己唱这样。有些新的山歌,会根据一个主题或一件事去编一首歌。

卢:你们现在唱的自己编的歌主要唱哪些方面呢?

蓝:这个的话,比方说我们要宣传党代会,我们就编一首宣传党代会会议精神的歌去唱。又比方说反邪教,我们就把反邪教的内容编成山歌来唱,主要还是宣传为主。

卢:那这种宣传是属于自发的还是上面给你们的任务?

蓝:自发的,不是任务。当然如果是给我们任务,我们也会非常认真地去完成的。三八妇女节呀或是其他传统的节日,我们就编点针对节日的歌去唱。

卢:也就是说像现在有什么热点,你们就会根据这个热点去编山歌了?

蓝:这个是可以做到的。

卢:这还是挺与时俱进的,像一些年纪比较大的人就已经不太会自己编歌了,那么他们就翻唱一些老的歌吧?

蓝:像我姑姑她也会编的,她们编的从词句上面会偏口语化一点,这个是没办法的。我们就举一个反邪教例子,要去宣传反邪教里面的内容,如果说真的完完全全按照文本,我们唱起来就会比较不好唱,不顺畅。我改了再去让年纪大的人改一改,就可能会顺口一些。如果用我们编出来的呢,意思就会比他们的深刻一点。就是都有缺点优点,就是为什么我们新老要结合,像我们山歌队有年轻的,有小孩子,也有年纪大的,这样就能相互取长补短嘛。

卢:所以山歌的生命力在于它的开放性,就因为你要不断地编一点东西出来。那平时你编的歌自己会记下来吗?

蓝:我们每次演出以后都会弄成台词本的,我没有具体整理,就是一张一张词稿子,想把它整理起来要时间和精力,这几年非常忙,都没有整理,接下去就是想把这几年所有唱过的歌整理一下,这个事情是肯定要做的。

卢:我觉得这个是一个非常有意义的东西。

蓝:整理一下就是属于我们自己的。

卢：是的，等你整理好以后我再过来一趟。

蓝：到时候我整理了，发给你也行，你倒不用专门为这个事情跑一趟。

卢：那你能不能给我哼一首你比较常唱的畲族山歌呀，轻轻地唱一下就可以了。

蓝：好的，那就唱一首我们畲歌课堂上教的："山哈歌言好文章，男女大细学来唱，歌是山哈传家宝，从小学起要莫放。"畲族歌言一般七字一句，四句成一首，一二四句的最后一个字必须畲语发音押韵，因此对于编歌写歌也是要懂畲语的人才能行，比人家写诗要求还高。这首《歌是山哈传家宝》是我们传唱度很高的一首。

卢：真的很好听，你这个声音非常原生态。

蓝：这就是假音，我们这边山歌用假音唱，假音的音高和音质要求很高的。我的嗓子不好，唱不了。我排练的话都比较伤嗓子，每次排练的时候，随便给他们排一个晚上，声带就坏掉了，沙哑了。所以我自己上台的条件就更不好，如果我上台的条件比较好，相信我这条路会走得更完美些。

卢：你们山歌有传播到国外吗？

蓝：国外的传播应该还是比较有限的，比较少的，"百村闹春"乡村春晚是我们丽水文化品牌，听说在国际哪个网站可以共享，里面有很多畲歌形式的节目歌。

卢：好的谢谢！我觉得你唱得很好，讲得也很好。

蓝：哪里，只是这几年的亲身经历和体验。

卢：说实在的做这种事情都没有什么大道理可讲的。你想到了，完全是用心去做，你喜欢这些才能做好。谢谢！

传承人雷巧梅访谈录

采访对象：雷巧梅（1976—　），浙江省丽水市遂昌县妙高街道北门村人，遂昌县畲族山歌代表性传承人，遂昌县畲族文化研究会秘书长。曾获2019年丽水市首届畲族原生态山歌大赛金奖。作为畲族文化传播者，雷巧梅多次参与组织畲族重阳歌会、畲族服装走秀演出、山哈走亲、畲族山歌大赛等大型活动;在其提议下,畲研会开展遂昌畲族山歌收集和整理工作,并编辑出版了《遂昌畲族山歌选集》。

采访时间:2021 年

卢:现在你从事什么工作呢?

雷:我是专业卖土特产的,还有就是畲研会的,浙江省畲族文化研究会。

卢:你能不能稍微介绍一下畲研会?

雷:我们畲研会有 180 多个人,有一部分汉族人,都是畲族文化爱好者。大部分都是我们畲族人,都是我们遂昌的畲族骨干,其中还有理事 18 人。我们畲研会分成 8 个组,有表演组、山歌组、美食组、语言组、工艺组等。每个组都有一个组长专门负责分管。

卢:这 180 多人是覆盖整个遂昌的吗?

雷:是的,覆盖整个遂昌的。

卢:大家来自不同的地方,那么搞活动是怎么搞的呢?

雷:搞活动的时候我们会在群里通知,有时间的人就报名,然后再安排分配。

卢:那有没有定期活动?

雷:我们定期的活动就只有畲族传统节日三月三和重阳歌会。还有就是国家重大节日,比如建党多少周年和新中国成立几十周年这种也会搞活动。我们还有团体做纪念的活动,还有织带,把文字织到彩带里,有汉字也有传统的代表符号。织带织的字比较难以有棱有角,所以偏斜的多。

卢:畲研会里最年轻的人有多大?

雷:最年轻的二十多岁,畲研会里基本上都是教师和企业老板,教师占比最多,像我这种个体的也有一些。有很多教师都是受到统战部影响加入的。

卢:畲研会搞活动的经费从哪里来呢?

雷:统战会的民族科每年会拨经费给我们,我们去组织的话组织部也会有赞助,我们是非营利单位,不能自己去挣钱的。

卢:也就是说参与的人员都是没有酬劳的。

雷：对，都是志愿者。

卢：三月三、重阳歌是畲研会去组织呢还是政府组织由畲研会承办呢。

雷：畲研会是承办方，一般都是统战部主办。

卢：据我所知，以前的三月三就是跑到一起唱唱歌，现在的三月三节目很多，这些节目是自己编排还是有统一安排的？

雷：都是我们自己编排的，一般都是我们畲研会定一些节目，然后各个村子照着去排。

卢：讲到学校，现在遂昌的畲族小孩子是有专门的学校还是和汉族的小孩一起读书的呢？

雷：和汉族一起的，读书都是不分开的。

卢：那他们会学习畲语吗？

雷：畲语在学校里是很难学的，需要在家庭里从小就有那个氛围才能培养起来。

卢：也就是如果父母一方是汉族人就很难学会畲语了。

雷：对，现在会畲语的人基本上都是从老人那里学来的，比如外公外婆带大的，就会学到畲语。最近开始宣传全民讲畲语，全畲族人讲畲语，在学校里也会开办一些畲语班、山歌班。

卢：在日常生活中，汉族和畲族的差距大吗？

雷：不大，畲族人基本上完全融入了。不过汉族对畲族的文化也很感兴趣。这两年宣传到位了，就有更多人感兴趣了。最近还有把《民法典》编到山歌里去的。

卢：像现在这些大事，奥运会、亚运会等，会考虑往山歌里编吗？

雷：会啊，不过现在会唱山歌的一批老人都不识字，对政治不了解，所以现在这些东西都得靠我们年轻人去编。

卢：你们这一代刚好是承上启下的，90后的人可能对山歌非常不熟悉了。

雷：其实70后对山歌熟悉的也很少，像我们遂昌能数出来的对山歌非常熟悉的也就那么几个，80后往后除了特别感兴趣的会了解一些，大部分人连畲族话都不太懂，更不用说山歌了。所以说现在畲语的传承迫在眉睫。遂昌这方面的宣传就很好，语言要从小学起，现在遂昌就有很多地方在从小教起。

卢：我听说，有一些爱好山歌的人在一起组建山歌群。

雷：我们这里就组织了传统山歌群还有哀歌群。平常在家里唱哀歌很忌讳，所以就专门组织了一个哀歌群，在里面就可以随便唱，平常大家也会经常交流，这些东西如果一直不交流，随着老人的老去就会遗忘，很多传统山歌都已经丢失了。

卢：所以是一个遂昌畲族哀歌群和一个遂昌畲族传统山歌交流群。

雷：对。有时间也会在抖音上唱唱山歌，不过现在比较忙，已经有段时间没唱了。

卢：我最早知道你是在一个节目里面，你给大家唱了一首《高皇歌》，这首《高皇歌》是谁教你的呢？

雷：我们有一句老话是唱山歌必唱《高皇歌》，以前山歌集里面，每一本都有《高皇歌》，所以说学山歌就是先把《高皇歌》学会。

卢：这个歌很长欸。

雷：也不是说必须全部唱下来，能唱个 5 条 10 条，表明我们是畲族人有《高皇歌》就行了，全部 112 条的话很难记住，别人也听不完。

卢：这些歌有歌谱吗？

雷：没有歌谱的，如今畲族山歌的调已经没有地方考究了，现在就是把老一辈山歌里的调稍微改得优美一点。因为平时的话畲族还是哀歌唱得比较多，大丧的时候往往唱个几天几夜，所以现在很多老人的活人调就掺了一些哀歌的调在里面。我们就是把老一辈的这些唱法里的哀歌调里去掉，再咨询老一辈里对山歌有研究的人，把现在的活人调给唱出来。

卢：也就是现在老人去世时唱哀歌的习俗还一直保持着，对吗？

雷：对，现在还一直保持。

卢：结婚的时候唱什么呢？

雷：结婚的话对应的调在山歌集里有，但现在结婚唱得很少，因为会唱的人基本上都已经老了，我们这边现在最小的就一个四十多岁的男的，如果没有人和他对的话就唱不起来。如果主人家想要唱的话，我们会给他们唱一些，但也不是全部的。其他的结婚习俗的话还是保持没变的，像赤郎上门接锅和接亲的时候还是会唱的。

卢:畲汉结亲的时候可能不按畲族仪式,如果两个畲族人结婚的时候,他们是会按照畲族的仪式还是可以选择的?

雷:我们现在都是遵照小孩子意愿的。遂昌的话因为之前不重视,很多习俗都埋没掉了。2017年之后因为重视起来了,也会找回来一些。

卢:我还听说畲族有一些信仰,比如陈十四、插花娘娘等,现在这些还有吗?

雷:信仰的话一般也就山歌里面唱唱,祭拜是不会了。我们遂昌只有一个畲族乡,所以这些都不太有了。不过遂昌畲族人还是有不少,3万人口中有1.3万畲族人。

卢:听说你还是山歌队队长,想问一下现在学山歌的是男的多还是女的多?

雷:女的多。像我们现在有一个队歌的话会的男的很少很少。年轻人的话现在对山歌有兴趣的人很少很少。像以前老人唱得那么熟络的基本没有了,别人问你是畲族人唱两句山歌听听基本都能对付,不过都不会编山歌。

卢:现在山歌已经是非物质文化遗产了,山歌成为非遗后对你们这一代的经济发展有没有影响?

雷:不大有影响。像有需要唱哀歌的地方可能会雇个几个人唱个两三夜这样子,600块钱一天。

卢:你们干活的时候会自己去习惯性的唱歌吗?

雷:特别爱好山歌的人的话可能就会一边干活一边唱,现在也有一些这样的人的。而且这些人脑子里、肚子里的歌非常多,如果对歌的话,唱个一夜都能不重复。

卢:是背下来的还是临时编出来的呢?

雷:有临时编的,也有记别人以前唱过的,他们很多人虽然不认识字,但是记性很好,很多歌听别人唱一遍自己也就能唱下来了。以前穷苦的时候没有什么娱乐,就是唱唱山歌。从20世纪60年代开始,到我们70后80后,一直听着能懂一点山歌,但基本都没有系统的学过。我也是近几年才开始学,但我毕竟有基础嘛。

卢：那你真正开始学山歌是从谁那里开始学呢？

雷：从小就会唱唱儿歌，给歌词的话就能唱出来，现在主要还是系统地去深入了解。

卢：你自己也编山歌，如果你编好了一首山歌唱出来，会记录下来吗？

雷：会，但我们很多山歌都是即兴的，比如客人来玩，你唱首歌欢迎一下，可能没有记录就忘了。我其实编山歌比较少，现在都是讲时政了嘛，我们也不太懂，编的也就是偶尔的欢迎歌、送别歌、敬酒歌这种。

卢：我在网上看到一首你编的歌，是《粽子歌》。

雷：那首歌是我当时去北京，参加畲族传诵的发布会，在北京编的，也是即兴的。

卢：我得到一本《遂昌畲族山歌选集》，里面有个名字雷巧梅，我就在想是不是你。

雷：是我，那本书是民宗局领导组织的。

卢：编这本山歌不容易吧，你们是怎么编的呢？

雷：我现在就在收集老一辈的山歌，做了一本山歌集，里面很多山歌，他们都已经不太记得了，靠这个人唱几句那个人唱几句拼起来凑了一首山歌。他们都不会写字，我就用录音笔录下来回来整理下来。

卢：这本书里还有些红色山歌，蛮难得的。

雷：我们不太懂政治嘛，所以现在有一个专门的组就是把这些红歌的内容编进去，然后我们看了就能唱出来。我们畲族山歌就是第一句、第二句和第四句最后一个的韵母是要押韵的，我就稍微给它押韵一下，弄得好听一点。

卢：像你们畲语是没有文字的，所以畲族山歌的传承比较困难，会不会出现一首歌之前的人记下来了，但传下去时后面的人发音不对，再往下传就误传了的情况？

雷：这种情况也会，所以我们出这种山歌集的时候，在最后一页会有一个表做拼音和注解，我们也会经常教新学的人，就能避免这样的问题，现在做记录都是汉字畲意的。

卢：这真是一个好法子。

参考文献

中文著作(含译著)

[1] 安德森.想象的共同体:民族主义的起源与散布[M].吴叡人,译.上海:上海人民出版社,2016.

[2] 巴赫金.生活话语与艺术话语[M]//巴赫金.巴赫金全集:第2卷.石家庄:河北教育出版社,1998.

[3] 保罗·康纳顿.社会如何记忆[M].纳日碧力戈,译.上海:上海人民出版社,2000.

[4] 杜丽娉.畲族山歌的跨文化研究[M].北京:中国社会科学出版社,2019.

[5] 方清云.敕木山中的畲族红寨:大张坑村社会调查[M].武汉:华中科技大学出版社,2017.

[6] 段义孚.恋地情结[M].志丞,刘苏,译.北京:商务印书馆,2018.

[7] 费宗惠,张荣华.费孝通论文化自觉[M].呼和浩特:内蒙古人民出版社,2009.

[8] 高亨.周易大传今注[M].济南:齐鲁书社,2008.

[9] 胡经之.中国古典文艺学丛编[M].北京:北京大学出版社,2001.

[10] 季海波.泰顺畲族民歌[M].杭州:浙江摄影出版社,2016.

[11] 景宁畲族自治县志编纂委员会.景宁畲族自治县志[M].杭州:浙江人民出版社,1995.

[12] 蒋炳钊.畲族史稿[M].厦门:厦门大学出版社,1988.

[13] 卡莱尔.英雄与英雄崇拜[M].何欣,译.沈阳:辽宁教育出版社,1998.

[14] 蓝兴发.传世畲歌[M].北京:中央民族大学出版社,2014.

[15] 蓝雪霏.畲族音乐文化[M].福州:福建人民出版社,2002.

[16] 雷必贵.苍南畲族习俗[M].北京:作家出版社,2012.

[17] 雷必贵,雷顺兰.苍南畲族民歌[M].北京:中国文史出版社,2014.

[18] 雷阵鸣.畲族情歌选[M].北京:中国人事出版社,2004.

[19] 雷阵鸣,雷招华.畲族叙事歌集萃[M].北京:中国人事出版社,2002.

[20] 戴圣.礼记[M].陈澔,注.金晓东,校点.上海:上海古籍出版社,2016.

[21] 李遇春.权力主体话语:20世纪40—70年代中国文学研究[M].武汉:
华中师范大学出版社,2007.

[22] 李正良.传播学原理[M].北京:中国传媒大学出版社,2007.

[23] 罗康隆.文化适应与文化制衡:基于人类文化生态的思考[M].北京:
民族出版社,2007.

[24] 马林诺夫斯基.巫术科学宗教与神话[M].李安宅,译.上海:上海社会
科学院出版社,2016.

[25] 米歇尔·福柯.规训与惩罚[M].刘北成,杨远婴,译.北京:生活·读
书·新知三联书店,1999.

[26] 米歇尔·福柯.知识考古学[M].谢强,马月,译.北京:生活·读书·
新知三联书店,2007.

[27] 莫里斯·巴布瓦赫.论集体记忆[M].毕然,郭金华,译.上海:上海人
民出版社,2002.

[28] 沐尘龙游乡志[M].北京:方志出版社,2014.

[29] 钱穆.民族与文化[M].贵阳:贵州人民出版社,2019.

[30] 邱国珍.浙江畲族史[M].杭州:杭州出版社,2010.

[31] 邱国珍.温州畲族史[M].北京:人民出版社,2017.

[32] 邱国珍,邓苗,孟令法.畲族民间艺术研究[M].北京:中国社会科学出
版社,2017.

[33] 邱彦余.畲族民歌[M].杭州:浙江摄影出版社,2014.

[34] 尚书[M].曾运乾,注.黄曙辉,校点.上海:上海古籍出版社,2015.

[35] 邵鹏.媒介记忆理论[M].杭州:浙江大学出版社,2016.

[36] 《畲族简史》修订组.畲族简史[M].北京:民族出版社,2008.

[37] 施联朱.畲族[M].北京:民族出版社,2005.

[38] 施联珠,雷文先.畲族历史与文化[M].北京:中央民族大学出版

社,1995.

[39] 施旭.文化话语研究:探索中国的理论、方法与问题[M].北京:北京大
    学出版社,2010.

[40] 唐宗龙,袁春根.畲家情歌[M].杭州:浙江人民出版社,1982.

[41] 托马斯·哈定,大卫·卡普兰,马歇尔·D.萨赫林斯,等.文化与进化
    [M].韩建军,商戈令,译.杭州:浙江人民出版社,1987.

[42] 西蒙·波伏娃.第二性[M].李强,译.北京:西苑出版社,2004.

[43] 王海龙.文化人类学历史导引[M].上海:学林出版社,1992.

[44] 王明珂.华夏边缘:历史记忆与族群认同[M].北京:社会科学文献出
    版社,2006.

[45] 王文章.非物质文化遗产概论[M].北京:教育科学出版社,2008.

[46] 威廉·冯·洪堡特.论人类语言结构的差异及其对人类精神发展的影
    响[M].姚小平,译.北京:商务印书馆,1999.

[47] 喻锋平.畲族史诗《高皇歌》英译研究[M].杭州:浙江工商大学出版
    社,2017.

[48] 张恒.以文观文:畲族史诗《高皇歌》的文化内涵研究[M].杭州:浙江
    工商大学出版社,2014.

[49] 浙江群艺馆.浙江民歌选[M].杭州:浙江人民出版社,1956.

[50] 浙江省少数民族志编纂委员会.浙江省少数民族志.北京:方志出版
    社,1999.

[51] 浙江省民族事务委员会.高皇歌[M].北京:中国国际广播出版
    社,2016.

[52] 钟发品.畲族礼仪习俗歌谣[M].北京:中国文化出版社,2010.

[53] 钟金莲.文成畲族文化[M].北京:国际炎黄文化出版社,2009.

[54] 本书编写组.中共中央关于深化文化体制改革推动社会主义文化大发
    展大繁荣若干重大问题的决议[M].北京:人民出版社,2011.

[55]《中国民间歌曲集成》全国编辑委员会.中国民间歌曲集成:浙江卷
    [M].北京:人民音乐出版社,1993.

中文期刊

[1] 边秀梅.赣闽粤边区畲族民歌的文化内涵与教育功能[J].学术交流, 2012(3).

[2] 边秀梅,姜苏卉.客家山歌和畲族民歌的比较研究[J].赣南师范学院学报,2013(5).

[3] 陈赞琴.论畲歌的数字化保护与传播[J].齐齐哈尔大学学报(哲学社会科学版),2020(5).

[4] 邓苗.畲族民歌如何叙事:以《歌不上口莫进寮》为中心[J].文化遗产, 2015(1).

[5] 杜丽娉.畲族哀歌英译探析[J].丽水学院学报,2018(4).

[6] 方清云.少数民族的文化重构与本真性的保持:以景宁畲族自治县的畲族文化重构为例[J].西南民族大学学报,2013(2).

[7] 方清云,陈前.重返民间:自媒体时代少数民族山歌发展的新特点——基于浙江畲族山歌发展变迁的考察与分析[J].中南民族大学学报(人文社会科学版),2020(3).

[8] 高玉.论"话语"及其"话语研究"的学术范式意义[J].学海,2006(4).

[9] 洪艳.传统畲歌审美意蕴与"畲歌歌场"现代变迁[J].音乐研究,2018(1).

[10] 洪艳.畲族民歌词曲特点及其关系探析[J].内蒙古大学艺术学院学报,2012(4).

[11] 洪艳.畲族民歌的传承与创新[J].学术探索,2013(6).

[12] 洪艳."文化强国"背景下的民歌进化方向与发展策略:以畲族民歌为例[J].文化艺术研究,2018(2).

[13] 黄明光,蒋玲玲.论畲族民歌对汉族文学作品的传承、创新及价值[J].丽水学院学报,2016(4).

[14] 黄倩红.畲族小说歌《孟姜女寻夫》对汉族孟姜女传说的传承与变异[J].河北民族师范学院学报,2017(1).

[15] 黄为.闽东畲族歌言《雷万春打虎记》的史诗属性述略[J].宁德师范学院学报(社会科学版),2018(4).

［16］季中扬，高小康.民间艺术的审美经验与价值重估［J］.民族艺术，2014
（3）.

［17］贾嫣.试论龙泉畲族山歌的传统分类［J］.剧作家，2008（2）.

［18］靳瑛.山歌的生存现状与传承：以潮州凤凰山为个案［J］.首都师范大
学学报（社会科学版），2010（4）.

［19］姜华敏，汤苏英.喜悲婚丧总关情：武义畲族婚丧仪式及歌曲考察［J］.
星海音乐学院学报，2008（4）.

［20］蓝国运.畲族民歌的分类及其艺术特点［J］.中南民族学院学报，1992
（6）.

［21］蓝七妹.浅谈畲族山歌的比兴手法［A］.畲族山歌研究（下），2003.

［22］蓝晓萍，蓝碧波，雷阵鸣.从《畲岚山》看畲民社会认识观的变化［J］.广
西右江民族师专学报，2002（5）.

［23］蓝雪霏.畲族传统社会中的歌言及其"生态链"运作［J］.中央音乐学院
学报（季刊），2010（4）.

［24］蓝雪霏.1950—1997年的畲族音乐研究综述［J］.南京艺术学院学报，
2009（3）.

［25］雷晓燕，余潇雨，朱钰婷.试论畲族神话歌《火烧天》与火崇拜［J］.文学
教育，2015（9）.

［26］雷阵鸣，蓝细宽.描绘理想社会的畲歌《封金山》［J］.中南民族学院学
报（社会科学版），2001（1）.

［27］雷阵鸣，蓝周根.畲族长歌《仙伯英台》特色管窥［J］.中南民族学院学
报（哲学社会科学版），1998（4）.

［28］雷阵鸣，雷永良.畲歌《钟景祺》与《锦香亭》的差异及其在民间的影响
［J］.丽水师范专科学校学报，1998（6）.

［29］李安民.关于文化涵化的若干问题［J］.中山大学学报，1988（4）.

［30］李从娜，盛敏.山歌、性别文化与日常生活：以江西崇义畲族山歌为例
［J］.文化遗产，2015（1）.

［31］卢睿蓉.记忆、建构、融聚：畲族叙事歌的民族想象与认同［J］.文化学
刊，2020（11）.

［32］罗云，钟璞.民族艺术生成和表现的文化属性［J］.民族艺术研究，2014
（4）.

［33］马骧.浙江畲族民歌简介［J］.民族民间音乐研究，1983（1）.

[34] 孟令法.口头传统与图像叙事的交互指涉:以浙南畲族长联和"功德歌"演述为例[J].民俗研究,2018(5).

[35] 孟令法.人生仪礼的口头演述和图像描绘:以浙南畲族盘瓠神话、史诗《高皇歌》及组图长联为例[J].民族艺术,2019(3).

[36] 孟令法.畲族史诗《高皇歌》的程式语词和句法:基于云和县坪垟岗蓝氏手抄本的研究[J].宁德师范学院学报(哲学社会科学版),2019(1).

[37] 孟令法.文化空间的概念与边界:以浙南畲族史诗《高皇歌》的演述场域为例[J].民俗研究,2017(5).

[38] 缪品枚.浅谈畲民对小说《锦香亭》英雄人物的民族认同[J].宁德师专学报,2010(2).

[39] 彭兆荣,龚坚.从"他者保护"到"家园遗产":以"畲族小说歌"为例[J].贵州民族研究,2008(4).

[40] 彭兆荣,龚坚.口头遗产与文化传承:以非物质文化遗产"畲族小说歌"为例[J].民族文学研究,2009(2).

[41] 邱国珍.畲族女神信仰初探:以闽浙地区为考察中心[J].丽水学院学报,2012(6).

[42] 石欢欢.论族群的迁移对浙江省衢州畲族音乐发展的影响[J].音乐大观,2014(1).

[43] 施联珠,宇晓.畲族传统文化的基本特征[J].福建论坛(人文社会科学版),1991(1).

[44] 施旭.文化话语研究和少数民族文学的新视野[J].民族文学研究,2013(1).

[45] 石中坚,雷楠.畲族长篇叙事歌谣《高皇歌》的历史文化价值[J].广东技术师范学院学报,2009(4).

[46] 万兵.畲族情歌翻译试析[J].民族翻译,2014(3).

[47] 万兵.音乐传播学视阈下畲族新民歌的翻译[J].外国语言与文化,2019(1).

[48] 王明珂.历史事实、历史记忆与历史心性[J].历史研究,2001(5).

[49] 王逍.浙南畲族社会变迁中的文化适应:以景宁敕木山区畲族村落社区汤夫人信仰为田野案例[J].浙江工商大学学报,2010(1).

[50] 王洋.当代畲族题材电影中畲歌的运用[J].丽水师范学院学报,2017(4).

[51] 翁颖萍.从语篇衔接角度看畲族歌言对《诗经》的传承[J].贵州民族研究,2011(1).

[52] 翁颖萍.论畲族歌言的历史流变[J].社会科学战线,2016(7).

[53] 翁颖萍.浙江畲族民歌用字研究[J].浙江树人大学学报,2017(4).

[54] 向云驹.论少数民族文学的独特审美机制[J].黑龙江民族丛刊,1986(2).

[55] 向云驹.论"文化空间"[J].中央民族大学学报(哲学社会科学版),2008(3).

[56] 谢爱国.畲歌在历史上的功能[J].宁德师专学报(哲学社会科学版),2011(3).

[57] 薛祖辉,曾智.《高皇歌》:双重表述下的族群文化[J].四川教育学院学报,2008(4).

[58] 颜雪洋.畲族神话《高皇歌》中的动画创作元素探析[J].福建工程学院学报,2018(5).

[59] 叶大兵.畲族文学与畲族风俗[J].中南民族学院学报,1984(4).

[60] 余娜玮.武义畲族山歌的活态样式及保护[J].丽水学院学报,2010(4).

[61] 张春兰,祁开龙.畲族史诗《高皇歌》所反映的畲族社会教育情况[J].宁德师专学报(哲学社会科学版,2010(3).

[62] 郑坚勇.浅谈畲族小说歌的形成、特色及传承[J].当代文化与教育研究,2012(2).

[63] 郑小瑛.畲族山歌与"双音"[J].人民音乐,1959(7).

[64] 钟雪如,赵峰.挖掘畲歌美育价值,坚定畲民文化自信[J].中国民族博览,2020(4).

[65] 邹建军.文学地理学的十个关键词理论术语[J].内江师范学院学报,2015(1).

[66] 周晓婷.畲族小说歌的传承研究[J].湖州开放职业学院学报,2019(17).

[67] 朱庆好.畲族山歌的口头传播特点及其当代生存危机[J].新闻界,2012(12).

[68] 朱琼玲.畲族民歌社会功能探析:以畲歌歌词为切入点[J].丽水学院学报,2015(1).

［69］庄祉祎,王义彬.畲族民歌的变迁与发展[J].黄河之声,2019(6).

［70］浙江省文物管理委员会.浙江畲族人民歌唱太平军攻克云和的山歌稿本[J].文物,1961(1).

学位论文

［1］陈昌文.都市化进程中的上海出版业1843—1949[D].苏州:苏州大学博士论文,2002.

［2］洪艳.畲族古歌音乐研究[D].上海:上海音乐学院,2017.

［3］黄倩红.文献学视野下的《畲族小说歌》研究[D].北京:中央民族大学硕士论文,2011.

［4］林洁.身份认同视角下的浙西莪峨山畲族自治乡音乐传承调查[D].南京:南京艺术学院,2013.

［5］林兰.霞浦畲族歌谣传承的考察与研究[D].南京:南京艺术学院硕士论文,2011.

［6］谢彪.畲汉文化互动下的畲族古代教育研究[D].福州:福建师范大学,2009.

［7］袁圆.浙江丽水畲族插花娘娘信仰探析[D].金华:浙江师范大学,2009.

［8］曾华燕.畲族盘歌仪式音乐中的族性认同与文化变迁:福建霞浦白露坑畲族村盘歌仪式音乐实地考察与研究[D].厦门:厦门大学硕士论文,2008.

［9］周晓婷.文化变迁视域下的畲族小说歌研究[D].昆明:云南师范大学硕士论文,2019.

外文文献及网络文献

［1］ALLEN C. Aesthetics and the Environment：The Appreciation of Nature，Art and Architecture[M]. London，New York：Routledge,2000.

［2］GARY D R，MING Y T R.Global Chinese Cinema：The Culture and

Politics of "Hero"[M]. London，New York：Routledge,2010.

[3] HEIDEGGER M P. Language and Thought[M]. New York：Harper and Row,1971.

[4] 联合国教育、科学及文化组织. 保护非物质文化遗产公约（2003）[EB/OL]. (2003-12-08). http://www. ihchina. cn/zhengce_details/11668.

[5] 浙江图书馆. 畲族文化艺术库：文学艺术. （2013-10-20）. http://61. 175. 198. 143：9080/shezu/index. jsp? dbId = 221&parent _ id = 1091&lanmuId＝1091&dblibcode＝20131020221004357.

后　记

我从未想过自己会写一本关于畲族山歌的书。

小时候最美好的回忆之一是站在凳子上，用耳朵贴着广播，那里传来公社广播台播放的《刘三姐》。它放了几遍，我就听了几遍。小孩子脑袋空空，记忆超群，很快就记住了全本《刘三姐》的山歌并到处显摆。我喜欢唱山歌，并以此为荣。

我对非物质文化遗产的兴趣来源于我的古琴老师徐晓英，她最喜欢和我一遍遍讲老祖宗的东西，因此浙江传媒学院非物质文化遗产基地项目开始筹建的时候，我很兴奋地报了名。从2014到2016年，我采访了9位浙江省国家级非物质文化遗产传承人，拍照录影，记下他们的口述故事，然后剪辑、写稿、回味。每次采访经历都给我留下深刻的印象，直到今天我依然认为那是我人生中特别有纪念意义的时光。我和摄影师半夜两点出发，在黑暗中走了两个多小时的山路，只为录下张山寨七七会。晨光中那些一板一眼的表演者，脸上带着一点点的执着，深深打动了我。就这样，我申报教育部课题的时候，心里想的不是科研，而是非遗，我想用一个学者的方式来纪念这段往事。

但是，整个研究的进展并不顺利，田野工作比我想象得要复杂，万幸遇到的都是热心人。我通过各种途经搜集资料，也倾听了浙西南各个地区的歌声。拍到的山歌的手抄本，有些只是一片片发黄的纸片，如果没有人整理，它们会继续发黄发脆直到消散。2018年，我带着这些山歌去了英国剑桥，在那个特别善于保存传统文化的国度，我对我的研究思路做了调整。如果没有从事这项研究，我都不知道我们的民族文化研究发展到什么地步。有那么多学者在关注，对于畲族山歌而言，实在是令人欣喜的事情。虽然这些年很多特殊情况，再加上语言不通所导致的局限性，有些田野调查不够深入。但参与者给我提供的信息，让我对畲族山歌和畲族人民有足够的了解,使我得以顺利完成研究。

研究告一段落,缺憾是难避免的。第一次做此跨界研究,全凭满腔热情。研究中的不足,还望有情者不吝赐教。

在书稿付梓之际,我要感谢那些给予慷慨帮助的人们。感谢蓝陈启、蓝景芬、雷巧梅、雷启迪、雷菲菲、钟杏秀、雷进、雷凝等畲族朋友,有几位我多次叨扰,他们一直非常热情。感谢景宁非遗办的项莉芳主任,也感谢景宁文化馆和景宁档案馆的同志们,在我在景宁搜集资料的时候,他们都给予我无私的帮助。感谢丽水学院的董漫雪老师和丽水学院图书馆、畲族文化研究所的老师们,使我有机会接触到很多珍贵的资料。感谢我的朋友黄晓琴、徐艳、朱政、刘影影为我寻找地方资料、联络受访者。我也要感谢我的学生林芃、卢燕妃以及参加我中西非遗文化研究工作室工作的全体同学。在我到丽水、景宁、云和等地做田野的时候,还得到那些热情的村民和工作人员的帮助,我没能一一记录她们的名字,只能在此处一并表示谢意。

我还要感谢先师徐晓英,她让我充分认识到了传承的意义。

感谢写作过程中家人的体谅和帮助,特别感谢亲爱的孩子帮我整理录音稿。

本书的出版还要感谢浙江工商大学出版社的沈明珠老师,她的热情帮助和辛勤的工作使本书得以顺利出版。

做非遗推广和保护工作,与其说是拯救别人,不如说是拯救自己。文化遗产是一种选择性的记忆,谁也不能保证只选择而不是被选择。全球化进程给我们带来了更广阔的天地,但同时也在消解你的个性。我始终认为,文化的生命力在于其独特性。再美丽再高标准的东西一旦重复,就可能产生审美疲劳,在文化战争中被和谐。我希望我们的文化和希望永生。

浙西南多山林,山歌中的青山绿水就是它美丽的投射。

卢睿蓉

2021 年 3 月 16 日于香樟公寓绿静斋